上海叙事

郭红解——

著

Shanghai
Narrative

文汇
出版社

目　录

第一辑　衣　食　住　行

第二辑　文化休闲

第三辑　马　路　纪　事

第四辑　市　井　风　情

第五辑 档案写真

第一辑 衣食住行

大壶春

日前，沪上老牌生煎馒头店"大壶春"重返四川中路。

那些年，"大壶春"坐落在四川中路汉口路转角处，斜对面就是我就职的上海市档案馆大楼。每天营业时间，小小店堂座无虚席，等候出锅的队伍拐到了汉口路。有时午餐为换口味，我会去对面买两客生煎加一碗咖喱牛肉汤。先要买筹码，记得筹码分红、黄、绿、白、黑五色，一锅生煎一种颜色筹码，依次发货。排队等候时分，把师傅操作顺序看了一遍又一遍。生煎下锅煎一会儿后，师傅要揭盖往锅里加水，冷水和热油混合，顿时发出清脆响亮的吱吱声。为使整锅生煎均匀受热，师傅要有节奏地转动平底大锅。起盖即将出锅那一刻最为壮观，满满一锅相互紧挨着、顶着葱花芝麻的小馒头，在腾腾的水汽和"吱吱"的油煎中微微颤动着，诱人的香气扑面而来，令人食欲大增。以致后来我认为，享用生煎一定要有这般等候"观摩"的"铺垫"，倘若一到就取货，感觉肯定没那么好。

"大壶春"的历史要上溯到1932年。其创建者有几说：一说是唐妙泉，与20世纪20年代开设在浙江路上的"萝春阁"是同一个老板；二说是唐妙权，"萝春阁"创立者唐妙泉是他叔叔；还有说唐妙权即唐妙泉，"萝春阁""大壶春"创建者为同一人。《黄浦区商业志》记载"大壶春"的创建者是唐妙泉。这两家历史悠久的生煎店，是延续至今沪上生煎两大"流派"的源头。"大壶春"生煎不放肉皮冻，肉馅紧实，食时虽无一包汤，但有滋润口感，这是"肉心帮""清水生煎"的手艺；"萝春阁"生煎皮薄卤多，吃时要先咬一小口，吮干卤汁，就如吃小笼包那般，这是"汤心帮""混水生煎"的手艺。两种不同手艺，使两个创建者之说似乎有了佐证。20世纪90年代，"萝春阁"曾停业，后又迁到山西南路营业过，不知现在去向何处。如今沪上的生煎，大都是延续"汤心帮"的手艺，但我还是喜好"肉心帮"，要吮汤，不如去吃小笼包。

原先感到"大壶春"虽说店小简陋，但其店名很有韵味。最近看到一幅"大壶春"的老照片，据有关专家考证，照相年份大约在20世纪

20 世纪三四十年代四川路上的"大壶春"

30 年代末 40 年代初。照片上"大壶春"所处的位置正是四川路汉口路转角处，斜对面我工作过的市档案馆大楼也清晰可见，那时这幢楼称新汇丰大楼，是外滩汇丰银行职员的宿舍。店铺上方的店招从右到左写着"永昌烟兑庄大壶春馒头"。当年上海烟纸店除出售烟纸杂货外，还兼有银元、铜元兑换类似钱庄的业务。《黄浦区商业志》记载，1956 年"大壶春"将隔壁已歇业的钱庄合并，店面扩大到两开间。那么，此钱庄就是永昌烟兑庄了。但照片上"大壶春"的"壶"是"壸"，中间多一横，念 kǔn（音：捆），意谓古代宫中的道路，借指宫内的意思，这与"萝春阁"的店名倒有点般配。或许"壸"字难读难懂，路人食客就以"壶"字取代了。

"大壶春"1997 年因地块改造迁出四川中路，辗转在金陵中路、云南南路上安身，又在浙江中路、四川南路、浦东大道、新世界商城、食品一店等处开设过分店。如今，"大壶春"终于回"家"，尽管离原址有百来步路。专程去那里品尝生煎，依旧是原先的味道，但那些年的感觉似很难再找到。岁月流逝，有些感觉只能留在记忆里了。

（2015 年）

鲜得来

　　那天晚上，从优雅的淮海路转入也很优雅的雁荡路，又见"鲜得来"。几年前，曾在这家"鲜得来"分店享用过排骨年糕，如今依然坚守于此，心中涌起一股暖流。走进店堂，食客不多，安静有序，与雁荡路的氛围也般配。要了一份排骨年糕、一份面筋百叶"单档"汤，还是老味道。

　　结识"鲜得来"，已有半个世纪。20 世纪 60 年代中期，在光明中学上学。与西藏南路校园相邻的弄堂口，摆放着锅，里面的卤汁终日沸腾着；弄内 3 只桌子，围坐着许多食客，还有站着等位的。虽然挂的是淮东合作食堂牌子，但因以前叫"鲜得来"，我们都称其为"鲜得来"。那年月，我们这些学生囊中羞涩，但又禁不住诱惑，也会走进弄堂，舍不得买排骨，光买两条小年糕解解馋，好像是五分钱。摊主将小年糕放入卤汁中余数分钟，熟后用火钳钳入盘中，再用剪刀将小年糕剪上两刀淋上酱，味道好极了。记得还去那里吃过 2 两粮票、1 角 2 分一碗的由豆腐干、土豆、肥肉丁作浇头的辣酱面，在寒风难挡的弄堂里喝完最后一口红红的面汤，浑身上下暖暖的。

　　离开学校后，每每经过那里，总要向母校投去深深一瞥，也会留意弄口的"鲜得来"。20 世纪 70 年代末，淮东合作食堂迁入光明中学地下室，初称"人防餐厅"，但不久亮出"老字号"招牌"鲜得来排骨年糕店"，弄堂摊位由此登堂入室。90 年代初，又将弄口另侧的粤海酒家兼并（记得以前这里是街道办的食堂，我同学曾在此搭过伙）。以后，"鲜得来"总店落户云南南路美食街，还开出好几家连锁店。

　　从一个弄堂小摊发展到"中华老字号"，其中一定很有故事。"鲜得来"之源，可追溯到 1921 年。浙江临海人何世德举家三口在今西藏南路上与现光明中学相邻的弄口设摊，开始卖牛奶、咖啡、吐司面包，食客多为中法学堂（今光明中学）师生。由于西点不合中国师生口味，1937 年起改卖五香排骨年糕、烘鱿鱼及面食。一斤大排斩成四块，加水投入多种调料煮熟后，再放入手工制成的小年糕，在排骨原卤中煮上片刻一起捞出食用。这样制作的排骨年糕鲜糯味美，食客纷纷称赞"鲜得来"，由此口口相传。1951年工商登记时，店主采用食客赞语，并加入自己名字中的"德"字，定名"鲜德来面食店"。横写的招牌，用上海话左右都可读："鲜德（得）来""来德（得）鲜"。1964年后，制作工艺又作改进。一斤大排斩9块，放入配方独特的浆料内浸透后，采用初炸、复炸两次烹调方法制成，排骨形似扇状，外脆内嫩，辅以辣酱油佐料；年糕放入由调料煮成的汤料中烧软，待其浮上水面后捞出装盆，淋上特制果酱，软糯香甜。虽然店铺几次更名，但此工艺一直延续至今。

以前，离家不远的四川中路上，也有家排骨年糕很出名的曙光饮食店，早先叫"小常州排骨面店"，我们都称其为"小常州"。20世纪80年代，竟转身为高大上的"德大西菜社分店"，再以后又成为五芳斋南号，如今"大壶春"旗舰店也在此落户，"小常州"却不见踪影。在"鲜得来"联想到"小常州"，期盼有朝一日能老店新开。

（2017年）

阳春面

在春节，享用了一番浓油赤酱、山珍海味后，想念起撒着葱花、清汤宽水、线条流畅的阳春面，细细想来，有三十来年没品尝了。

那时，阳春面与沪上早餐"四大金刚"大饼、油条、豆浆、粢饭，都是很接地气的大众饮食。记得 20 世纪 60 年代初，一副大饼油条（两个大饼、一根油条）2 两半粮票一角钱，一碗阳春面 2 两粮票 8 分钱。上海人把面上添加菜肴的称作浇头面，比如大排面、焖肉面、素交面，把不加浇头的光面雅称为阳春面。由此让人产生许多美丽遐想：一说是早年一碗光面十文钱，谚语有"十月小阳春"，"十"可作"阳春"的代词，于是堂倌就把十文钱的光面喊作阳春面；又有说是由古乐曲《阳春白雪》而来，阳春后面是白雪，白雪也是雪白，雪白就是"光"，做生意忌讳"光"字，就以"阳春"替代；还有说阳春面清爽雅观，与《阳春白雪》曲高和寡那种境界很般配……然而，囊中羞涩吃阳春面时，没有这么些雅趣，实在是不得已而为之。

阳春面清水光浪，但要做好并不容易。首先是面条，粗细、软硬不同，口感亦不同；其次是水，锅要大，水要多而清；关键是下面条的时间和火候掌握要恰到好处。因为没有浇头，所以对汤底要求非常高，店家会用骨头熬出来的高汤作为汤底。面汤还有白汤、红汤之分，据说正宗上海阳春面是白汤，红汤阳春面是从苏帮面传承过来。一碗汤清面韧、上口滑爽的阳春面，当年也能让食客食欲大开、齿颊留香。

那个年代，一些很有名气的菜馆饭店，对价格低廉的阳春面的制作和食客的招待，也是颇为费心的。徐家汇华山路上的"四时兴"、普陀区西康路上的"四如春"，都以精心制作阳春面而闻名。南京西路大光明电影院隔壁的北号"五味斋"（后改为人民饭店），每天要供应上千碗阳春面。当年全国闻名的三号服务员桑钟焙的事迹，是周柏春、姚慕双等主演的滑稽剧《满园春色》中的素材。桑钟焙对每位来店吃阳春面的食客，送上热手巾和茶，做到来时笑脸相迎，走时和气送客。

那时离家不远的河南中路上，有家五洲面馆（据说原名是"沈义兴"），在那里吃阳春面很舒心。尽管顾客盈门，但没有一些面馆常有的现象：端出的面碗上，夹着一个标明餐桌号码的、浸在面汤里的木夹子。印象中阳春面的价格一直很低廉，80年代初，在金陵东路"天香斋"吃阳春面，一碗面2两粮票9分钱，比60年代只涨了1分钱。

　　随着生活的富裕，面上的浇头也越来越丰富，还出现像陆文夫小说《美食家》里介绍过的"过桥面"：浇头不能盖在面碗上，要放在另外的一只盘子里，吃的时候用筷子挟过来，好像是通过一顶石拱桥才跑到你嘴里。不知从什么时候起，阳春面渐渐难寻踪影，面都是有浇头的，或者都要"过桥"的。阳春面成了一种念想，一个富有"通感"的词。想起阳春面，视觉、嗅觉、味觉、听觉互相沟通，色、香、味俱全，似乎还会响起《阳春白雪》那样的古乐……

（2017年）

牛奶棚

经过那家叫"牛奶棚"的食品店，看着店内琳琅满目的牛奶、奶制品和各色西点、面包，禁不住翻阅起"牛奶棚"和那些年"吃奶难"的记忆。

"牛奶棚"，是老上海对早年挤牛奶场所的称呼。其来历据说是因为沪上最早经营牛奶业的，都是大场一带农村买卖耕牛和兼养少数奶牛的商贩，农闲时便把牛牵到棚内挤奶，运到市区出售。上海开埠通商后，外国奶牛和外商经营的牧场随着租界一道落户沪上。"可的"等外商公司控制了上海牛奶市场，农村的"牛奶棚"日渐式微。

"牛奶棚"，还是对以前坐落在淮海中路高安路上的上海乳品二厂（现址为上海图书馆）的俗称，可能就是因为乳品二厂前身是英商经营的"可的"牛奶公司的缘故。那些年，我居住的这一带所订的牛奶，都是乳品二厂生产的。牛奶是那个年代高档又紧俏的食品，工厂所在的淮海路又是很高雅的，这样，"牛奶棚"在我们心目中便是一个"高大上"的名词。

年少时临街而居，好梦时常会被送奶车的声音搅醒。天蒙蒙亮，送奶车就上街了，咣当咣当奶瓶相互碰撞声由远而近、由近走远，当时会有点不快，现在想起却感到很温馨。那时牛奶虽说高档但并不很贵，20 世纪 60 年代特级消毒牛奶每瓶 1 角 4 分，甲级、乙级价格更低，80 年代牛奶全部达到特级，才涨 2 分钱，每瓶 1 角 6 分，当时牛奶只接受订户，不零售。后来知道，政府每年要补贴牛奶订户 2 000 多万元。改革开放后，随着生活水平的提高，牛奶供需矛盾日益突出，新订户严格限制，新生婴儿照顾供应至 1 周岁，重病人凭医生证明照顾供应半年。牛奶也无法保证天天供应，采取"轮吃"的方法，按地区轮流停奶，少则每月三四天，多则每月要十天。

市政府 1984 年将解决牛奶的供应列入实事项目，要让上海市民每天吃到 78 万瓶牛奶。由此，牛奶生产连年增长，1985 年日产达 108 万瓶，1988 年日产已达 130 万瓶。供求矛盾缓解后，供应政策亦逐年放宽，

80 岁以上老人、残废军人、离休干部、高级知识分子、小儿佝偻病及职业病患者凭户口簿及有关证书、证明照顾供应牛奶 1 瓶，新生儿牛奶供应从 1 周岁延长到 2 周岁、3 周岁，从 1 瓶增加到 2 瓶，对 30 年以上教龄的教师发放 2 年期牛奶饮户卡。再以后，牛奶放开供应了，各色瓶装、袋装、盒装牛奶应运而生……

乳品二厂 90 年代初迁出淮海路后，"牛奶棚" 就失去了原先约定俗成的含义，代之而起的是街头出现了店招为 "牛奶棚" 的食品连锁店，第一家开设在复兴中路陕西南路上，至今已开设了 200 多家，分布全市各个区域，延续着 "牛奶棚" 的血脉和故事。90 年代中期，新零售业态便利店刚出现时就组建、6 年后就进入沪上便利店三强的 "可的" 连锁便利店，其名称想必是出自淮海路 "牛奶棚" 乳品二厂的前身 "可的" 牛奶公司。这些年来，"可的" 品牌已为上海市民，乃至长三角有关地区的市民所知晓，由此为 "可的" 赋予了新的内涵。

（2017 年）

上馆子

那些年还是"快乐的单身汉"，36 元的月工资虽然不高，但当时物价低，上馆子几角钱就能搞定。每月领到工资后，就会兴冲冲到附近馆子吃一餐。

那时上馆子就是吃饭，一个菜加上 3 两饭就算上过馆子了，不像现在冷菜、热炒、点心、汤，一道又一道，就像当年吃喜酒。豫园城隍庙离家不远，那时的上海老饭店对我很有亲和力。2 角 7 分肉丝黄豆汤、6 分钱3 两饭，就能美美享受一番。豆质酥烂糯软，汤汁肥、浓、鲜、香，入口滚烫，回味无比。清黄豆汤更便宜，只要 1 角 7 分，少了些许肉丝，但口味并不怎么逊色。南来北往的出差人，忙里偷闲逛完城隍庙，就上老饭店点一个清黄豆汤，就着三四两饭，不仅填饱肚子，也品尝了上海本帮菜。

豫园商场那时晚上除了饮食店外都不营业，喧嚣过后有点冷清。汤足饭饱后在九曲桥畔悠闲散步，是很有情趣的。商场深处有家春风松月楼，创设于 1910 年，是沪上最早的素菜馆。偶尔，也上那里去"吃素"。最实惠的是香菇面筋，浓油赤酱、咸中带甜；最丰盛的是"半卖什锦"，选料精细、制作考究。从店堂服务员口里得知此菜名的来历：当年素菜馆深受城隍庙周围居民喜爱，外卖素什锦要便宜一半，于是就有了"半卖什锦"的叫法，延续到后来成了一道菜名。现在再去松月楼，已不见"半卖什锦"，问及服务员，满脸惘然，不知此菜为何物。叫上一碗香菇面筋面，还能找到一些以前的感觉。

第一次去涮羊肉，是在老北门的回风楼。一张大圆台中间有一口很大的锅，锅里的水总是保持滚开着，十来个相识或不相识的吃客围坐一桌，每个人有一把铁丝篓子，将各自的羊肉、粉丝、菠菜等装在篓子里，往热气腾腾的锅里涮。因为是第一次涮，就亦步亦趋跟着老食客操作，虽说难以达到老食客娴熟的"涮技"，但也自得其乐。

学生时代下乡参加"三秋"劳动，有天下雨不出工，大家就在稻草铺上"精神会餐"，第一次听到了"头汤面"，馆子里每天第一锅清水出的面，别有一种味道。工作后袋里有钱想起了"精神会餐"，有天赶早去汉口路浙江路口的"老半斋"吃"头汤面",却没感到特别的味道,倒是以后再去吃的雪菜烩面印象很深,汤浓而白,面爽而不腻,真是价廉物美。后来看到陆文夫的小说《美食家》,又有想到苏州朱鸿兴面馆尝"头汤面"的冲动,但终究没去成。

那时八仙桥有家"老人和"饭店,其前身可追溯到清嘉庆年间,是沪上历史最悠久的一家本帮菜馆。当年曾去品尝过一道"青鱼甩水",上海话叫作"青鱼划水"。"甩水"就是鱼尾巴,菜名取的优雅形象。以后也曾照着菜谱做过几回"甩水",但味道无法与"老人和"相比。前些年搬到打浦桥居住,意外发现"老人和"也乔迁到了瑞金二路上,临街还专门开设了外卖糟货的窗口,"老人和"的糟卤菜是久负盛名的。一直想去那里再品尝一下"青鱼甩水",可惜"老人和"不声不响地在瑞金二路上消失了。

如今上馆子成了"家常便饭",酒店饭馆随处可见,但口味大同小异,能留下印象的不多。

（2012 年）

杏花楼月饼

又到中秋月饼飘香时节。做月饼、销月饼、买月饼、送月饼、品月饼，是每年秋天沪上的一道风景线。

如今月饼演绎成了一种文化，各式月饼争妍斗奇、精彩纷呈，许多食品厂、面包房、酒店饭馆纷纷加入了月饼生产一族，连洋字号的哈根达斯、星巴克也不甘寂寞，"洋为中用"，化传统为时尚，拓展着月饼文化的新语境。面对琳琅满目的各式月饼，我们这些上了年纪的人还是对百年老店杏花楼的月饼情有独钟。那几十年不变的，由清代末科榜眼、书法家朱汝珍书写的"杏花楼"；那经典的"嫦娥奔月"图案；那脍炙人口的豆沙、椰蓉、五仁、莲蓉月饼，成了我们这代人挥之不去的中秋情结。

当下不少"老字号"悄然退出了市民的视野。杏花楼月饼的经久不衰、香飘海内外，其背后一定有许多故事，其工艺配方和流程的建档与"藏秘"是最精彩的一个。杏花楼月饼向以外形美观、皮薄馅丰、软糯润滑、久放不硬的品质而著称。其独特的工艺配方产生于20世纪20年代，形成于30年代。据说，工艺生产中最神秘之处在于16道工序、8个控制点，均系一师一徒单传，并不得涉足非自己的工序，故想偷艺的人费尽心机也难以觅到全套工艺配方。这种"藏秘"方式虽说严密，但也并非没有远虑。那年，在杏花楼做了50多年月饼的"老法师"，经过艰苦的收集、整理，终于汇编成了一套由70年制作历史积淀而成的月饼生产配方及工艺的档案资料。杏花楼特意把月饼配方和工艺档案资料锁进了银行保险箱"藏秘"。从此，每年月饼生产前取用数据资料，或有新品秘方存入，必须由杏花楼、银行和公证处三方代表共同到场，方能开启此保险箱。近年来，杏花楼在传承"老字号"文脉的同时，也注意创新，从低糖、低脂、营养、健康的角度，对原存入银行保险箱的月饼配方及生产工艺进行了改进，由此形成了新的月饼配方和工艺档案，为开发新的特色月饼提供了依据。

看来，档案对延续"老字号"、老品牌的"香火"，还是至关重要的。前些年，笔者还听到过另一则月饼飘香背后的故事，说的是以肥而不腻、甜而不粘为特色的潮式"老婆月饼"起死回生的经历。"老婆月饼"先前原料配制方法极为原始，每当月饼生产前，就由几位富有经验的老技师，用轮流口尝的办法，品出最佳配方，然后批量生产，年年如此。光阴荏苒，老技师一个个告老还乡。"老婆月饼"的配方濒临失传之时，厂领导才猛地醒悟，赶紧聘请老技师回厂，把最佳配方的各类数据和工艺流程记录在案，才使特色月饼得以继续飘香。

不少"老字号"的工艺是通过口传心授的动态方式来传承的，这就是我们现在所说的非物质文化遗产。在非物质文化遗产保护中，最重要的莫过于建立档案、保护档案了，使非物质文化遗产拥有物质的载体。这样，"老字号"的传统和秘诀才能"为有源头活水来"，生生不息地传承下去。

（2008 年）

泰康 "金鸡"

　　这些年家住斜土路，乘车或散步经过小木桥路时，常会深深投去一瞥。这里原先有个以"金鸡"商标享誉沪上的泰康食品厂。如今香味远去，"金鸡"难寻，代之而起的是一家医院的新楼。

　　"泰康"的饼干和凤尾鱼罐头，"老上海"是熟知的。即便70后、80后，"泰康"的万年青饼干也是他们甜蜜的记忆。"泰康"有百年历史了，1914年创建于山东济南，1923年在上海制造局路建立生产工厂，1933年又在小木桥路建造新厂房，向英国购进当时最新型的饼干制造机器，重金聘请英国技师来厂指导。饼干可与"沙利文"媲美，罐头生产历史早于"梅林"，"泰康"无疑成为当年上海滩食品行业的翘楚。

　　20世纪五六十年代，家境殷实人家的五斗橱上，会弹眼落睛摆放一个泰康公司铁质饼干箱，箱面上那只昂首挺立的金鸡尤为醒目。其实，早期"泰康"食品主要使用"福字"和"三角"牌商标。为了扩大产品影响，公司设计人员感到"福字"商标太单调，不能吸引买家眼球。1933年正逢农历鸡年，设计人员在饼干箱侧面设计了一只非常亮眼的金黄色大公鸡，在大金鸡的上下方分别用美术字印上大大的"泰康公司"和"金鸡饼干"八个大字。久而久之，这只"金鸡"深入人心，成了"泰康"饼干的"形象代表"。20世纪50年代，泰康罐头食品公司决定以这只威风凛凛的"金鸡"作为"泰康"饼干的注册商标。后来，"泰康"生产冷饮也是"金鸡"商标。"金鸡"成了上海市民甜蜜的符号。

　　"泰康"最初以罐头名扬海内外。早在1923年，"泰康"就开始研制用马口铁罐头来加工保藏凤尾鱼的方法，为我国罐头工业初创作出了贡献。以后，凤尾鱼罐头成了"泰康"的当家产品，当时在国内市场基本取代了进口的沙丁鱼罐头，还出口远销至东南亚和美国。后来，"泰康"罐头名气不及"梅林"。一则"梅林"是专门生产罐头的食品厂；二则1956年后，上海罐头行业产品出口统一使用"梅林"牌商标，只有业内人才看得出是哪家厂生产的，因为每个罐头盖的标识中有生产企业的代号，比如益民食品一厂是B1，梅林厂是B2，泰康厂是B3。凤尾鱼，上海

20 世纪 30 年代南京路上的"泰康"

人管叫烤仔鱼，或许是因为吃这道菜的最佳时节，是每年春末夏初凤尾鱼产仔之季而得名。那年月，凤尾鱼罐头是很高档的食品，罐头用料十分讲究，为保证鱼的新鲜度，一般要求从捕捞到车间加工不超过 24 个小时。到了知青岁月，家里人省吃俭用，也要定期给在远方务农的儿女寄个包裹，往往会塞进一罐凤尾鱼罐头，捎上一份浓浓的乡情。

"泰康"饼干，先是那种有针眼般气孔的大牛奶、小牛奶饼干最受青睐，后来奶油苏打、万年青饼干成了紧俏品。20 世纪 80 年代初，南京路上的食品一店每周只有两三天出售苏打饼干，只消半小时，排队的顾客就把当天的供应量全部买光了。然而到了 90 年代，"泰康"饼干被广东的"克力架"和进口饼干挤占了市场份额。以后市场上虽有各色"万年青"，但却难寻那只"金鸡"。

原先与"泰康"为邻，在斜土路枫林路口上有家儿童食品厂，出产的金币巧克力和蛋形巧克力成了那个年代许多人的甜蜜记忆。那天经过这里，发现空关了很长时间的厂房已在拆除。曾经引领上海滩食品时尚的老厂一个个退出了市民的视野。现在上海行业博物馆不少，能否建个食品博物馆呢？让"金鸡"、蛋形巧克力，还有"沙利文"等，这些老品牌、老产品有个"安身之所"。

（2015 年）

远去的"沙利文"

最早知道"沙利文"，是 20 世纪 60 年代初在长篇小说《上海的早晨》中看到的。"沙利文"的什锦巧克力糖，是沪江纱厂总经理儿子的心爱之物，其母每次到南京路，都要给他带点回来；"沙利文"的西点，则是私营工商业者待客的"标配"。对那个年代，在烟纸店花一分钱买颗硬糖、四分钱买根脆麻花作零食的我来说，"沙利文"是高档、高雅的符号。

60 年代末，分配进益民食品一厂工作后，从老师傅口中得知，兄弟

1933 年建造的"沙利文"工厂大楼

厂益民食品四厂的前身就是"沙利文",当年以产销精美糖果、饼干、面包蜚声沪上。由此对"益民"辈中的这位"兄弟"另眼相看。那时候,益民四厂生产的一款内有茅台、汾酒、西凤酒等十大名酒的酒心巧克力,是人情往来的高档礼品。不少人是从酒心巧克力中第一次品尝茅台的。益民四厂还生产军需食品压缩饼干,后来市场上也有供应,质地紧密、含水量低,很耐饿。益民四厂还是国内第一袋方便面的诞生地,该厂1971年运用自制设备,年产200万袋方便面,标志我国方便面工业化生产由此起步。

以后翻阅史料,了解到从"沙利文"到益民四厂的历史。"沙利文"最早是个1914年开设在南京路上的糖果行,销售糖果、饼干等食品。店址几经迁移,但始终没离开南京路,先后在当时南京路11号、36号、107号、221号落户,经营范围也扩大到美式西菜和咖啡。在1925年,创建了美商沙利文糖果饼干股份有限公司,开设工厂制作食品。1933年,"沙利文"进入重要发展时期,投资75万美元在新闸路小沙渡路(今西康路)口置地建造的号称远东最大、最卫生的现代化新厂投入运营。新厂五层,一楼是储藏室、冷藏室和冰激凌车间,二楼主要制作平底面包和烤制法式面包,三楼是制糖室,四楼主要制作各色饼干,五楼生产巧克力。每个楼面都有独立的衣帽间、淋浴房、厕所和洗盘处,工厂还拥有自己的洗衣房。沙利文公司总裁兼总经理瑞文先生,同时还是南京路门市部的经理。当时报道称:这座工厂将成为远东地区最大、最卫生的面包、糖果和冰激凌生产大本营,就像已经成为全美家庭必需品的美国饼干公司或尤尼达饼干一样,"沙利文"将会向上海及其周边地区提供所有种类的饼干、面包、蛋糕、糖果、巧克力、香料和冰激凌,而且这些产品都将在干净、明亮、卫生的环境下,由面包师和糖果师所知晓的最新、最现代的烘箱和机器设备制作完成。饼干将被装在很大的标着沙利文公司商标的密封罐里,糖果还保留沙利文糖果店名称。"沙利文"在《申报》上主打的广告语是"甜料用纯蔗糖,不掺糖精"。

"沙利文"门市部除南京路总店外,还在静安寺路(今南京西路)设沙利文西区分店,在霞飞路(今淮海中路)、贝当路(今衡山路)设沙利文糖果店、西点部。到"沙利文"吃饭、喝咖啡,成了一种身份的象征。"南京路沙利文有两层楼面,底层是一间宽敞的大厅,摆满就餐的方桌,桌上常年铺着绿白方格相间的台布,楼上是一圈挺宽的长廊,也摆着餐桌,靠着栏杆的座位能俯瞰下面的餐厅。"(树棻:《怀念"沙利文"》)"这种一二元的西餐,菜单上列有一汤,一鱼(或虾),一主菜,还有一小杯咖啡和一道甜点。面包是由一个孩子背着一只藤制的盘,送到

餐桌前的，客人可以尽量取食，不收分文。"（秦瘦鸥：《沙利文杂忆》）

1948 年外籍人员回国后，"沙利文"职工组织"同仁互助号"继续经营。1954 年 1 月 1 日，"沙利文"改名为上海益民食品四厂，加入新中国上海食品工业主干"益民"辈企业。

这些年，在商海大潮中，益民四厂、泰康等沪上食品工业的一些"老字号"相继退出，缺席当下甜与蜜的生活，让人扼腕。尽管这些企业不复存在，但在这些"老字号"原址附近开设的门店，依然还在销售着"老字号"曾经风行热销过的产品万年青饼干、杏元饼干、奶盐苏打、威化巧克力，似乎以此在延续着"老字号"的文脉。许多上年纪的人特地乘公交车来此，有的年轻人受长辈之托开车来此。或许他们大多知道这些"老字号"的境遇，并不在乎这些产品是否真正出自"老字号"，因为他们或帮他们长辈在追寻老底子格味道，满足怀旧的心理需求。

（2016 年）

糖果的记忆

儿时过年，最期盼的零食是糖果。那时日子过得紧巴巴，平时很少吃零食，街头"炒米花响了！"吆喝声最吸引人，用一小罐米，加两片糖精片，换来一大包香喷喷的炒米花，可以乐上好几天。攥着一分钱，买一小碟甜酸香辣的腌金花菜吃，也可回味好长时间。只有过年，才有机会与糖果"亲密接触"。

大年初一，在我们热切的眼光中，父亲把一大包花花绿绿的什锦糖倒在桌上，按软糖、硬糖、太妃糖、牛轧糖分类后，一五一十分给我们。最喜欢吃的是爱民糖果厂的米老鼠奶糖和伟多利食品厂的花生牛轧糖。口袋里装上几十颗糖果，年就过得甜甜蜜蜜。看到漂亮的糖纸还舍不得丢弃，夹在书里，好让年味延续一阵子。

上了年纪的人对"三年困难时期"一定刻骨铭心。那时什么东西都要凭票购买，糖也不例外。如今翻阅那些又黄又糙的纸形成的老档案，真有恍如隔世之感。一份1960年4月上海市商业二局的文件对糖的计划供应做出规定：每人每月发糖券一张，可购买食糖4两（当时是16两一斤）或糖果半斤。结婚用糖果，男女双方凭结婚证书向所在区商业部门申请，到指定商店可各购买糖果2斤。后来市面上出现了一种敞开供应的高级糖，这种糖用料高档、做工讲究、包装精美，但价格贵得离奇。那时普通硬糖1元2角一斤，软糖1元6角一斤，而高级糖分别要四五元、七八元一斤，有的甚至要二三十元一斤。记得那时食品店里一个个长方形玻璃罐里装的高级奶糖，是以颗出售的，一颗就要一角几分。从商业二局1961年3月敞开供应糖果的情况汇报中可以看到，由于当时物资十分紧缺，高级糖尽管贵，但买的人还不少：南市区小南门综合商店3月24日排队供应拌砂糖（每斤4元4角）；闸北区天目路商店3月25日上午9点半排队供应什锦硬糖560斤（每斤5元4角），至10点已售完。

1968年，我分配到一家以光明牌著称的食品厂工作，厂里的糖果冷饮车间春夏季生产冷饮，秋冬季生产糖果。那年在厂部工作，星期四干部劳动日有机会去糖果车间劳动。走进车间，浓郁的奶香味扑鼻而来，连空气也是甜的。那时糖果大都是两头扭结包装，不像现在大都是枕式包装。一台台扭结包装机快速为自己很喜欢的益民乳脂糖"穿"上红蓝格子的糖纸。益民乳脂糖有着独特的奶咖风味和韧性，是新中国国营糖果厂创出的第一只名牌产品。

那些年工友结婚发喜糖，每包装有 8 颗糖，流行的喜糖品种有儿童食品厂的上海奶糖、天明糖果厂的结涟奶糖、华山糖果厂的百花奶糖。这些糖奶味浓郁、弹性十足、包装鲜艳，名称又讨口彩。6 粒上海奶糖可冲成一杯牛奶成为当时的一则佳话，牛奶可是那时的稀缺物资。儿时最喜欢的米老鼠奶糖，后来"转身"成了大白兔奶糖。1972 年中美《上海公报》签署后，周恩来总理把大白兔奶糖作为礼品赠送尼克松总统。一些与蜜饯"嫁接"的硬糖曾受到市场"追捧"，奶油话梅糖、陈皮梅糖、拷扁橄榄糖风靡一时。风味独特的仙桃汁、鲜荔汁果味夹心糖成为当时喜糖中的"新宠"。

有了孩子后就渐渐与糖果"疏远"了。孩子吃的是巧克力，我们也跟着吃起了巧克力，先是蛋形、金币巧克力，后是各种外国品牌的巧克力。春节前逛超市，琳琅满目的糖果、巧克力组成了庞大的"甜蜜王国"，冠生园大白兔奶糖、花生牛轧糖、奶油话梅糖"占据"着醒目的位置，年轻的爸爸妈妈一包接一包朝购物车里放。看来，我们的糖果记忆还会不断延续。

(2012 年)

面包的记忆

如今，街上的面包房星罗棋布，比以前的粮店还要多。我们小时候难得吃上面包，在寻常人家眼里，面包是高档食品，甚至是一种"奢侈品"。

平生第一次吃面包，是小时候去浙江上虞老家的火车上。母亲给我们一人一个纸袋包裹着的面包，纸袋开口的两个角被拧成辫子状。迫不及待拧开了"辫子"，露出了圆圆的、深褐色、散发着一股焦香的面包。回到上海上学后，就很难吃到面包了。春游秋游，带上几个馒头就很满足了。往往没到中午，就把馒头"偷偷"吃了。有家境好的同学带上一个苏旦面包或罗宋面包，会让大家羡慕不已。

那年，母亲在病榻上想吃面包，当时正遇"三年困难时期"，食品店很难见面包的踪影。父亲发现离家不远的四川南路上的吉美饭店有吐司面包，但必须吃西餐才供应。父亲就让我去那里"吃西餐"，买份最便宜的罗宋汤在店里喝掉，把两片吐司面包悄悄带回家给母亲吃。每次去都提心吊胆，但店里的人对我这种"吃西餐"的方式并没阻挡过。"文革"中，吉美饭店改名南海饭店，成了中菜馆。后来才知道，吉美饭店曾是当年沪上名气很大的西菜馆，1925 年由美国人在虹口百老汇路（今大名路）创设，以后又在南京路和天主堂街（今四川南路）开设分店。新中国成立初期，美国老板关店回国，员工集资把四川南路那家分店盘下来继续营业，使吉美的历史得以延续。当年，剧作家柯灵、儿童文学家任溶溶是那里的常客。改做中菜后，有的西菜厨师竟到江西中路延安东路弄堂口做大饼油条。南海饭店现在是家很平民的饭店，以本帮风味为主。每次经过那里，我都会想起当年"非正常"吃西菜的经历，想起那些弥足珍贵的吐司面包。

20 世纪 60 年代末参加工作后，有能力买各种面包吃。品味着有奶香气、焦香味的面包皮，想起了儿时对面包的种种念想。当时，上海面包厂生产的枕式方包"一统天下"。记得最便宜的是白方包，精白粉做的咸面包，2 两粮票、1 角 3 分钱一个，与当年一副大饼油条再加一碗淡浆的价格相当。后来，一些有历史有故事的老店陆续"重起炉灶"，恢复自产自销花式面包，比如淮海路上的"海燕""哈尔滨""老大昌"，南京路上的"凯歌""喜来临"。有的在早晨，有的在晚上，供应刚出炉的热面包。品尝热面包，成为当时的一个美谈。1981年，法国军舰载有近千名军官实习生来沪访问，有关部门特地向淮海路上的上海食品厂定制了2 000个法式长棍面包，那色泽金黄、外表脆硬、口感香甜的棍子面包，得到客人的赞誉。

那些年，我也没能脱俗，去华山路上的静安面包房排队等候出炉的法式长棍。那时，络绎不绝的食客，在梧桐树下笑逐颜开地捧着一根根法式长棍，是一道时尚而优雅的风景。然而长棍并非人人能受用，我的牙齿无法接纳长棍的韧度，胃无法承受长棍的硬度，只能"浅尝辄止"。好在单位附近的九江路上开设了一家海海面包房，下班后常去那里选购流行款式的花式面包，跟着时尚一把。

吃大饼油条的年代向往着面包，天天牛奶面包又怀念起大饼油条的年代，舌尖上的美味，糅合进了岁月和情感的因子。

（2012年）

罐头的记忆

　　那些年，罐头是稀罕物，寻常人家平时是不会购买消受的，只有到逢年过节，才会精心挑选几听午餐肉或五香凤尾鱼，不是自己吃，而是寄给远方务农、无法返沪过年的儿女。

　　1968 年初冬，我分配在益民食品一厂罐头车间当工人。罐头产品，是当年益民一厂出口创汇的拳头产品。车间平时分甲、乙、丙、丁 4 个班，甲、乙两个班主要生产肉类罐头，丙、丁两个班主要生产水果蔬菜类罐头，忙时还要开出第五班。为了就近取材，20 世纪 60 年代后期，厂里还在嘉定县南翔镇建造了果蔬罐头车间，我在那里工作了七八个年头。那时，厂里在市郊有罐头原料基地，记得嘉定县的南翔、马陆、封浜、外岗等处有蘑菇原料基地，春秋两季，厂里定点收购那里培植的蘑菇。蘑菇培植受温湿度气候条件影响很大，厂里生产也要"靠天吃饭"。遇到适宜的气候，出菇量大为增加，源源不断运到厂里。当天收购的鲜菇，必须当天加工成罐头，到最后一听罐头滑下流水线，已是次日凌晨了。

　　20 世纪 70 年代，黄鱼、带鱼这些以前寻常的鱼类资源下降，水产市场上出现了市民陌生的马面鱼，俗称橡皮鱼。经剥皮后，鱼肉洁白。这种外观难看、营养丰富、价廉物美的马面鱼还成了罐头原料，制成了熏什鱼、红焖鱼。西瓜酱罐头的主要原料不是瓜瓤，而是内皮。定点食品店的工作人员将红的瓜瓤出售给顾客，把白的内皮留作厂里罐头原料，制成清香甜蜜、带瓜粒状的西瓜酱罐头，远销到中东国家。这种厚皮西瓜是厂里让市郊农村"定制"的。

　　那时厂里主打的罐头品种有午餐肉、青豆、蘑菇、番茄酱，常年生产的还有火腿、猪肝酱、西瓜酱、红烧扣肉、茄汁黄豆、油焖蚕豆、糖水桃子等罐头。有种很少生产的菜包菜罐头，卷心菜叶中包以香菇、土豆丁、茭白丁。罐头生产是流水线操作，一般要经过领料、处理、预煮、装罐、称重、加汤、真空封罐、杀菌冷却、揩听堆桩、包装成品等工序，午餐肉罐头生产还有拆骨、腌制、调味、搅拌等工序。罐头食品不需要添加防腐剂，因为食物在真空和无菌状态下，可以最大限度保存色、香、味，并保存很长时间。在食品厂工作吃福不浅，罐头原料的下脚和外形有瘪、质量不变的罐头食品（胖听不能吃），制成了食堂里的佳肴：五香鸭头颈、红烧软骨、青豆火腿、清炒蘑菇，常令外人羡慕不已。

2010 年上海世博会法国馆，展出了 19 世纪初法国人阿佩尔发明罐头的图片。1795 年，法国陆军因战争给养出现问题，法国政府组成食品研究委员会，用 12 000 法郎的巨额奖金，征求一种长期贮存食品的方法。糕点师阿佩尔经过 10 年努力，终于制作成功世界上第一批罐头食品。1906 年创建的上海泰丰罐头食品厂，是我国第一家罐头食品企业，该厂罐头 1911 年参加意大利都灵博览会获得优等奖。上海解放后，上海罐头食品逐渐形成益民一厂、梅林罐头食品厂、泰康食品厂三足鼎立的态势；20 世纪 90 年代后，主要靠梅林厂独撑市面了，品种也日渐减少。而当下在欧美国家的常用食品中，罐头占了近四分之一。树叶罐头、疗效罐头、米饭罐头、点心罐头、自熟方便面罐头等形形色色的新颖罐头相继问世，小包装、易携带、好开启的塑料软包装正在取代难以开启的玻璃瓶、马口铁罐头，罐头食品呈现出餐饮化的趋势。

（2014 年）

夏日的啤酒

那些年的夏日，孩子们最期盼的是吃上一根赤豆棒冰。傍晚，在家门口翘首等待家长带回单位里舍不得吃的酸梅汤。而男人们的消夏图中，是不能没有啤酒的。

在吹着电风扇的家里，在有穿堂风的弄口，对着糟卤毛豆、清蒸臭豆腐、梅干菜烧肉、虾米冬瓜汤等家常菜，用扳头或用牙齿豪爽地打开啤酒瓶盖，顿时大量气泡嘶嘶嘶地争前恐后从瓶口冒出。倒入杯中，一口下去，清凉爽口，沁人心脾。这个时节上饭店小酌，啤酒是少不了的，啤酒杯必定是那种分量重的有柄的杯壁厚实的雕花玻璃杯。后来了解到，用这种啤酒杯，既能呈现出啤酒丰富的泡沫和色质透视感，还能延缓冰啤酒被外界气温自然热化的时间。饭店喝的是散装的生啤，口感好而且价格比瓶装便宜。生啤与瓶装的黄啤原料和生产过程都相同，不同的是瓶装黄啤还要经过高温杀菌，这样保存时间长了，但发酵过程中产生的酵母菌所剩无几，口感就不如生啤。这些年随着技术的发展，保存期长的瓶装生啤也问世了。

现在的年轻人可能无法想象，盛夏买啤酒在那时也是桩难事，20世纪80年代，市政府办公厅为解决买啤酒难的问题专门发过文件。食品店、粮油店门口，顶着烈日，提着啤酒瓶，排队买啤酒的长蛇阵，是当年盛夏沪上一景。那时，买啤酒要凭空的啤酒瓶换购，啤酒瓶成了紧俏品，家藏十来只啤酒瓶会让人羡慕不已。开啤酒时还要特别当心，瓶口有缺口就不能换购了。离家不远的人民路上有家南市料瓶店，有时会有新的啤酒瓶上柜供应，"一瓶难求"族慕名而至。啤酒在光照条件下会产生光化反应，使啤酒变味。因此，原先市场上啤酒瓶都是翠绿色的，后来对酒瓶透光率进行比对测试，发现绿色瓶透光率远高于棕色瓶，于是出现了棕色啤酒瓶。夏日啤酒时常脱销，有些商家动起歪脑子，卖啤酒搭卖自家的熟食，引来顾客一片怨声。为了保障啤酒供应，当年杨浦区鞍山、控江、长白新村的综合商店，还分别与居委会对口，实行发票供应啤酒的方法。

那些年，上海的啤酒市场是上海啤酒厂和华光啤酒厂二分天下。上海

上海啤酒股份有限公司20世纪30年代建造的灌装楼

啤酒厂的天鹅牌和华光厂的光明、上海牌啤酒,在市民中有很好的口碑。两家厂还在销售店家设贮槽,通过专用槽车运送生啤,由店家零售。买不到瓶装啤酒的市民,就提着热水瓶去零拷生啤。为改变啤酒供不应求的状况,一批新的啤酒厂落户沪上,江南、淀山湖、力波、虎牌等啤酒相继问世。金山县张堰公社创办了社办东海啤酒厂,生产的东海特制啤酒曾风靡沪上。老牌厂的产量有很大提高,啤酒质量也达到世界水平。经测定,世界名牌"嘉士伯"啤酒泡沫持留时间为4分11秒,而华光厂的上海牌啤酒持留时间为5分10秒,泡沫洁白细腻,能挂壁(泡沫贴留在杯子内壁)。到了90年代初,上海啤酒供应趋于缓和,并形成相互竞争之势……

如今的夏日依然不能没有啤酒。让人扼腕的是,一些"老字号"品牌已难见踪影;让人庆幸的是,前些年有关部门中止了由邬达克1933年设计、被列入上海优秀历史建筑的上海啤酒厂灌装楼和酿造楼的拆除作业,组织对这两幢历史建筑进行保护和修缮,使我们不仅能品尝各种风味的啤酒,也能品味我们这个城市绵长的啤酒制造史。

(2017年)

"德大"的念想

那天经过四川中路南京东路口，突然发现熟识的德大西菜社已被错综交叉的脚手架包围。走近一看，"德大"已是人去楼空，一纸告示说"德大"已迁至南京西路成都北路口。有着百年历史，在这个市口经营了六十多年的"德大"悄然退出，让人怅然若失。

有着"德大"情结的我，当即赶往新址寻访。新"德大"是一幢老楼改建的。看得出，改建颇费一番心思。"德大"的经典元素尽可能保留着。门面的装饰一如先前，只是那扇厚重的推门改成了转门。一楼还是咖啡吧。因是下午，二楼西餐区未开放。听说我是专程从老"德大"赶来的，服务生特意引我上楼参观。还是那样经典雅致，只是少了些先前的洒脱。那架三角钢琴局促地躺在一隅，失却了先前的雍容和亮丽。那个流淌着百年历史，摆放着"德大"老餐具的陈列柜不知去处，服务生说会陈列的，但我看已难有适宜的位置了。服务生引我上三楼参观，介绍这里是用套餐的，也可开家庭聚会，可唱卡拉OK，我的心顿时一沉。下到一楼，又难抑失落之感。没有缱绻缭绕的咖啡香味和优雅闲适的背景音乐，有的只是扑鼻的烟味和嘈杂的说话声，就像在茶馆里。或许我的失落多半是我对"原汁原味"老"德大"的刻意追求。因为老"德大"收藏着我两段珍贵的记忆。

二十多年前的一个下午，我和她从河南路南京路"老介福"楼上黄浦区民政局结婚登记处领到了结婚证书。为了纪念这个日子，我们推开了"德大"典雅厚重的门，点了德大沙拉、葡国鸡、里脊牛排和奶油蘑菇汤。柔和的灯光，宁静的氛围，优雅的服务，让我们把这个日子静静地流淌在心底。以后儿子长大了，我们三人又不时推开"德大"的门，坐到当年坐过的座席上，平添了几分沧桑感。

三十年前的一个中午，我和工友周第一次怯生生地推开了"德大"的门。"德大"给我们一种别样的意境，恍如走进了某本外国名著的一个细节里。那时，"德大"刚恢复西菜，以套餐为主，分甲、乙、丙三种。我们各要了一份1元1角钱的乙种套餐：沙拉、乡下浓汤、炸牛排和咖啡。那年恢复高考的消息引发了我们两个初中生的躁动，选择在"德大"相约，我报考复旦中文系，周报考上外英语系，他能读懂英语版的《红楼梦》。我们为生命中即将出现的亮色悸动不已。后来，经过炼狱般的复习迎考，我们双双跨过了录取最低分数线。由于数学拖累，我复旦是进不去了，但他的上外还是很有希望的，口试又获得了高分。那天，我被人欢呼着从流水线上换下，到办公室拿到了上海师院的录取通知书，心中顿有一种"解放了"的感觉。我忙打听他的情况，却是一阵沉默，他没有被录取。

　　那天，周执意来我家送行，送我一支当时很高贵的英雄牌金笔。我想起了"德大"，用鸡蛋黄加精炼油自拌了沙拉，炸了猪排，煮了罗宋汤，可是已没了在"德大"的情调。周说，尽管没能如愿，但一点不后悔在"德大"做出的决定，因为他尝试过了。半年后的一天，周突然告诉我，他也要走了，远涉重洋到美国去上学。他的"海外关系"的伯伯为他承担赴美读书的所有费用。我回赠了他一套西餐餐具，是想让他留住"德大"的记忆。我们相约，等他学成回国时再到"德大"相聚。时光流逝，一晃三十年过去了，我们却未能相聚。我期待有那么一天，能在新"德大"和他相聚，给他讲我的故事，还有"德大"的变迁。

（2008 年）

快餐的味道

年轻时，还没快餐的概念。早晨上班像打仗，争分抢秒，要挤几部公交车，有时早餐就在路上解决了，或一副大饼油条，或粢饭包油条。按照快餐要快速供应、即刻食用、价格合理、标准化制作等要素，大饼油条算不上正宗的快餐，因为不可能标准化制作，其他几条倒都符合，算是"原生态"的快餐吧。

那年初冬上北京办事，带我去前门开业不久的肯德基，成了京城友人颇为自豪的一档节目。排了好长时间的队才得以进入店堂，要了由两块家乡鸡和菜丝沙拉、鸡汁土豆泥、可乐、小餐包组成的套餐，花费了十来元钱，几乎占了我当时月工资的五分之一。初次品尝"洋快餐"，是在长队、拥挤和嘈杂声中完成的。比照快餐的理念，与大饼油条正好相反，只有标准化制作这一条严重符合。尽管费时费钱又费力，但美式炸鸡、菜丝沙拉、土豆泥独特的口味，给我留下很好的印象。可惜这些年在肯德基已吃不到清香爽口、带有奶香味的菜丝沙拉了。两年后，和蔼可亲的"山德士上校"来到黄浦江畔，肯德基落户外滩的东风饭店（原来的海员俱乐部）。到外滩去吃"肯德基"，不仅是儿子，也是我当年节假日向往的一件事。后来，家门口也开出了肯德基，还有麦当劳、必胜客，就近就能轻松悠闲地享受"洋快餐"。这样，"洋快餐"的味道，不只在于餐食的风味，还在于就餐的环境和理念。统一的标识、柔和的灯光、干净的桌椅、敞亮的柜台，还有整洁的洗手盆，让人有到家的感觉。即便只点一杯饮料，也能心安理得落座。喝完了，也不必担忧会有服务员在你面前使劲翻台扫地，用"肢体语言"赶你走。

查资料才知道，在此之前，已有捷足先登的"洋快餐"试水。老北站，当年是上海南来北往人流最多的地区。1982 年，沪上第一家专营"洋快餐"的北站快餐厅在天目东路 33 号开设，引进美国快餐厨房设备，供应配套快餐，日销量高达 5 000 客。不知什么原因，最早的"洋快餐"并没能长盛不衰，有多少人记得这家北站快餐厅？反正我是没去品尝过。

在"洋快餐"入驻前，其实中式快餐已兴起。20 世纪 80 年代初，上海的流动人口就达 100 万,"吃饭难"成了当年的一个社会问题,于是在大办第三产业时,各色快餐店应运而生。那时,许多市中心的影剧场都有快餐服务,比如南京西路上的大光明电影院、仙乐剧场,西藏中路上的和平、红旗、大上海电影院,利用地下室、咖啡厅等场所,向路人供应盒饭。那时,福州路上的"美味斋",每天中午门庭若市,一楼快餐厅猪油菜饭、肉骨头汤香气扑鼻,四五角钱便可美美享用一餐,真是价廉物美。记忆中,我们这个城市当年引领过中式快餐的,当数"荣华鸡"了。20 世纪 90 年代,"荣华鸡"曾"跨过"长江、"越过"黄河,在武汉、太原、天津、北京等地开设了分店。七八元一组的套餐与肯德基比拼过一阵子。只是好景不长,留在人们记忆中的好味道,更多的倒是套餐中的"配角"咸菜毛豆子。据说,中式快餐的瓶颈是标准化批量生产,一百个大厨做出的红烧肉,会有不止一百种的味道。当然也有突破的,比如号称"千份快餐一个品质"的"真功夫"。

行走过不少城市,购物用餐最方便的还是我们这个城市。街头各色便利店星罗棋布,不少店还供应快餐。中午时分,便利店内人头攒动、饭菜飘香,组成一道独特的就餐风景线……

(2014 年)

自助餐众生相

第一次听到自助餐这个词，是在近二十年前。那时，上海新锦江大酒店高耸起闹中取静的长乐路上，耀眼的现代气息与老锦江的经典相映成趣。位于新锦江顶层41楼，有个远东最大的旋转餐厅，那里可边享用自助餐，边观赏风景。那时，旋转餐厅是人们可望不可即的地方。

后来，我的同事应聘录用为新锦江的总经理助理，这样，我就可以堂而皇之走进这家五星级大酒店。我在助理的引领下参观酒店，就像刘姥姥进大观园，什么都感到新奇。参观的最高境界当然是顶层的旋转餐厅。餐厅高大宽敞，透过落地玻璃窗，可以360度一览无余俯瞰上海景致。餐台上，各式沙拉、熏肉、生菜、热菜、面包、果酱、甜品、水果"秀色可餐"。中外宾客优雅地一手托着盘子，一手夹取所需食物。虽说没有口福（不好意思让老同事破费），但眼福是有了。

第一次体验自助餐是在国外。那年首次出国，远涉重洋到加拿大访问，装了一大包方便面。那时出访伙食费是包干的，为了从口里省下美元带回点舶来品，主打的食粮就是方便面了。那时的方便面还不太讲究口味，吃到后来都吃怕了。好在住宿的酒店都有免费自助早餐，有的还很丰盛，一天的卡路里主要就源于此了。

当年在国外用自助早餐，却无法潇洒自如。那时国内还没使用信用卡，不少人都怀揣着亲朋好友委托购物的大把美元，所以小包一刻也不敢离身，连吃自助早餐也要背着。尽管横叮咛竖关照，但百密总有一疏时。一次，一位外地同行还是在眼花缭乱的自助餐厅里栽了。他是位摄影爱好者，背着重重的摄影包拿盘取食，实在不自在，看到同伴已取好落座用餐，就把摄影包放在同伴身旁的座席上，委托他照管一下。一会儿，一个黑肤色的大个碰了一下同伴，然后"sorry，sorry（对不起）"地道歉。"It's nothing（没关系）"，刚还警觉的同伴被他的诚意打动了，还友好地用英语回了一句。我那个同行取食回来大惊失色："我的摄影包呢？"这时，那个黑肤色的高个已没了踪影。

这些年来，自助餐在国内流行了起来，有的西式为主，有的"华洋杂居"。自助餐自由自在，往往把人的习性，甚至弱点也展露无遗。有的急吼吼，争先恐后取食；有的尽挑海鲜、蜗牛之类性价比高的东西；有的习惯于圆台面上盆子叠盆子的吃法，一下子花花绿绿取了几大盆，"浅尝辄止"后溜之大吉。这种"吃相"还"吃"到了国外。一次出访，随行翻译是个胖子，腆着将军肚，食肉主义信念一点不动摇。一次自助餐上发现喜欢的小牛排，一口气吃了十五六块，我们面面相觑，侍应生脸色很难看。果真第二天小牛排不拿出来了。前些天，我去一家"必胜客"用餐，发现原先的自助沙拉吧不见了。以前花 32 元，就可以拿到一个专用小盆取沙拉，装满为止，一次为限。尽管品种不多，也颇受一些人青睐。一些淑女装盆技艺娴熟：先将大片的生菜叶子围边，既扩展盆子的直径，又增加装盆的容量，然后将沙拉垫底，夯实基础后，将蔬菜、水果、蜜饯层层叠高，这样足可让三四个人受用。我不知"必胜客"取消这个项目是不是与食客的装盆技艺愈益提高有关。据说，网上好事者还经常切磋技艺，声称要"吃垮""必胜客"。

自助餐越来越本土化了，连茶馆的茶食也时兴自助了。人们在把不吃白不吃的理念与自助餐"接轨"之际，却忽视了自助餐的一些文化功能，比如自助餐还是一种社交形式，带着吃一把的想法参加冷餐会，一定会大失所望的。

（2009 年）

门　店

　　记忆里年少时的门店，就是散落在街头巷尾的烟纸店。在物资贫乏的年代，那小小的烟纸店是很有诱惑力的。店里除了香烟、火柴、肥皂、草纸，还有铅笔、橡皮、刀片，有让人流口水的橄榄、桃板、弹子糖。小学附近新永安路上有家烟纸店，可能店主姓张，大家都叫作"张家里"。放学后，手攥几分钱，到"张家里"去买文具或零食，是少时很快活的事。有个小学同学，家里也是开烟纸店的。放学后，常看到她趴在柜台上做作业。很羡慕这位同学，周围有那么多好吃的东西。后来得知，家里管教很严，那些东西她一样都不能动，实在让我钦佩在花花绿绿的诱惑前，能如此"淡定"。前不久路过那里，那一开间的商铺还在，成了烟酒专卖店，似乎还在延续烟纸店的传统。

　　20世纪60年代糕点是凭票供应的，记得每人每月发4张糕点券，每张糕点券再加上半两粮票，可以买一个4分钱的脆麻花或5分钱的开口笑或8分钱的白元蛋糕。每月4次买糕点、吃糕点是贫乏日子中的动人时刻，买什么糕点要算计好长时间。那时居住的金陵东路老大楼的对面有家食品店，当时叫成茂食品有限公司，以前不明白为什么要叫有限公司，但"成茂"是欢乐的代名词，那里可以买到难得品尝的糕点。这些年，在便利店的"包围"中，"成茂"还在苦苦支撑着，先是两开间的门面萎缩成一开间，现在一开间门面里只有半间在卖着烟酒，下降到烟纸店的规格，与改换门庭后的"大上海食品店"的店招很不相称。但对"成茂"的这种"坚守"，还是有点感动，毕竟这里还能寻觅到少时的些许印记。

　　老大楼旁边，有个临街的阁楼，原先住着拣废旧物品的老太。阁楼下是街面到大楼内天井的通道，大楼的垃圾箱、蓄粪池就在天井，这里是垃圾车和粪车（也叫马桶车）的必经之道。老太家的小火表接在我家大火表里，有段时间我每个月要上阁楼抄电表收电费。那天，她告诉我，她在上海至乌鲁木齐火车上当列车员的三十好几的儿子要结婚了，媳妇还是儿子领导的亲戚，就是眼睛不好。她儿子就在阁楼成了家，媳妇为人不错，还生了两个女儿。以后，垃圾车、粪车改成机动车，从大楼天井侧边新开的门进出，这条通道就不用了。"破墙开店"盛行时，老太一家不须"破墙"，就用这个通道开了个小吃店，供应面条馄饨，生意很不错。每次路经老大楼，总能看到小吃店门庭若市的景象。前些天路过老大楼，禁不住进小吃店探访，现在的招牌是咸肉菜饭骨头汤。老板说房子是租的，老头（老太的儿子）年纪大了，把店盘给了他，老头住在杨浦女儿家，两个女儿家境都不错。问及小店的生意，老板说市口好，还过得去。

如今居所周边，隔几个门面就有一个便利店，最多的是房产中介店，对着门店多瞧几眼，立马会有房产经纪人笑容可掬出现在你面前。那晚散步，发现有家房产中介店关门了，正在感叹"一叶知秋"，门店的开与关折射出房产市场的热与冷时，旁边一家门店闪出一位很帅的小伙子，颇有礼貌地说："叔叔，有什么需要帮助的吗？"帅小伙是安徽人，大专毕业后到上海，从事房产经纪有三年了。帅小伙很健谈，他说一个外地大专生要在上海发展，机会很少，房产经纪是个不错的选择，这个行业上接国家政策，下接百姓"地气"，要与各色人物打交道，对走出校门的他是个历练的场所，并不奢望一夜暴富，但这段经历对他以后择业一定很有用。一番话，让我对他和他从事的行业有了不一样的认识。几天后散步又经过此地，一辆电动车在我面前戛然停住，帅小伙兴奋地说："叔叔，刚带客户去看房，是法租界，复兴中路上的！"听他这么说"法租界"，我很不高兴，不得不对他讲起上海的租界史。帅小伙很虚心，说以后要多了解些上海历史。

史料记载，1956 年上海有烟纸店 9 408 家；据有关统计，2012 年上海有便利店 6 400 多家。从烟纸店到便利店，生活发生了很大的变化。

（2014 年）

购　物

　　"双十一"后的几天里，快递员频频按响门铃，我们一次次签单，收下大大小小、形形色色的快递包，从中也感受到了网购的快感。

　　以前没有超市，开门七件事柴米油盐酱醋茶，分别要到附近的煤店、粮店、酱油店、茶叶店去买。提着各色瓶子去拷豆油、酱油和老酒；小心就着一个方形大漏斗，用力捏住张开的米袋，营业员称好米，按下开关，米就哗哗顺着漏斗流淌到米袋里……这种购物方式，如今的年轻人是难以体会的。

　　除了开门七件事，以前购物总要到南京路上市百一店这样的大商场，因为那里的品种多，而且时新、正宗。在那物品短缺的年代，积攒了一笔钱，去百货公司购物，是盘算已久的大事。当年上海十大百货商店分布在各个区域，除了南京路上的市百一店、市百十店（永安公司）外，市百二至九店分别坐落在卢湾的淮海中路、杨浦的平凉路、普陀的长寿路、南市的东门路和中华路、徐汇的衡山路、虹口的四川北路、静安的万航渡路上。其他区域也配置有一定规模的百货商店，比如闵行百货商店、浦东的三钢商店。当年市百一店不仅是上海，也是全国最大的百货商店，有1 000多只柜台、3万多种商品，每天要接待十来万南来北往的顾客，节假日更是要达20多万。外地游客到上海，市百一店是必去之处。我们去外地游玩，百货商店也是必到之处，比如到北京王府井百货大楼买果脯、茯苓饼和山楂条，到南京新街口百货大楼买板鸭，到杭州解放路百货大楼买藕粉。

　　习惯于在商场由各色柜台间隔的狭小空间里行走选购，习惯于很多商品称之为"统货"，不能自己挑拣，要由营业员随手抓和一手交钱一手取货的购物方式，20世纪90年代初次到国外，对商场里舒畅的、很少有柜台隔断的购物环境，超级市场随意挑选、先取货后结账的购物方式大开眼界，甚至有点不适应，还会闪过这样的念头：有人把东西偷偷放进口袋怎么办？在加拿大温哥华的街头，有很多比上海烟纸店大不了多少的杂货店，里面各色小商品也是开架的，店主不少是华人。与店主交谈中了解了便利店这样的业态模式。没想到，五六年后，遍布上海街头巷尾的烟纸店也渐渐消失，代之而起的是各色超市和便利店。

那时到国外最烦人的是双休天和各种节假日超市关门大吉，晚上一般也不营业。那次出访德国，白天一点空暇都没有，每个人手中长长的购物单眼看要泡汤。那天，在汉堡开往科隆的高速公路上，翻译兼司机灵机一动，在快到科隆时，将车驶下高速公路，停在小镇超市的停车场。翻译长年居住在德国，对这里的情况很熟悉，告诉我们这个超市傍晚六点半关门，还有不到20分钟的购物时间。车门一开，我们呼啦啦涌进了超市，快速一扫，这里的物品比我们购物单里列的价格便宜多了，就把货架上的丝袜、洗头膏、沐浴露、护肤霜、巧克力一扫而光。超市收银员开始有点惊讶，而后满面笑容、忙不迭地打账单。后来发现，高速公路下不少加油站设有超市，性价比也高，又可加油，又可"方便"，还可购物。

如今上海的便利店星罗棋布，开门七件事可以就近解决。更多的商品可以去大超市、大卖场选购，不少卖场还有免费班车。街头的各色小店开了又关，业态调整很频繁，但便利店相对稳定，因为生活离不开它。

然而，生活中除了开门七件事，还有很多小东西少不了，比如家具、家电的小配件，比如拾遗补阙的小物件，以前在中央商场可以买到，现在很难在实体店寻觅到。好在有网购，打入主题词，所需的物品就出现在眼前，还可尽情挑选、比较，足不出户就能配到可心的物品。即便是实体店出售的各种大家电，网购也能享受很多优惠。由此，生活已离不开网购了。

（2013 年）

小店常驻

　　离家不远的拐角处，有家西式简餐小店，已经营了十多年。十多年的店史，对于那些"老字号"来说似乎微不足道，但对当下的小店生存周期而言，近乎是个奇迹了。

　　那些年，各色商店长盛不衰，即便是散落在街区的小烟纸店也毫无关门之虞。而这些年沿街的业态和门店转换得眼花缭乱，除了银行、房产中介店等例外，其他小店能开业存续三四年的，算得上老店了。这家西式简餐小店装潢简约而不失优雅，好多年没翻新了，不像有些小店，特别是那些美发店，要隔三岔五打理一番，当然装修费用是要每位消费者买单的。

　　夏日的中午，再次走进这家拐角处小店。依然是老样子，还有点破旧，平添了几分沧桑感，老板还是原先的那位。食客中老人和孩子比较多，老人还背着、拎着小书包，想必是刚从附近开设的各类辅导班里走出的。暑假里，老人要"全天候"照顾孙辈，陪读辅导班也是必修课。陪读结束，还要陪吃。进这家小店，想来是孩子点的，或是为了迎合孩子的口味。你看，孩子娴熟地使用刀叉，有滋有味地吃着，而老人皱着眉头，有点笨拙地用叉子夹着长长的芝士拉丝。

　　有几年没来了，递上的菜单还是所有菜式都五颜六色印在一大张像广告牌的那种。菜单上新品不少，只是找不到以前常点的黑椒牛肉烩饭。记得第一次进这个小店，花16元点了份黑椒牛肉烩饭，还附送一碟土豆沙拉、一碟酱瓜、一小碗罗宋汤、几片哈密瓜，还有一颗宝路薄荷糖、一杯茶。虽说是简餐，除了甜品，西餐的要素也算凑合了，特别是主菜黑椒牛肉分量足、鲜嫩可口。以后进小店，就常点这份菜，价格从16元逐步涨到26元，性价比还是很高的。坐在临街的落地窗前，看着车来人往的风景，虽说享用的是简餐，但也吃得出意境来。每每走过拐角，看到周边的小店"你方唱罢我登场"，而这家小店还始终如一，心中有种温馨感。

　　喝着茶，问及送菜单的小姑娘，菜单上怎么没有黑椒牛肉烩饭？小姑娘说现在不做了。正好老板过来，看到我有点面熟，笑着解释说，这几年牛肉价格涨得太高，这个招牌菜只能忍痛割爱了。这下我有点无所适从，老板推荐了小店人气很高的西西里肉酱芝士烤饭。饭菜上了，只附送一小碗罗宋汤，其他元素都省略了。老板抱怨店面的租金越来越贵，只能压缩开支了。老板手指柜台上一个个各色餐盒组成的打包件说："这些年就靠外卖来补充，维持小店的经营。"

肉酱芝士烤饭味道还不错，但少了原先那些元素，加之听了老板的一番苦经，这意境就吃不出了。希望小店常驻，我唯有默默祝福。

（2017 年）

"一百"情结

赶在市百一店停业改造前，又一次走进这幢熟悉的经典商楼、曾经沪上零售业的"航母"，不是为"小别离"前琳琅满目物品的打折促销，而是为心中的"一百"情结。

我们这代人大都有一种百货公司情结。那些年，物品不丰富，物流不畅达，每个城市最大的百货公司就是这个城市物品最集中的场所，也是这个城市经济实力的一种体现。在这里买不到的物品，其他商店也很难买到。20世纪60年代初，物品还比较匮乏的年代，市百一店就有5万多个品种。初次上北京，几乎没有不进王府井百货大楼的；去南京，大都会去新街口百货商店逛逛。尽管有"不到大世界，枉来大上海"的说法，但外地人到市百一店肯定比到"大世界"要多。

市百一店，"老上海"以前称之为中百公司、中百一店，是心目中"高大上"的购物天堂。其前身是1949年10月20日上海创立的第一家国营百货商店、新中国成立后的第一家大型国有百货零售企业"公营上海市日用品公司门市部"，坐落在南京东路浙江中路口，经营着3 000多种日用百货商品。1952年12月10日，门市部正式定名为"国营上海市第一百货商店"；1953年9月28日，商店迁至现在的南京东路830号（大新公司旧址，但由此把"一百"的前身追溯到大新公司似不准确）。其间，1950年5月，"一百"前身的日用品公司改组成中国百货公司华东区公司和中国百货公司上海市公司，这或许是"老上海"口中中百公司、中百一店的由来。

年少时去"一百"是轧闹猛，那里有当时全国稀有的自动扶梯。大新公司留下的两部自动扶梯安装在铺面商场至二楼、二楼至三楼之间，只上不下，扶梯每一级只容站1人。我们一次又一次领受着这种新奇和快乐，当梯级转到最后与地面平行的刹那间，勇敢一跃，生怕脚被轧了。自动扶梯后来停运了好长时间，1982年3月15日才恢复运行。1984年11月，"一百"为支持"爱我中华、修我长城"活动，自动扶梯售票上梯，每票一角，票款全部捐与修建长城。1986年，6部新引进的双排自动扶梯安装在"一百",这才有了"上上下下"的享受。"一百"尽管"高大上",但服务细致入微。那时还有圆珠笔芯加油、人字形塑料拖鞋配带的业务。谈婚论嫁时,"一百"是首选的购物场所。衣裤上翻出"一百"的商标,是很"扎台型"的。我那套"哔中"(哔叽制的中山装),就是"一百"出品的。搪瓷部以齐白石画作为图案的脸盆尤为年轻人喜好。脸盆放上水,盆底图案上的群虾栩栩如生,像要跳出水面似的。

那些年,"一百"是引领沪上时尚的博览厅。大凡高、精、尖商品首次面世,都会选择"一百"。各色商品展销会接连不断,即便是小小的手帕,也能翻出大花样来。记得有次铺面举行的手帕展销,从宝宝手帕到西装手帕,品种竟有近千种,一个手帕制作成的五彩缤纷大花篮让人赞叹不已。临街18个大橱窗的展品,随着四季更替和重要活动的主题而变换。大橱窗还是普及科技的窗口。20世纪60年代洗衣粉、80年代新水流洗衣机刚面世时,橱窗里都有相关知识和技术生动形象的演示。

再次走进"一百",并没寻觅到多少往昔的痕迹。记忆深处的"一百",还保留着一字排开的长长的货架和柜台的场景。好在这幢有着奶油色釉瓷面砖外立面的建筑还完好保存着,我们这些人的"一百"情结就有了"归属感"。"小别离"后的"一百",将呈现怎样的新景象,我们期待着。

（2017 年）

享受流行

时下，人们越来越依据流行元素来影响自己的审美和消费，流行真的难以拒绝，不论男女老少，即便再特立独行的人，也难以幸免。你可以对"麦当劳""必胜客"流行的快餐文化嗤之以鼻，但你还不时要被儿女或孙辈拉着去吃汉堡包和比萨，体验着"被流行"的感觉。

流行与时尚共生，追逐时尚是年轻人与生俱来的本能，因而引领流行的主体大多是青少年，到了中老年就处于"被流行"的状态了。即便是正值我们青春年代的20世纪六七十年代，思想禁锢、物资匮乏，而流行依然没有止步。先是流行穿军装、戴军帽。那时最时尚的装束莫过于穿一身不带领章、帽徽的军装，斜挎印着"为人民服务"的挎包了，从学生流行到工人、农民、干部。记得那年海军换装，原先那种铁灰色的65式军装，去除领章帽徽后分配到厂里内部出售，小青工争先恐后去买，还想挑有四只口袋的干部服。

后来，不知为什么流行海魂衫、回力鞋，那种蓝白相间的条纹衫街头巷尾随处可见，而回力鞋，特别是565型白色篮球鞋，更是当年"潮男"的"标配"，就像《山楂树之恋》里的老三。苏童有篇小说《回力牌球鞋》，那些年少男对"回力"狂热的追慕跃然纸上。我也不能免俗，拿到学徒工资的第二个月就去买了双白色"565"。这是一款高帮篮球鞋，鞋的内踝骨位置上，有块1934年设计的、圆形的回力商标压模图案，图案中是个肌肉发达拉弓箭的勇士，有中文回力和英文warrior，warrior就是勇士的意思，中文谐音回力，寓意回天有力。

流行总有理由，或许海魂衫在那单一刻板的服饰中有着别样的青春浪漫情愫，但又不会被指责为"奇装异服"，所以特别受年轻人青睐，也给沉闷的城市增添了些许色彩和活力。

再后来，又流行起运动衫，体育用品商店里蓝色、红色的线衫线裤成了紧俏品，还有一种灰色圆桶状、背带穿在桶口一串缀着电镀的小圆环中间，一提背带就把开口收紧了的运动包（又称"马桶包"），如同现在年轻人喜爱的双肩包那样流行。青春与运动同行，激扬的青春要以运动的符号来展现。

流行有时既体现了一种机智，也透露了一份无奈，"假领头"就是其中一款。"假领头"又称"节约领"，其实是套在内衣外面的无袖真领子，应该称之为假衬衫，据说是我们上海人首创的，当年流行甚广，既节约了衣料，有限的衣服行头还可翻出更多花样来。

随着年龄的增长，与流行也拉长了距离，进入了"被流行"的生活状态。其实，"被流行"的感觉也很不错。记得 1984 年的国庆前夜，我在文化广场参加上海市政府主办的联欢晚会，意外欣赏到了流行歌手张行的吉他弹唱《一条路》《小秘密》，那纯真的感情、动人的旋律在心田里流淌："悄悄地，我从过去走到了这里，我双肩驮着风雨，想知道我的目的。走过春天，走过四季，走过春天，走过我自己……"由此，我被流行歌曲"流行"了。这类"被流行"的现象如今随处可见。两鬓染霜的人尽情唱着《两只蝴蝶》，忘情跳着迪斯科，痴情打着网络游戏，还跟儿女学会了发短信、写电子邮件。

享受流行，让人融入社会、心态年轻。

（2010 年）

"二万户"

随着杨浦区长白一村沪上最后的"二万户"全部搬迁,"二万户"有可能成为历史词语进入上海的城市记忆。

"二万户",曾是一个充满喜庆和温情的符号。1952年4月,上海市人民政府决定当年兴建"二万户"工人住宅。其实,"二万户"是上海第二批工人住宅。此前,已建造首批工人住宅48幢,1 002户入住,上海住宅建筑史称之为"一千零二户"。因近曹杨路,命名为曹杨新村(后更名为曹杨一村)。房屋结构为砖木立帖式二层楼房,有一大间和一大一小间两种,每两户或三户合用一间厨房,每户配有可抽水冲洗的蹲位厕所。当时即便市中心,很多住户如厕使用的还是木制马桶。与住宅配套建设的有菜场、浴室、老虎灶、小学、礼堂、邮局、图书馆、诊疗所、消费合作社等,红花绿草、小桥流水,环境幽美。当时新华社发布新闻称:"曹杨新村目前已成为中国第一座工人住宅新村。"曹杨新村优先分配给当时的普陀、江宁、长宁3区纺织和五金工厂的劳动模范、先进生产者居住,陆阿狗、杨富珍、裔式娟等劳模是曹杨新村最早的居民。

"二万户"建造前,有关部门曾组织工人代表参观已建的曹杨新村,征求对新建住宅的意见。本着"坚固、适用、经济、迅速"的原则,"二万户"结构式样比曹杨新村要简易。住宅结构以五开间为一单元,二层楼,后部一层披屋,瓦屋面。楼上是居室,铺设地板,大户居住面积20.4平方米,小户居住面积15.3平方米。楼下是厨房、厕所和洗衣处,五家合用。"二万户"住宅建成后,划分为17个工人新村:长白一村、二村,控江一村、二村,凤城新村(后更名为凤城一村),鞍山一村、二村,甘泉一村、二村、三村,曹杨二村、三村、四村、五村、六村,天山新村(后更名为天山一村),日晖新村(后更名为日晖一村)。

1953年7月1日,首批"二万户"居民入住,中央制药厂、上海被服厂、国棉七厂、新华橡胶厂的30多户工人家庭,乔迁至曹杨二至六村居住。当年国庆节前,有近10万名工人及其家属搬入"二万户"新居。对于原先居住在茅草棚和阁楼上的工人及其家属来说,住进"二万户"

1952 年工人代表参观曹杨新村

是十分自豪的，大家是敲锣打鼓搬进新居的。此后，沪上工人新村建设在式样、结构、设施等方面不断有改进。1954 年建造的工人新村采用三层、四层楼公寓式样，每层 4 户，有厨房 1 间、浴室 1 间、厕所 2 小间、洗涤处 1 间，阳台也开始出现在工人新村。

时光流逝，当年幸福满满的"二万户"，后来成了住房困难户。"二万户"住宅，也到了原先设计的使用年限。1985 年，随着曹杨六村 10 多幢"二万户"住宅拆除，改建为高层和多层住宅，曹杨新村进入"升级换代"新时期。沪上"二万户"版图自此不断萎缩，终于在这个夏天迎来最后的退出。

欣闻有关方面对长白一村 12 幢沪上最后的"二万户"建筑将不再采用大拆大建的旧区改造模式，而在保留原建筑的前提下加以开发利用。这样，"二万户"不仅保留在历史档案里，也存活在现实的城市公共空间里。

（2016 年）

老楼纪事

那天接到分别了二三十年老邻居的电话，她现在供职于我们单位斜对面的一家公司，约我中午在"星巴克"小坐，还把她退休在家的二哥也请来了。老邻居相聚有聊不完的话，聊得最多的是生活过几十年的老楼和老楼的"七十二家房客"。

老楼坐落在金陵东路外滩，有七八十年的历史了。虽说不像左邻右舍那样，有着诸如紫金公寓之类的华丽名称，但也是一幢带有电梯的大楼，共有7层，一楼一直沿用英国式的叫法，称为底楼。

那个年代，老楼没有电子门锁，更没有保安守护，看管老楼的是一个孤寡老人，大大小小都管他叫老伯伯。老伯伯靠住家给的看管钱过日子，一户每月少则给一角，多则五角，当然也有不给的，靠的是自愿。这样一个月也有十五六元的收入，在那个年代也过得去。老伯伯对上上下下六七十户住家的情况了如指掌，外来人进楼，他要问个一清二楚才放行，有时还惹得房客不满。到了夜深人静时，他把大门关上，在底楼的走廊上铺板搭床睡觉。有晚归的房客敲门时，他立即起身开门，寒来暑往、天天如此。后来年岁实在大了，房管所帮他在走廊旁搭了间阁楼，夜里睡在里面。他用绳子一头拴在门把上，一头拴在阁楼里，听到有人敲门，用劲把绳一拉，门开了，房客进来后随手把门关好，并自报家门。他对房客的话音十分熟悉，不会放过一个陌生人。再后来，老伯伯被他的一个远房亲戚接走了……

老楼留下过不同年代的历史痕迹。大炼钢铁时，老楼长长的铁制拉门被拆下回炉炼铁；黄浦江涨潮冲过堤坝时，老楼门厅两旁的房间涌进过没膝的大水，后来为防潮水，就在华彩的地坪上砌上了冷冰冰的水泥台阶；门厅旁的大房间，曾经做过里弄生产组的作坊，那年月流行"早请示、晚汇报"，老妈妈们高昂但并不齐整的口号声、歌唱声在老楼上下响彻过一阵子……

老楼也有过值得炫耀的日子。20世纪60年代初的一个国庆节，老楼临街的一个挑出阳台作为庆祝游行的宣传站，浩浩荡荡的游行队伍第一次从金陵东路经过，原来那个宣传站就设在新搬来的副区长家的阳台上。那是连火柴、豆腐都要凭票供应的困难岁月，老楼阳台上高音喇叭里传出的激昂歌声让人振奋："我们走在大路上，意气风发，斗志昂扬……向前进，向前进，革命气势不可阻挡……"

老楼承载过我们的欢愉和激情。我们这代人特别多，小学只好实行"两部制"，一个教室两个班级使用，一个班上午上课，另一个班下午上课，就像工人翻班一样。不上课时就组织课外小组做作业。在老楼门厅放上两个凳子，搁块木板，五六个小伙伴围坐一起默写词语算算术。做完作业收起搁板，就玩"官兵捉强盗"，上上下下奔跑，引来大人们大呼小叫。后来，老楼一下子变得冷清了。"老三届"们一个个扛着铺盖远走他乡，有的还结伴去同一个地方"插队落户"……

那天下午，我回到了老楼。正在门口孵太阳的老人有点面熟，"侬阿是邱家姆妈？""倷是？倷是郭家的红解。"又闻熟悉的姑苏糯语。"邱家姆妈侬今年高寿？""勿大，90岁。"后来才知道，邱家姆妈已经93了，但对人总说九十岁。老楼越发冷清了，老邻居大都搬走了，租住的房客中不少人白天在金陵路上做服装辅料生意。老楼依然用着电梯工控制的手动电梯，电梯里只容得下两三个房客，除了地段好外，已没有值得炫耀的地方了，但这毕竟是我曾经的家园，有着我不能割舍的情脉。

（2009 年）

电风扇

那时没有空调，连电风扇也是稀罕物。摇着葵扇、纸折扇、檀香扇、鹅毛扇等各色扇子在弄堂口、马路边乘风凉，是盛夏夜晚一道长盛不衰的风景。

老大楼里有个邻居老王，乡下老婆来信了，就会把我叫到他的小屋里，给他念信，替他代笔写回信。完事后，常会给我讲他早先在洋行里当差的往事，有时还会蹦出几句洋泾浜英语。我一直不明白，大字不识几个的人，当年在洋行里是怎么当差的，但那架老式台扇似乎在说明什么。见我注意电风扇，他得意地说："华生牌。"一直没见那台风扇转动过。他说坏了，没去修。老大楼里的房间大都见不到阳光，夏天倒也不怎么热。那台不转的华生台扇，一直静静安放在窗台上，像是一种历史和时尚的显摆。

后来我进机关工作，也是在一幢老大楼里，而且是一幢近代优秀历史建筑。夏天大楼里依然能感到丝丝凉意，很少受溽暑的困扰。办公室房顶，有架木制老式吊扇，虽说转动时会有咯吱咯吱的响声，但在打蜡地板上铺条草席午休，望着房顶四翼厚实的木制风叶不紧不慢地旋转着，享受着习习凉风，真是惬意透了。有时会想，这架老式吊扇会不会是华生牌的。后来听说这幢英国人设计的老楼，当年很多建筑材料和设施都是从英国运来的，那这架老式吊扇会不会也是远道而来的？有时又会突发奇想。

那些年，电风扇一直是计划产品，只供应单位购买，还有相当一部分要出口创汇。从档案中可看到当年电风扇供不应求的情况。上海市计划委员会在1979年的一份报告中告急：上海交电站已将必要的周转库存量电风扇全部售光。报告中说，华生电风扇厂生产的华生牌电风扇已远销68个国家和地区，1978年生产32.6万台，其中出口13.74万台，1979年争取生产40万台。到1981年，全市要生产100万台电风扇。上海市教育局1979年在一份分配电风扇的文件中，提出已落实的1 100台吊扇和200台台扇的分配原则：主要解决中学、幼儿园，酌量分配给小学，使用范围为实验室、电化教室、食堂，各教育局机关不得留用。根据史料记载，1981年上海电风扇生产厂家已增加到80多家，全年生产电风扇达150.38万台，电风扇开始走进千家万户。

那时电风扇流行的牌子，除了华生牌外，还有旋风牌、舒乐牌、三角牌、方塔牌、葵花牌、海狮牌、象牌等，品种除了台扇、吊扇、落地扇外，还有鸿运扇。那时有句广告语很流行也很时髦："小骆驼走进大上海。"来自江苏吴县一家防爆电机厂的骆驼牌电风扇在上海市场上很紧俏。或许是当年邻居那款老式台扇留下的印象，我对电风扇有"华生"情结。终于搞到一张厂家直销的华生落地扇票子，兴冲冲用黄鱼车从厂家搬回了造型别致、带有琴键式开关和定时器装置的华生落地扇。那时我已从老楼迁到新村里居住，这落地扇成了全家消夏的好帮手。

不知不觉，这夏比以往来得长，而且高温天越发多。渐渐地，电风扇难挡酷暑，空调器开始步入家庭。以前只有在高档的电影院里才能享受的"冷气开放"，现在"搬"到了家里。争相购买的电风扇"退居二线"，生产电风扇的厂家自然也冷落了，连"华生"也不例外。1990年，华生电器总公司本部出现严重亏损，面临严峻的局面。

如今，500多卷华生电器总厂的档案已被上海市档案馆接收珍藏。1909年，在一家洋行做账房的杨济川，结识叶友才、袁宗耀共谋制造电器产品，首先从家用电扇开始；1915年，中国第一台电风扇诞生；1924年，华生商标电风扇正式投产；1987年，华生牌电风扇年产111.1万台，创历史最高水平……电风扇的历史，将长留在城市记忆里。

（2013年）

人行天桥

延安路华山路人行天桥，这座屹立了近 17 年的"空中连廊"，因轨道交通 14 号线建设，可能要"功成身退"了。于是，微信朋友圈里满满的都是对人行天桥的回忆和怀念。人行天桥，见证了城市交通管理、人们出行方式的改变，已成为上海人集体记忆的组成。

人们常把建于 1982 年的延安东路外滩人行天桥称为上海第一座人行天桥。严格来说，这是上海首座跨越市区道路的人行天桥。而跨越铁路的人行天桥，早在 1908 年沪宁铁路通车后就有设立，称之为人行旱桥，比如 1909 年通行、1940 年拆除的王家宅旱桥。20 世纪 50 年代在闸北居住、工作过的人，一定不会忘记大统路人行旱桥给他们带来的便捷。那时铁路把闸北切为两半，工人上下班，学生上学放学，农民往市区送菜，都要穿过铁路。火车到来前，路口就被栏栅关闭，一等就是三四十分钟。1953 年五一节，大统路人行旱桥建成通行，从此闸北的"天堑"变通途。直到 1987 年五一节前夕，为配合铁路上海新客站建设，这座横跨沪宁、沪杭铁路 34 年的老旱桥才终于退役。

上年纪的上海人说起旱桥，印象更深的一定是共和新路旱桥。与大统路人行旱桥不同，这座 1957 年 11 月 1 日通行的，规模宏大跨越 6 条铁路线的旱桥，可并排通过 4 辆大卡车，两边各有宽 3 米的人行道，是一座以车行为主、兼顾人行的天桥。1995 年，上海人耳熟能详、满载记忆的共和新路旱桥，让位于成都路高架工程，退出了市民视野。

延安东路外滩人行天桥，桥平面呈"凵"形，沿人行道不同方向设 6 座各 38 级台阶水磨石扶梯。这里是交通要道，又值轮渡出入口，人流量高峰每小时达 1.54 万人次，建桥后行人拥挤状况明显缓解，过往车速提高，交通事故显著减少。由于是市中心首座人行天桥，市民对外滩人行天桥的关注度很高，"得了便宜还卖乖"，方便出行后对天桥的造型、结构等提出很多意见，尤其对天桥灰暗色的主色调难以容忍，感觉与外滩景观不相匹配，煞了风景。次年 2 月，有关部门就给天桥换上淡色明亮的新装。市中心的第一座，为以后的建造提供了经验，这才有了如今上海人行天桥的千姿百态。尽管当初有很多缺憾，但当 1993 年为配合外滩交通综合改造工程，拆除跨越中山东一路、二路的两段，仅保留跨越延安东路一段；1996 年让位于延安东路高架工程，外滩人行天桥全部消失之际，人们还是难掩留恋之情。

南京路西藏路人行天桥 1985 年底落成，是以前上海人行天桥中人流量最多的，路口设计人流量为每小时 42 500 人。天桥呈椭圆形，4 个转角处各有两座转式步行梯伸向沿街的第一百货商店、新世界商场、精品商厦和荣华楼酒家内，集交通、观光、引导购物等功能于一体。外地游客喜欢在天桥上观赏上海最繁华地段的各色景观。此天桥 1986 年被评为上海最佳人行天桥。2003 年 5 月，椭圆形天桥完成使命，相关功能被现代化的地下交通所替代。

这些年，由于市政建设等原因，共和新路中华新路、南京路石门路、提篮桥等人行天桥相继拆除。与众人翘首相望、辉煌升空的那一刻相反，天桥"离去"时显得"黯然失色"。因为交通等原因，天桥主梁的切割拆除往往是在深夜，但其为城市交通做出的贡献是不会被遗忘的。在老天桥消失的同时，一批新天桥又闪亮升空。市民对人行天桥有了更多诉求，特别是不少天桥没有电梯，使上年纪的市民难以"亲近"。好在有关部门在对本市 77 座人行天桥进行梳理，就市民呼声最高的表面抗滑和改装人行电梯问题，在研究改造方案。如此，人行天桥更美了。

（2016 年）

感受动车

到武汉开会，这次不乘飞机而是选择坐动车。上海到汉口刚开了几趟动车，最快的一趟近 5 个小时就到了。坐动车，不需赶到老远的浦东机场，没有烦琐的登机手续，也不必担心大雾雷雨航班延误。

动车的环境和设施比"空中客车"、波音飞机还好。一等车厢每排 4 个软席，宽敞的高靠背可以前后调节，腿脚可以自如伸展；折叠式的小桌板镶嵌在座席的扶手内；车窗延伸到座位扶手处，视野开阔；车厢里的门是红外线自动感应开闭的；卫生间里的冲厕按钮、洗手池的水龙头也是自动感应；洗手间内还配备了充电插头、洗手液和纸巾。十多年前，我在加拿大访问时曾乘坐过从多伦多到渥太华的火车。流线型的车身，舒适的航空配置，还免费送两次饮料和一份甜点，让我受宠若惊，第一次发现坐火车还能有如此优越的享受。如今，这种优越感我在国内动车上也体验到了。

动车启动后，电子屏幕上滚动显示着车速，不一会儿已提速至每小时 200 多公里，但坐得还是稳稳当当。旅客有的抽出小桌板，打开了手提电脑；有的翻阅报刊；有的喝茶品茗；有的闭目养神……动车上显得安静祥和。这时，前排一位女士和她儿子的对话飘了过来。"宝宝，你是上海人还是武汉人？""阿拉上海人！""谁教你的？""爸爸。""那你下车，不带你去武汉了。""到了外公外婆家我就是武汉人了。""乖，对外公外婆要讲武汉话，记住吗？""记住了。"看来，这位武汉姑娘嫁给了上海男人，互相间还为孩子方言的"母语权"争夺着。

动车疾驶，一个小时过了无锡，两个小时过了南京。上车时还细雨霏霏，现在已云开日出了。小孩躺着睡了，车厢里恢复了安静。车上的广播悄然无声，据说动车提倡的是"无干扰服务"。

车窗外的景色不断转换着，情不自禁想起了好多年前坐普快列车的情景。硬座车厢里，两排长椅 6 个旅客身挨身、脚碰脚相对而坐，构成了一个小小的空间。列车刚开，互相间已各报"家门"，甚至细数了自己的"简历"。茶过三巡，已天南海北、家长里短聊开了，免不了还会触及时弊说些社会热点问题。夜色浓重时分，汽笛长鸣，列车咔嚓咔嚓缓缓进站，搅醒了小城的梦境，也吵醒了瞌睡的旅客。透过车窗送进了站台上的广播，提醒旅客列车进站，停靠几分钟。似乎所有站台广播员都是一样的音质，声音里糅合着别情和温情。在旅客上下车之际，响起了小贩的叫卖声，从车窗递进了烧鸡、茶叶蛋、豆腐干和当地的土特产。列车启动后，车厢里飘逸着酒香，有人在享用夜宵了……在普快列车里，你能触摸到生活的百态，还会滋生缠绵的遐想，你会想到过客、想到驿站、想到人生，或许还有朱自清的《背影》。

　　这趟动车由上海直达汉口，三个小时过了合肥，再有两个小时就可抵达汉口站了。坐动车，就像把"家"从"石库门"搬进了高级公寓，没有了拥挤、逼仄和嘈杂，但也少了些许温馨。生活就是这样，人们在得到的同时，往往也失去了什么。

（2009 年）

公交"老字号"

人生的许多经历，会与一些公交线路交集。

那些年，家住金陵东路外滩，每晚枕着叮叮当当的有轨电车声入睡。那时，金陵东路上行驶着以十六铺为起点站，到徐家汇的 2 路和到卢家湾的 10 路有轨电车。电车线沿路有好几家电影院，比如嵩山、淮海、国泰。坐电车去看电影，是儿时十分神往的一件事。记得到嵩山电影院，车票只要 3 分钱，到淮海、国泰就要 7 分了。1960 年，淮海路拆除了自重庆南路以西的有轨电车铁轨，改行新辟的 26 路无轨电车，有轨电车的终点就缩线至重庆南路。以后看史料，发现这两条有轨电车的历史可追溯到 1908 年。到了 20 世纪 70 年代初，金陵东路上的有轨电车铁轨也拆除了，代之而行驶的是新辟的 12 路无轨电车，叮叮当当的有轨电车声只能留存在记忆里了。

当年去益民食品一厂上班，乘的是 55 路汽车。从延安东路外滩上车，在溧阳路站下车，正好 5 分车票乘足 4 站路。那时上班乘车叫"轧车子"，55 路虽说运营车辆多，而且都是那种铰接式的"巨龙车"，但早高峰时前胸贴后背，要挤个立足之处都很难，还常常出现乘客"吊车"、驾驶员下车助推才能关门开车的情况。那时售票员是体力活，前后两个售票员为了给中门上车的乘客买票，不得不在密集的人群中艰难移动着。当然乘客也费劲，"比上班还吃力"，这是到站下车后常说的一句话。

后来在位于南翔古猗园对面厂里的一个车间上班，平时住宿舍，厂休回家，来回乘的是北嘉线。乘 65 路到终点站中山北路共和新路，就到了北区汽车站，有开往嘉定的北嘉线、开往安亭的北安线和开往江苏太仓浏河镇的北浏线。开设于 1958 年的北嘉线，曾是嘉定地区通往市中心的"黄金线路"。当地人进市区管叫到上海去，乘北嘉线到上海去，是有重要事情要办的。记得当时北嘉线大约半小时一班，分座位和站位票两种，价格一样。买座位票按次序给个号，座位号发完了就只能买站位票，或买下一班的座位票。我喜欢费点时间买张座位票，这样可以悠闲观赏车窗外移动的田园风光。那时车过杨家桥，大都是农田和村庄，春天满眼尽是金灿灿的油菜花，夏天是一块块翠绿色的秧田，秋天稻浪翻滚一望无边；村落、耕牛、斜雨、池塘，像是一幅幅意境清幽的风景画……那是一分钱要掰成两分钱花的年代，北区汽车站到南翔车票 3 角，到南翔前一站朱家宅是 2 角 5 分，有时为了省 5 分钱，我和工友在朱家宅下车，徒步到南翔。

恢复高考后上了大学，去学校和回家乘的是 43 路汽车。43 路开设于 1949 年 6 月，上海刚解放之时。20 世纪 50 年代，43 路是从斜桥到师院，90 年代从南浦大桥到上海师大。桂林路穿过师院校园延伸后，43 路终点站就后移了。上海师院改名上海师大，站名也因此而改。在上海的公交线路中，以学校为站名的不多。那时每当周末傍晚和周日晚上，43 路上挤满了师院的学生，旁若无人谈论着校园里的逸闻趣事。

结婚后住上钢新村，到外滩机关上班乘的是 82 路汽车，乘到终点站陆家嘴，再乘轮渡到浦西。82 路沿着黄浦江，在有些弯曲的浦东南路上行驶。乘了十来年 82 路，透过车窗，也能感受到那些年浦东的变化。如今家住打浦桥，出行主打的依然是公交车，17 路到西藏路，41 路到淮海路，这两条也是"老字号"公交线路，17 路运营至今已近 90 年了。

这些年，我们这个城市轨道交通四通八达，公交线路调整在所难免。人们在享受快捷便利的现代交通时，又想"挽留"行将退出的公交"老字号"，因为这些线路不仅承载了市民的经历与感情，也是城市公共交通的历史印迹。有关部门充分听取民意，在公交线网调整时尽可能保留"老字号"，比如原先准备撤销的 55 路予以保留。

（2015 年）

三轮车　出租车

年幼时，出租车是很稀罕的。谁家有急事，就会派人到马路边大声呼喊："三轮车!"于是一辆三轮车就会停在面前，比现在扬招出租车还要方便。还记得50多年前那个深夜，母亲带我们几个兄妹从苏州亲戚家返沪，父亲到北火车站来接，夜色中全家分乘两辆三轮车回家，这是印象中第一次坐三轮车。以后好多年不再有机会坐三轮车，去淮海路嵩山电影院，乘2路有轨电车3分钱车票就能到了。即便进厂工作后，上下班挤的是公交车，平白无故一个大男人是不会去坐三轮车的。

20世纪70年代初的那次工伤，让我不得不坐了几十回三轮车。在食品厂罐头车间上班时，不慎让沸滚的开水烫伤了脚，开始每天，以后隔天，再后来隔几天，要去仁济医院清创换药，来回都是坐三轮车。好在是工伤，车费能报销。几十年过去了，换药时那种痛楚早已淡忘，但三轮车工人用暴着青筋的双腿使劲蹬车的情景很难忘却。

黄包车、自行车分别来自东洋和欧洲，而三轮车却是国产原创的。1923年，南京路上同昌车行的一位技工，对这两个"舶来品"进行巧妙"嫁接"，一种新的交通工具三轮车就此诞生了，并逐渐取代了黄包车。1948年，上海三轮车已达32 000辆。在20世纪五六十年代，三轮车依然还是城市主要的交通工具。那时有位三轮车工人家喻户晓，他就是程德旺，当年是与蔡祖泉、杨富珍、杨怀远等齐名的劳模，让人对三轮车工人刮目相看。20世纪90年代，街上出租车开始风行于市，三轮车渐渐淡出了人们视野，1995年全市注册的营业三轮车仅剩9辆了。这些年，三轮车又出现了，不是在大街小巷，而是在旅游景点。水乡古镇，坐在三轮车上，你是"看风景的人"；而在游人眼里，你又成为"风景中的人"。

第一次乘出租车，沾了妻子、儿子的光。那年儿子呱呱落地，我去产科病房接他们母子俩回家，叫了一辆出租车，不过轮子只有3个，是辆机动三轮车，上海人戏称为"乌龟壳"。车费每公里6角，比起那时6元一张公交月票的消费水平，也算是高消费了。

不知为什么，上海人习惯称出租车为"差头"。对"差头"的由来，民间有几说，让人难以取舍。上海出租车的历史可追溯到 20 世纪初，到 1913 年，经营出租汽车的企业有 9 家，车辆 43 辆。老上海人印象最深的自然是祥生汽车公司和寓意"四万万同胞，拨四万号电话，坐四万号汽车"的叫车电话 40000 了。前些年，从美国归来的祥生公司创办人周祥生之子周惠定，在上海市档案馆接受采访，口述当年情况时，特意讲到了其父为得到 40000 叫车电话号码的机智和用心。现在强生汽车公司的前身是市出租汽车公司，而市出租汽车公司的前身就是祥生公司。强生的叫车电话也是由 40000 演变而来的。电话号码 6 位数时，市出租汽车公司叫车电话是 580000（谐音：我拨 4 个零），升到 7 位数时是 2580000（谐音：让我拨 4 个零），以后升到 8 位数，强生叫车电话又在原号码前加个 6，还是很好记。

那年在加拿大，第一次在国外坐出租车，着实"惊艳"了一回。那里出租车是要电话预定的，路边是扬招不到的。出租车到达十分准时，竟是一辆奔驰车。车身很宽敞，司机背后面对面摆放两排座席，好像中间还有一条长桌，放着各色饮料，就像坐在火车餐车里。司机笑容可掬、服务周到，当然，小费是必须的。

离家不远的零陵路上，有家供应盖浇饭、炒饭和面条的小饭馆，即便不是饭点时间，门口路边也停了不少出租车。的哥到这里上厕所、洗脸、买饭、冲茶，熟门熟路。一位奉贤的哥告诉我，这里营业时间长，随到随吃，有家的感觉。浇头菜是现炒的，量很足，价格也适中，十来元钱可饱餐一顿。开车辛苦，家里人最挂念的是安全和健康。

从三轮车到出租车，时光在车轮中消逝，城市在车轮中进步。

（2014 年）

第二辑

文化休闲

老课本

在书展上，意外看到了儿时读过的语文书，可惜被塑封着。原来，这些 20 世纪五六十年代的老课本，是为这次书展特地"做"的，封面是按原版本重新印刷的，里面订的是白纸。那个年代没有教辅书，课外读物也很少，只有几本作文选还舍不得买，所以课本是大多数孩子获取知识的唯一来源。

岁月流逝，可有些老课文至今还记得，如同一泓清泉，时不时在心田中流淌。"夏天过去了/可是我还十分想念/那些个可爱的早晨和黄昏/像一幅幅图画出现在我眼前……"那篇《夏天过去了》朗朗上口，充满情趣。夏天是孩子们最喜欢的季节，对于孩子来说，夏天是个无拘无束、尽兴尽致的季节。长长的暑假，会滋生多少有趣的故事！开学后朗读着《夏天过去了》，小小年纪还会平添一丝惆怅。许多年过去了，在凉风习习的夏夜，我还会念起这篇课文，想起儿时的情景。不知为什么，几篇有关季节的老课文记得特别牢。有篇《秋天来了》："秋天来了/天气凉了/一片片黄叶从树上落下来/一群大雁往南飞/一会儿排成个人字/一会儿排成个一字。"放学后我们仰望秋空，果然看到排成人字或一字的大雁。那篇《妈妈给我缝新衣》还被谱成曲："新的棉花新的布/妈妈给我缝新衣/妈妈缝衣多辛苦/我穿棉衣要爱惜。"我们在音乐课上唱过，至今还记得歌的谱子。那时，不少儿童歌曲的歌词就来源于课本。

儿时的课文深入浅出，在娓娓道来的故事中讲述着做人的道理。印象特别深的有篇课文叫《千人糕》。大意是我们吃的糕，是要经过"千人"做成的：糕是用面粉、油和糖等原料做成的；面粉和糖、油是从哪儿来的？是农民伯伯种出来的；农民伯伯用什么种田呀？用农具；农具又是从哪儿来的？是工人叔叔用铁和木料制成的……这样算下去，一块糕需要经过多少人的辛勤劳动啊！成人以后还一直记得这篇课文和文中的道理。还有一篇《狼来了》，经典得每届学生都读过。有同学说个谎，大家就围着他嚷："狼来了！狼真的来了！"后来才知道，这篇经典小课文出自《伊索寓言》。当时不少小课文及课文中的插图，都出自名家之手。

两年前，在书城惊喜地买到了上海教育出版社出版的《新中国60年小学语文课本选》，从中捞起了许多儿时美好的记忆。那篇豪气十足的《我来了》，曾是我们玩耍时势压对方的"利器"："天上没有玉皇/地上没有龙王/我就是玉皇/我就是龙王/喝令三山五岳开道/我来了！"那篇《花生》中的形象比喻，成了我们给人猜谜的谜面："麻屋子/红帐子/里头睡个白胖子。"还有那篇现在看标题还会忍俊不禁的《蓝鼻子哥哥和红鼻子弟弟》……

　　国庆节，我到浦东去看望儿时的语文老师。当年刚走出师范学校风华正茂的费老师，如今已是70多岁的老人了。老师还是那样快人快语，谈起当年的语文课一往情深，谁字写得好，谁的作文经常被她当范文读，都一一记得。老师对我们这届学生最为得意。她说，我们这届考进重点初中的人数是历届最多的。我知道，当年老师为我们这些愚顽的学生倾尽了心血。那时没有校外补习班，也没有家教，家长的文化水平大多不高，知识的传授就靠老师。

　　老课本，不仅是怀旧的载体，还能读出不少新意来。老课本，是不会干涸的清泉，滋润着你的人生，使你保持一份率真。

（2011 年）

阅报栏

那些年，报纸是传播信息的主要媒体，市民大多是在街头巷尾的各色阅报栏看报的。简易的阅报栏，是悬挂在墙上，用铅丝构成的两面都好看报的活络报架，粗铅丝围成边框，框内用细铅丝编成一个个菱形的方框，报纸夹在两片铅丝网组成的框架内。那时报纸大多是对开四版，看完一、四版，翻个面再看二、三版。有时几个人围着同看一张报，有的看完要翻版，有的没看完，不谦让还会发生小争执。考究点的阅报栏，是玻璃窗框架的，一份报要张贴两张报纸，一张看一、四版，另一张看二、三版。

年少时，我家对面邮局外墙上有个玻璃窗阅报栏，里面张贴着《解放日报》和《新民晚报》。常去那里看报，是为了了解电影放映的信息，报上有今明两天的排片广告。有段时间天天上那里，为的是看晚报"繁花"副刊上有精美插图的连载小说《佘赛花》。

平生第一次文字变成铅字，是在车间阅报栏发现的。车间阅报栏不靠墙，由双面玻璃的架子组成，里面夹着《解放日报》和《文汇报》，一张报纸两面都可看到。生产流水线上下来轮休，都会来这里看报。那个日子不会忘记，1975 年 8 月 25 日。阅报栏前人头攒动，见我前来，工友惊喜地向我喊："你登报了！"我凑前一看，果然《解放日报》四版下面有我的电影《创业》观后感。一位工友还特地从车间办公室要来一份当天的《解放日报》给我，这份报纸我珍藏至今。

第一次在《新民晚报》"夜光杯"上发表文章，也是在阅报栏前发现的，那个日子也不会忘记，1983 年 9 月 11 日。晚报复刊初期一报难求，订不上报，买不到报，只能去阅报栏看。那时晚报四开六版一张半，"夜光杯"五、六版，是在半张上。对面邮局阅报栏限于位置无法张贴多出来的那半张，"夜光杯"就看不到。于是晚饭后常步行到离家不远的南京东路江西中路，这里有长排的玻璃窗阅报栏，张贴着十来份报纸，但到夜晚，只能靠路灯借光阅览，有执着的还打着手电筒看报。那晚，终于看到晚报"夜光杯"刊出我的散文《蓝色的伞流》。几天后，收到编辑寄来的样报。

曾有统计，那些年每天在南京东路江西中路阅报栏看报的有一两千人次。沪上有规模的阅报栏，除了此处外，记得还有四川路桥邮政大楼等处。1990 年 10 月，当时全国最大的阅报栏出现在上海火车站邮电大厦前，全长 84 米，张贴数十种报纸，装有先进的自控灯光设备，24 小时对公众开放，方便南来北往旅客阅读报纸。

　　时下，新媒体成为人们获取信息的重要渠道，传统的阅报栏也更新换代为"高大上"的电子阅报栏。那天在上海图书馆，看到两位老年读者在电子阅报栏前，饶有兴致地点击触摸屏，娴熟地翻阅着，享受读报的新体验。然而，那些年街头巷尾的阅报栏给市民带来的信息便利和文化愉悦，是不会被遗忘的。

（2016 年）

观影往事

年少时，课余除了玩弄堂游戏外，最期盼的就是看电影了。

那时，电影院分为首轮、二轮，甚至还有三轮电影院。首轮放映新片，二轮、三轮放映老片，称之复映片。首轮设施比较好，夏天还有冷气开放，当然票价也贵，像大光明、新华、国际等。我大都是在二、三轮看的电影，离家最近的有浙江、嵩山和城隍庙的文化电影院。最喜欢去嵩山，淮海中路龙门路口那座城堡式建筑的电影院，虽说是二轮，但里面的座席不像浙江那样是硬板凳，而是软座。那时还常去挨不上轮的少年之家看电影，每张票只要5分钱。小学附近沪南电影院是首轮的，每年六一节学校包场观看。我在沪南看了《红孩子》《地下少先队》《英雄小八路》《花儿朵朵》。上次去城隍庙，特地去人民路上找沪南，已没了踪影，这一带成了大型停车场。

那天，在街头报栏里密密麻麻的电影预告中，看到淮海电影院在放30年代的老片《夜半歌声》。早就听说这是部"恐怖片"，已很少放了，禁不住刺激和猎奇，下午做完功课后步行近一个小时赶到淮海，还生怕小孩不让进去看。后来对同学说我看过《夜半歌声》了，他们都大吃一惊。以后拍了张国荣主演的新《夜半歌声》，迟疑了一下还是没去看，为的是保持儿时那份刺激的记忆。那时小小的黑白电影歌曲照成了学生时尚的收藏，照片除印有歌曲外，还有明星剧照。

"文革"中，很少有国产电影放映，倒是看了不少朝鲜、阿尔巴尼亚电影。那个年代语言贫乏单调，外国电影中的精彩对白带来了生动和幽默，成了交谈的经典话语。比如朝鲜电影《看不见的战线》中"对暗号"："你拿的是什么书？""歌曲集。""什么歌曲集？""《阿里郎》。"阿尔巴尼亚电影《广阔的地平线》中的"下班以后洗个澡，就像穿件大皮袄"。引用最多的是苏联电影《列宁在1918》中的"面包会有的，牛奶会有的，一切都会有的"。

有时看了电影想"有感而发"。1975年初，看了电影《创业》后，鼓足勇气把观后感寄给了《解放日报》，久久没有回音，不知为什么《创业》也

20 世纪 90 年代嵩山电影院

停映了。那年一个夏日，在车间阅报栏前，我的观后感《地位、荣誉和幸福》在《解放日报》醒目位置刊出了。后来才了解《创业》"封杀"和"开禁"的前前后后，没想到我的一篇观后感会与政治大背景相连。

1980 年底，一封《解放日报》信函寄到了我就读的大学，告知我关于电影《今夜星光灿烂》的影评准备刊用，由于编辑做了一些改动，特地要我去报社看清样认同，信末署名张世楷。那天下课后，兴冲冲赶到汉口路上《解放日报》老楼，见到了仰慕已久的主管文艺评论的编辑张世楷。"你原先是在益民食品一厂的吧？"见面后张世楷就问我。没想到，他还记得五年前我的那篇《创业》观后感，这让我深为感动。

这些年电影越来越多，越来越时尚，可惜能长留记忆的不多，也很少见到影评、观后感这类文章了。

（2011 年）

观赛往事

20 世纪 60 年代中期，我还在上初中。那时篮球没有职业联赛，但每年都要举办各种级别的联赛，有工厂、学校、机关等组队参加的全市基层联赛，有大学、中学组队参加的大学生、中学生联赛，中学生联赛还分初中、高中组。那时联赛常安排在风雨操场和山东路体育场、西藏南路体育馆举行。风雨操场的名称很直白，可能取自风雨无阻的意思，是国内建造最早、规模最大的室内田径场之一，位于衡山路宛平路口。山东路体育场和西藏南路体育馆离家不远，是我看球赛的主要场所。

山东路体育场有两个灯光设备的篮球场，那时晚上路过山东路、九江路一带，常可听到体育场内传出的喝彩声。西藏南路体育馆位于青年会大楼（即青年会宾馆所在处，曾改名淮海饭店）旁，从一条弄堂进去，看台在球场两边狭窄的楼上，是木质结构的。记得那时中学篮球队实力较强的有向明、新沪、五四、培英、南洋等中学。我所在的光明中学高中篮球队也常打进决赛，在西藏南路体育馆领略过他们的风采。至今记得男队几位主力队员的名字：张永康、章家祥、王光明。张永康是主力中锋，不仅身材高大，而且多才多艺，还在学校话剧团排演的《南海长城》中扮演男一号，是当年学生中的偶像级人物。可惜"文革"开始后，就没观赛的眼福了。

改革开放初期，电视机开始普及，但大都是 12、14 英寸的，黑白的，还有更小的 9 英寸的。小小荧屏难以展现恢宏的赛场，更难感受到激越的气场。因此只要有机会还是会去赛场观看的。1983 年秋，第五届全运会在上海举行，这是第一次在首都以外的城市举办全运会，家门口的"竞赛盛宴"不容错过。那些天，我尽情享受观赛带来的动感愉悦。在陕西南路上的卢湾体育馆，感受了举重名将吴数德刷新 56 公斤级抓举世界纪录时的沸腾场面；在上海体育馆，欣赏到"体操王子"李宁在力与美角逐中的高超技艺；在江湾体育场，经历了以点球决定足球冠亚军的心跳时刻，前五轮上海队和广东队各进 4 球，关键的第六轮，上海队门将刘文斌跃身一扑，将球挡出门外，接着上海队王钢一脚劲射将球打进广东队门内，全场欢腾，广东队射飞点球的池明华匍匐在草地上，长久没起来，那一刻，我真想有两个足球冠军，因为广东队也是我喜爱的队，当年叱咤足坛的名将容志行就出自广东队；在虹口体育场，见证了世界跳高纪录 3 个月后被同一位中国运动员再次打破的历史：当巨大的电子显示器亮出"2 米 38"的高度，裁判员走到跳高架前，仔细检查高度的准确性时，全场鸦雀无声，屏息迎候新的世界纪录的诞生。身穿白背心、红短裤的朱建华第一次试跳失败，全场一片惋惜声，只见他不慌不忙，坐在场上小憩片刻，然后走到跳高架前量了一下步点，举手示意后，似旋风般冲向横竿起跳，如轻燕般跃过横竿，全场爆发山呼海啸般的欢呼声，朱建华兴奋地接过鲜花绕场一周……1983 年，当"飞人"刘翔在上海出生时，这个城市已经拥有了一位被誉为"空中飞人"的世界级田径明星。

这些年，电视机屏幕越来越大，年龄也越来越大，就少了许多"亲临"赛场观战的冲动，但迁移到肇嘉浜路上的卢湾体育馆还是常去的。以前，这里是上海男篮的主场，2002 年，姚明带领他的兄弟挑落八一队，终结辉煌的"八一王朝"，登上了 CBA 冠军宝座；这些年，这里是上海男排的主场，连续几年成为上海男排登顶之舞台。

原先的山东路体育场后来改建成黄浦体育馆，现在又成为黄浦市民健身中心；西藏南路体育馆已拆除，但少时在木制看台上观赛的情景，时常会浮现在眼前……

（2014 年）

照相往事

　　兔年春节，在上海美术馆观看了"1949—1999上海照相馆人像摄影艺术展"，见到了久已疏远的、原先在照相馆大橱窗里随处可见的人像艺术照。如今，人人会照相，随时可照相。而在以前，照相是件很隆重的事。那时，一般人家都没有照相机，走进照相馆里拍张照、合个影，一定是有重要的事。照片印证着人生的转折和家庭的和睦，承载着幸福美满或离情别愁。

　　那年小学毕业，去离家不远的吉祥照相馆拍了证件照。那时师生离别，唯一的礼物就是送张一寸的证件照。学校里新来的教自然课的董老师给我们的印象是博学多才，寒暑假给我们讲很多古今中外的故事。毕业前夕，董老师组织我们自己印照片，节省了好多钱。在暗房中、红灯下，看着一个个熟悉的脸庞在显影水中渐渐显现，心中流溢的是神奇、向往和友情。后来听说，董老师原先是区教育局的干部，被错打成"右派"后下放到我们学校的。

　　那时，有名的大照相馆集中在南京路、淮海路上，各式小照相馆则散落在街头巷尾。据史料记载，1955年全市照相业共有453户、从业人员2 172人。当时南京东路上的照相馆和照相材料店就有24户，名气很大的有王开、科艺照相馆和冠龙照相材料商店。当时"王开"的"门槛"很高，寻常百姓很少进去拍照。类似的高档照相馆还有南京西路上的"中国""万象"，淮海中路上的"人民""蝶来"。"科艺"不照相，以冲印放大精致而闻名，当然价格也高出好多。倒是"冠龙"最具"亲和力"，我们那时候进进出出常光顾。

　　到"冠龙"租相机，买相纸，拷显影、定影药水，是当时年轻人的一种时尚，也是苦涩年代难以忘怀的美好记忆。当"冠龙"推出出租相机的业务后，最跃跃欲试的莫过于我们这些不满足于上照相馆"任人摆布""装腔作势"的年轻人。尽管租金不菲，但十来个同学或四五个青工合租一架相机，分担的费用也能承受。记得出租的相机135胶卷的是上海58－Ⅱ型；120的是海鸥4型，双镜头的，我们称为"方镜"，取景器在上

位于南京东路上的"冠龙"（20 世纪 90 年代）

面，很直观，但按动快门时要特别注意，一不小心就照糊了。135 胶卷是要在暗袋中打开相机后盖安装的，都是由照相馆或照相器材店师傅代为安装的。看到师傅双手在暗袋中运用自如地装着胶卷，真是一种享受。

那时胶卷很贵，一卷 120 的只可照 12 张，翻上两边的挡片取景成长方形，可照 16 张。每次照相都要算计着，往往合影的多。这样胶卷是省了，但印费却增加了，要按人加印。后来，我们想自己印照片，动手制作了一个印相机，到"冠龙"买来相纸，拷来药水，用毯子遮挡住窗户光线，用红领巾裹住灯泡，简易的暗房就有了。曝光、显影、定影、清洗，流水作业，情趣无穷。最为纠结的是，清洗不够，相纸上残留着药水就贴到窗玻璃上上光，干后粘着撕不下来，只能"望照兴叹"。

曾经散落在街头巷尾的照相馆如今难寻踪影了，留存的照片越发珍贵。诚如摄影展结束语指出的：我们需要抢救、搜集和研究散落在亿万个家庭中的照相馆人像照片，需要对这些照片进行社会学、历史学意义上的解读，需要鼓励当事人或继承人说出照片中的故事。这样，就能使个人的、家庭的记忆，转化为集体的、社会的记忆。

（2011 年）

广播情缘

老楼邻居老王早先在洋行里当过差，家中不仅有一台老式电风扇，还有一台老式电子管收音机。他的妻儿都在苏北老家，他喜欢听淮剧来寄乡愁。房门一开，那或高亢激越或委婉流畅的曲调就会飘散出来，年幼时的我会伸长耳朵听上一会儿。那时家里有收音机的不多，听广播称作听无线电。没有真无线电，我们就做游戏，模仿无线电里的各种声音。一个小伙伴做使劲扭开开关的动作，躲在人后的小伙伴就唱起歌来……

初中年代，先后在当时的上海县塘湾公社、松江县叶榭公社和南汇县祝桥公社参加过"三秋"劳动。劳累了一天后，晚上躺在泥地上铺稻草的大统铺上，是最舒服的时候。这时，门后墙角处高挂的方形广播喇叭箱响起了甜糯的沪语："社员同志们，上海人民广播电台《对农村广播》节目现在开始了……"记得先是介绍当天的天气，然后主要播送与农村有关的新闻，最后是言论《阿富根谈生产》《阿富根谈家常》，平易中娓娓道来农业生产知识，宣传社会新风。那时上海农村几乎家家都挂着一个广播喇叭箱，村里人所知国内外和本地的大事，皆源于这个有线广播喇叭箱。

20世纪60年代后期，学校停课了，虬江路旧货市场是我们常去的地方。我用好不容易积攒起来的10元钱，淘到了各种零件，请喜欢摆弄矿石机的邻居装了一个单管半导体收音机。没有喇叭，插上耳机插头，拨动调谐转盘，耳机里就会传出期盼已久的广播声。为了声音清晰，还要不断转动机器的方向。这个最简单的收音机，为那段原本清苦单调的日子增添了不少乐趣，以后还为我充当过上班"报时"的工具。刚进厂时，买不起手表，当时一块手表要抵我们这些艺徒半年的工资。那次家里的钟坏了，我上早班"掐时"，多亏了这个单管收音机。早晨醒来后，插上耳机听广播的内容，就可预判大致的时间了，因为我对早晨不同时段的广播节目已经了然于胸。

艺徒满师后，新买了一个上海101厂生产的海燕牌袖珍式中波六管收音机，这样不用耳机也可收听，收的电台也多，音色也好。除了早晨听中央台、上海台的《新闻和报纸摘要》节目，晚上听中央台的《各地人民广播电台联播》节目外，主要是听样板戏。听久了，就会唱了，《红灯记》《智取威虎山》中长长的经典唱段《雄心壮志冲云天》《迎来春色换人间》能一字不落唱出。进入新时期后，广播节目多姿多彩，我又"升级换代"买了个袖珍式调频调幅立体声收音机，这样就能收听到音质优美的"空中乐坛"《星期广播音乐会》《立体声之友》《怀旧金曲》《东方风云榜》等节目，当然也不会错过乔榛、曹雷等参加演播的广播剧《刑警八〇三》。有时，还会在"黑夜与白昼在此交替"的零点，收听东方电台的《相伴到黎明》，静静倾听他的困惑、烦恼……

没想到，有朝一日自己的声音也会通过电台传播。1993 年的一个冬日，我向《东广新闻》的"东方传呼"打去电话，反映打浦路隧道内的堵车问题。编辑接听后，当即把我的电话接进直播室，由我直接向主持人和广大听众反映问题。以后，我又有缘作为嘉宾三次走进电台直播室，先后在上海电台的"市民与社会"、东方电台的"今日新话题"和上海电台的"小茗时间"节目里，与主持人左安龙、高天、何晓明，与听众聊关于档案的话题。

如今资讯发达、网络便捷，但每天早晨 7 点，我依然会守候在袖珍收音机旁，边用早餐，边听东广早新闻。天下大事、民生琐事每天一早尽然知晓。

（2013 年）

话剧情缘

那天，去安福路话剧艺术中心看话剧《大哥》，又感受到了那种久违了的心灵交流、激情碰撞。走下荧屏的郝平饰演"大哥"，与台下观众近距离地"交流"着，随着剧情的跌宕起伏，观众为"大哥"一家36年间的艰辛、痛苦、恩怨和幸福分担着、分享着，精彩处响起热烈的掌声。这种审美愉悦，是看电影、看电视剧难以体验到的。

从小就喜欢上剧场看话剧。记得第一次看话剧是20世纪60年代初，在黄河路上的长江剧场，由上海人民艺术剧院演出《第二个春天》，讲的是海军某科研单位发愤图强完成"海鹰"艇试制任务，为建设强大海军做出贡献的故事。通过演员的肢体、语言和剧场效果，第一次体验到了话剧的冲击力和感染力。后来看过的话剧中，印象最深的是在上海艺术剧场观看的"人艺"演的阿根廷剧作《中锋在黎明前死去》。万千球迷喜爱的足球中锋，由于俱乐部债台高筑，竟把他拍卖给一个以收藏优秀人物为乐趣的富豪。被收藏的人失去自由，任他观赏，成为他的私有财产。为了自由，也为了观众和足球，中锋掐死了富豪，结果被送上了绞刑架，在黎明前死去。看后心中满是悲凉和愤恨。后来在电视中看阿根廷足球比赛，不由得会想起这出悲剧。

那个年代看话剧是"高消费"，票价最低要3角，而电影首轮票价是2角，复映1角5分，早早场才1角。那时，上海话剧演出团体都有自己的"营盘"，长江剧场是"人艺"主打剧场，上海艺术剧场是"人艺"和"青话"（青年话剧团）合用的剧场，延安西路上的儿童艺术剧场则是"儿艺"（中国福利会儿童艺术剧院）固守的"大本营"。记忆中还在徐汇剧场、解放剧场看过话剧。

令人扼腕的是，建于1923年，有"话剧中心"之誉的卡尔登大戏院（1954年改名长江剧场）延续了整整70年的历史后，1993年被拆除了。曾经一次又一次走进"长江"，观看了"人艺"的《边疆新苗》《陈毅市长》，"青话"的《秦王李世民》《天才与疯子》，等等。后来经过国际饭店，总要拐到黄河路去看看，熟悉的剧场已没了踪影，原址上搭起的脚手架迟迟没有拆除，历经十多年居然不肯露出"真颜"。前些天，终于看到一幢18层的"鸿祥大厦"光鲜亮丽竖在眼前，据说是"杏花楼"的大手笔，不知"长江"的文脉能否延续下去。

喜欢看话剧，竟也有机会参与创作过两个独幕话剧剧本。20世纪70年代，我当时就职的益民一厂所属的上海食品工业公司经常组织小戏会演。厂里由我执笔创作了一出反映抵制不正之风的独幕话剧《出车之前》参加会演。初次"触话"，惴惴不安，很想得到专业指导，于是贸然把剧本寄给了"儿艺"的导演、演员郭震。没多久，就惊喜地收到了郭震的回函，对我这样的"草根"作者给予了热情鼓励，并从人物形象到环境烘托一一提出修改意见。这封信至今我还珍藏着。后来，听说郭震去南方"触电"了，在南方影视圈内颇有名气。

前些年，市级机关组织小品展演，现在流行叫小品，其实与独幕话剧差不多。市档案局组织了创作组，我也在其中。我们的剧本以档案馆利用档案为台湾同胞寻亲为题材。创作和演出，有幸得到上海戏剧学院老师和学生的悉心指导，曾在陈逸飞执导的《理发师》中饰演一位有名有姓战士的上戏学生彭国斌加盟剧组，使演出增色不少，被评为"观众最喜爱的小品"。现在彭国斌已在天津人艺担纲主演。两次"触话"，使我对话剧有了更多更深的理解。

这些年的话剧有点小众化，适合我辈看的剧目已不多，上次看了《牛虻》，这次看了《大哥》，也算过了一把话剧瘾。

（2010年）

口琴之恋

那些年，尽管物资贫乏、生活拮据，但我们对音乐爱好的热切程度不会输给现在的年轻人。当然，不可能奢望有把提琴、吉他甚至有架钢琴，但我们拥有自己喜爱的价廉物美的乐器：笛子、口琴，家境好点的会有一架凤凰琴，那是那个年代女孩子最想得到的。盛夏的夜晚，凤凰琴带有颤音的悠扬琴声从楼上窗口飘出，会引得乘凉的小伙伴循声望去，投去羡慕的眼光。

相比笛子，口琴小巧轻盈、携带方便，喜欢的人更多。课余掏出一把国光或者敦煌牌口琴吹上一曲，会引来不少女生回头。吹毕将口琴往袖口上擦擦，放进裤袋里的习惯性动作，也有几分潇洒。中学同学有个绰号叫铁头的，是黄浦区少年宫红领巾艺术团口琴队的成员，每逢班级联欢活动，必有他的口琴独奏。一吸一吹间，时而欢快时而舒缓时而还带点波纹状震颤音的琴声，就从口琴一个个小方格里流动出来，在少男少女心田里荡漾。往往吹奏第二首乐曲时，铁头会从口袋里又掏出一把口琴，陶然自得地用两把口琴上下移动吹奏。两把不同调式的口琴，音域更广，更富表现力，让我们听得入神，看得出神。听铁头吹口琴，成为我们中学生活的美好记忆。

前些天，铁头与我聊起口琴队的往事，又沉浸在半个世纪前舞台上演出时的兴奋和愉悦中。他参加的黄浦区少年宫红领巾艺术团口琴队，经常参加比赛和演出，当年在学生口琴队中的水平和声誉，仅次于市少年宫小伙伴艺术团口琴队。他对于当年的演出场景记忆犹新：合奏的场面很大，两旁是不同声部的口琴手，中间有和弦口琴、笛声口琴、倍司口琴手，印象最深的合奏曲是《花好月圆》。

那个年代喜欢口琴的人，几乎没有不知道口琴大师石人望的。石人望热心向青少年及口琴爱好者普及口琴音乐，曾在市少年宫、青年宫、工人文化宫和区少年宫、文化馆以及学校口琴队作艺术指导工作。他把许多古今中外喜闻乐见的歌曲和乐曲改编为口琴独奏或重奏曲，还编有《口琴吹奏法》《口琴编曲法》等书。上海可以说是中国口琴音乐的发源地。

1929 年，王庆勋、王庆隆等人筹建的中华口琴会；1932 年，石人望组建的大众口琴会；1935 年，陈剑晨创办的上海口琴会，对中国口琴音乐教育与传播都做出了重要贡献。上海也是第一批国产口琴的诞生地。1931 年，潘金声等人开办国内第一家口琴厂，经过两年研制，1933 年推出宝塔牌 20 孔口琴，次年以"国光"作为产品商标。

小小口琴也登大雅之堂。新中国成立初期，中华口琴会、上海口琴会先后在兰心大戏院举行音乐会和口琴独奏比赛；20 世纪 80 年代，上海口琴会曾在上海音乐厅、市府大礼堂等处举行大型音乐会；1985 年，来自 25 所中小学的 47 名独奏选手和 30 所学校的 30 支口琴队参加全市少年儿童口琴比赛。以后，随着吉他热和电子琴热的兴起，口琴在青少年中的影响日渐衰微。

如今偶尔听到口琴声，会触动心中柔软之处。因为那些年，我们用掌心和唇间的温度烘暖过口琴，那优美的琴声给平凡的日子抹上了浪漫的色彩。

（2016 年）

以歌为证

那个周日的上午，电话铃声搅醒了我的好梦。"昨夜电视转播看了吗?"电话那头传来我小学音乐老师余老师的声音。看来世界杯魅力真大，80多岁的老师也迷上了。"看了。"我有点激动了。"真精彩。""精彩极了，加纳队。"我还在为凌晨加时赛中加纳队的吉安绝杀美国队的一脚劲射叫好。"什么? 没外国队呀!""啊……"原来我俩搞岔频道了，老师说的是中央电视台"青歌赛"的合唱比赛。听得出，老师有点失落，她一再关照我7月2日"青歌赛"颁奖晚会一定不要错过，我连连答应老师。

前不久，我刚与分别了40多年的老师联系上。2月23日，《新民晚报》"夜光杯"刊发了我的小文《漫步老校》。文中提到了我就读过的已经消逝的百年老校永安路小学，提到了"音乐老师余九霞指尖下飞出的美妙音符，给我们物资匮乏的儿时带来了许多欢愉"。让我惊喜不已的是，过后《新民晚报》就转给我一封读者来信，竟是余老师写的。老师急切地期待《新民晚报》牵线搭桥，期待我们师生40年后的相聚。读着老师的信，我的思绪一下子飞到了20世纪60年代初的童年时代。

那时尽管日子过得紧绷绷，衣服打补丁，买根棒冰要给同学咬一口，但童趣不缺，照样过得有滋有味。对我来说，参加了学校合唱队，有琴声歌声为伴，童年色彩亮丽不少。每年全区的"布谷鸟歌咏比赛"是我们合唱队的盛大节日，紧张和快乐全写在清纯的脸庞上，尽管连演出服装白衬衫都可能是向其他同学借的。大幕拉开，我们唱起《卖报歌》《打砖歌》《十送红军》，唱起《我们的田野》《听妈妈讲那过去的事情》……

40年来，童年的歌声如清澈的细流一直在心田里流淌滋润着。"我们的田野，美丽的田野，碧绿的河水，流过无边的稻田，无边的稻田，好像起伏的海面"。动人的旋律、优美的歌词时不时会拨动我的心弦。"星星是多么焦急地等在窗外，被惊醒的小鸟也想挤进门来，小花猫埋怨没有邀请它……"歌曲《快乐的晚会》，使我想起了国庆十周年我们在学校礼堂彻夜狂欢的情景。五六十年代的孩子，虽说没有网络游戏，没有麦当劳，但也没有沉重的书包，一点不缺想象和欢愉。

母亲节前一天，我们永安路小学 1963 届 3 个班级的 5 位同学捧着鲜花来到余老师浦东的居所。40 多年弹指一挥间，我们从孩提时代进入了当爷爷做外婆的年龄，但当一一报出名字后，老师还是很有印象的。一位同学回忆起当年考学校合唱队的情景，一曲唱后，余老师就收下了："高音部。"另一位同学没这么幸运，至今还"耿耿于怀"。师生相聚，有说不尽的话，诉不完的情，但音乐、合唱、歌是主题。童年的歌，不仅给了我们许多愉悦，还陶冶了我们的性情，留下了美好的记忆。我们都十分感谢那个年代的歌，感谢老师把真诚把美好传播给我们。令我们这些新中国同龄人值得炫耀的是，我们那个年代的一些歌，至今还在传唱，拨动着一代又一代少年儿童以及已年长已年老的人的心弦。

依依告别后刚回到家，就接到余老师的电话，老师说今天她太高兴了，可惜忘了一个项目，她要我猜忘了什么。我实在想不出疏漏之处。为了这次师生相聚，老师特地把在小学当校长的女儿叫回家接待我们，下厨做了两道点心，又让老爱人当摄影师，留下相聚的情景。"我们忘了唱歌啊！"老师大声说。"对了，没唱歌。"一阵开怀大笑后，我的眼睛有点湿润了，下次一定不忘唱几首当年合唱队演唱的歌。

7 月 2 日晚，我准时收看了央视青年歌手电视大赛颁奖晚会，又在网络上补看了因世界杯错过的合唱比赛，《打靶归来》《我爱祖国的蓝天》《伏尔加船夫曲》，熟悉的歌声又响起，让人激动不已。歌，是生活的写照，见证了我们师生之情。

（2010 年）

阅读历程

那天，一本寻觅好多年的旧书从山西忻州快递到我手上，像重逢一位老友那样惊喜不已。这是 1953 年 10 月由上海的文化工作社出版的《斯巴达克思》，作者是美国的法斯特。

20 世纪 70 年代初，我患"甲肝"被"关"进了上海第四人民医院在多伦路上由一座教堂改做的隔离病房，趁机看了不少书。那年月好多书都被禁了，但好在喜欢书的朋友不少，想方设法把书从探望窗口一本本递进来，《斯巴达克思》就是其中一本。史诗般的人物、恢宏悲壮的场景、撼人心魄的细节激荡着我的心潮，以后再想看这本书却难觅踪影了。1979 年中外名著开禁，我排队几个小时终于买到了《斯巴达克思》，兴奋之余却难掩失落，这并不是我看过的那个版本，作者是意大利的乔万尼奥里。或许是先入为主，或许是法斯特笔下的故事情节更引人入胜（1961 年获 4 项奥斯卡大奖的好莱坞大片《斯巴达克思》就是根据法斯特的原著改编的），我对法斯特的版本印象更深。前些天，浏览孔夫子旧书网，意外发现了法斯特的《斯巴达克思》，急忙汇去 80 元钱，寻回了一个旧梦。

人生如四季，不同的季节有不同的"阅历"。儿时的课外阅读大多是在小人书摊完成的。手攥几分硬币，可快活几个钟头。遇上好说话的摊主，还可一左一右坐两个"旁看"的伙伴。上小人书摊看书的大多是小孩，其实出租的连环画大多不是儿童读物，《三国演义》《水浒传》《烈火金刚》《铁道游击队》，还有《钢铁是怎样炼成的》，我都是在小人书摊读完的，而《红楼梦》《聊斋志异》是不敢多碰的。那时，《三国演义》60 册连环画的篇目可以一字不差报出，《水浒传》《隋唐演义》里的好汉排名也不会搞错。我有时在想，我们这代人在遭遇动乱、命运多舛时表现出的勇气、责任、友情甚而躁动、自负，或许与儿时的这种"反季节"阅读不无关系吧？

在我的阅读历程中，遇到过三次"恶补"时期。"文革"初期，学校图书馆被砸，昔日的"禁书"一本本被我们"偷"出，在手中悄悄传递偷看着，那份惊险有如搞地下工作似的，孔乙己"窃书不是偷书"的理论是我们最好的心理支撑。就在那个非正常时期，我"邂逅"了罗曼·罗兰和他的《约翰·克利斯朵夫》，屠格涅夫和他的《罗亭》，巴尔扎克和他的《高老头》。30年后，我初次访问巴黎时，在拉雪兹神父公墓凝视着巴尔扎克双眉紧锁的青铜色头像，又想到了第一次阅读《高老头》时体验到的那种深刻。"文革"后期，我在一家县团级大厂的办公室工作。那时上面会不时配售一些"内部"书，给一定级别的人参考阅读。办公室主任让我去福州路上的上海书店二楼专柜购买，我有缘先睹为快。在那文化饥渴的年代，读到了反映苏联现实生活的《多雪的冬天》《人世间》《你到底要什么》，反映中东战争的《纳赛尔传》《通向斋月战争之路》，以及张国焘的《我的回忆》，等等。

第三个"恶补"期是改革开放后，有幸进入大学中文系就读，许多中外名著成了必读篇目。但为了应考，注重的往往是"典型环境中的典型人物"，少了些当年阅读的冲动和愉悦。但校园书店里的名著倒是有一本买一本，放到书橱里却不急于看，总想反正自己的书留着以后看吧。哪想人到中年被工作、家庭"两驾马车"拖着走，又赶上快餐文化流行，阅读流变为急功近利的东西，捧上一部长篇小说几成一种奢侈。直到"解甲归田"之际，才会有充裕流畅的阅读空间和时光去慢慢品读。

同一本书，不同的人生季节会读出不同的东西来。少时读《罗亭》，被罗亭的机警善辩所折服；大学时读《罗亭》，把罗亭作为"多余人"经典作剖析；如今读《罗亭》，像在欣赏一幅幅俄罗斯乡村油画。而再次读《斯巴达克思》，思考的竟是作品运用了多少真实的史料。

（2010年）

旅游忆往

　　如今旅游已成为人们生活中的寻常事，而在三四十年前，旅游是件很难得的事。那时人们生活大都处于温饱型，囊中羞涩，加上假期少，出行不便，旅游变得遥不可及。筹划好久出游一次，精打细算，吃和住能省则省，就是"穷白相"。那年月大都是自助游，出行一次颇费周折，印象最深的是我旅行的"首秀"。

　　那是近四十年前的一个国庆节，与两位厂里的同事相约去宜兴游两个洞。或许是由于当年电影现代京剧《智取威虎山》中威虎厅就是在其中的张公洞里取景拍摄的缘故，对宜兴的两个洞充满神秘感，所以"首秀"没有选择路近而且一直神往的苏州、杭州。那时一周六天工作制，平时难得有机会外出，国庆节加上周日有了三天假期。为了充分利用假期，我们9月30日下班后就到北火车站坐夜车，10月1日凌晨抵无锡。灯火中出火车站赶汽车站，乘上开往宜兴的头班长途客车。早晨八点半就到宜兴，再转乘去丁山的长途客车，十点半抵达。正准备再转乘去张公洞的长途客车，哪知人算不如天算，出发前在有限的条件下做足功课设计的行程，还是受制于当地的交通条件，到张公洞的客车票前几班都卖完了，最早要到下午两点多了。无奈只好将行李寄去逛镇。这是有名的陶都，我们看中了不少价廉物美的茶具碗碟，但考虑到携带，忍痛割爱，每人只留下一把紫砂壶、一套精陶碟子，我一直保存至今。回到车站想取行李拿干点当午饭，不料吃了闭门羹，服务员吃饭去了。等到寄存窗口开了，迫不及待打开行李取出面包、果酱、香肠、水果，填饱了肚子。

　　经过半个多小时的车程，终于在下午近三点来到了梦幻般的张公洞。张公洞以洞中有洞、洞洞相通、洞洞不同、洞洞有奇而闻名。走进烟雾缭绕、气势壮观的海王厅，我们着实为大自然的造化所惊叹，海王厅简直就是一个天然大舞台，眼前顿时浮现出《智取威虎山》中的威虎厅，禁不住念起了当年耳熟能详的杨子荣智斗座山雕的对白："天王盖地虎""宝塔镇河妖""脸红什么""精神焕发""怎么又黄了""防冷涂的蜡"……为了要赶四点半的末班车，我们在一个个洞中快速穿行浏览，不敢多停留。乘车离开张公洞，傍晚时分来到了我第一次旅行的下榻处张渚车站旅社。虽然设施简陋，但很整洁，对我们这些"穷白相"的人来说已很称心了。走出旅社，犹如走进画中，小桥、流水、人家、炊烟，宁静致远，旅途的劳顿散去了大半。

次日早晨，步行半个多小时去善卷洞，可以从容游洞了。"狮象大场""金鸡独立""万古寒梅""露滴石笋"，漫漫岁月浇注而成的钟乳石错综纷陈、千姿百态、惟妙惟肖、美不胜收。最后泛舟出水洞口，豁然开朗。舍舟登岸，鸟语花香，溪水潺潺，如入桃花源中。步行到祝陵车站一打听，返回宜兴的客车要到下午三点半以后才有票，而宜兴到无锡的末班车是四点半开，让我们急出一身冷汗。还好有惊无险，四点二十分车到宜兴车站，我们提着行李百米冲刺，赶上了回无锡的末班客车。10 月 3 日，白天游无锡、太湖，夜车回上海，结束了首次旅程。

如今旅游成了流水线式的体验，虽说轻松不少，但也失却很多个性化的东西。那些即便当时纠结无奈的东西，以后回忆起来还是很有味道的。

（2013 年）

最后的老影院

在福州路文化街闲逛，走到浙江中路口，又见红砖外墙的浙江电影院。年少时，这里是我常去之处。屈指算来，已有四十多年未走进这家影院了。每回经过这里，都有进去再看一场电影的冲动，但每回都只留下深深的一瞥。这次刚好有场电影要开映，不是因为这部影片，而是为了怀旧，购票上楼走进影院。

尽管影院外貌陈旧，但里面设施已今非昔比。那时，"浙江"放映厅内有上下两层，座椅是有靠背的硬板凳。夏天没有冷气开放，进场时每个观众从筐子里捡一把印有广告的纸糊小扇，以此来送凉。当银幕上出现"完"字，全场灯亮时，楼上顽皮的小观众迫不及待把纸扇朝楼下散去，让工作人员要忙活一阵子。如今的"浙江"，除了座椅旁缺个放杯子的设施外，其他与现代化的影城相差不多。"浙江"的主要观众是中老年人，而正在放映的是场星球大战的科幻片，上座率不错，大都是成双结对的年轻人，像我这样上年纪的人极少，显得有点落单。

少时去"浙江"，是因为票价便宜。那时电影院分首轮、二轮，甚至还有三轮电影院，记忆中"浙江"是二轮影院。那个年代片源少，平时上映的新片不多，逢年过节才有一批新片。首轮影院放映新片，二、三轮影院放映老片，也就是复映片，一般新片上映3个月后才进入复映片放映。对我们这些囊中羞涩的学生来说，不必为趋新而去看新片，没看过的就是新片。二、三轮影院票价便宜，设施差些。

改建后的"浙江"，依旧只有一个放映厅，300多个座位，比原先少了一大半。市中心这般历史悠久、单厅的专业影院，恐怕找不出第二家了。前些年，"浙江"能够保留，或许与其所处的地理位置有关。一些坐落在南京路、淮海路、西藏路、四川北路等繁华商业街上的老影院就没有这样幸运，比如南京西路上建于1914年的新华电影院，淮海路上创办于1921年的嵩山电影院、建于1926年的淮海电影院，四川北路上建于1924年的永安电影院，20世纪90年代后因市政改造和产业置换等原因相继消失。这些老影院都有过辉煌，新华电影院的前身是夏令配克影戏院，夏令配克是奥林匹克的旧译，1929 年 2 月首映美国影片《飞行将军》，成为当时远东第一家装置有声放映设备的影院。20 世纪 50 年代，新华电影院还有"外语原版片专场"。原先的和平、大上海电影院尽管改建成现代化的影城，但早年的建筑已不复存在。

这些年，"浙江"能够幸存，或许还沾了邬达克的光。当浙江电影院将要被拆的消息在网上传出后，引起了社会关注，媒体、专家翻出了"浙江"的"身世"：浙江电影院的前身是浙江大戏院，1930 年开业，由邬达克设计事务所设计建造，有专家表示应列入优秀历史建筑。这些年，邬达克已成为老上海风情、优秀历史建筑的重要符号。其实，中国建筑师早期在上海也留下不少经典之作，如陈植主持设计建造的大上海电影院（原名大上海大戏院），20 世纪 30 年代曾是远东第一流的豪华影院。

走出"浙江"，刚看完的科幻片并没留下多少印象，一直在想象若干年后的"浙江"，将会以何等模样呈现于世人。

（2016 年）

"卢体馆"：力与美的符号

　　原先坐落在陕西南路上的卢湾体育馆，经常举办拳击、举重、柔道、摔跤等重竞技项目比赛，成为力与美展示与比拼的舞台。"卢体馆"的前身回力球场就以举办拳击赛著称，上海解放后曾任上海市武术协会副主席的王效荣，1943年在这里击败过在上海打擂未曾败过的苏联大力士鲍杰洛夫。

　　1983年，我两次走进"卢体馆"，感受到力与美的激情演绎。

　　8月31日，我来到这个中国举重的"福地"，第五届全运会举重比赛在这里举行，我期盼目睹新的举重世界纪录诞生。这里被誉为中国破世界举重纪录的风水宝地。1956年6月7日，20岁的陈镜开在这个舞台上，以133公斤的成绩，打破最轻量级挺举世界纪录。"卢体馆"，成为中国第一个世界纪录诞生地。23年后的同一天、同一个舞台上，陈镜开的侄子、21岁的陈伟强以151.5公斤的成绩，打破56公斤级挺举世界纪录。这个夜晚，"卢体馆"将力与美的境界又一次推向了巅峰。24岁的吴数德不负众望，在全场观众紧张得几乎屏息中，抓举起128公斤的杠铃，打破56公斤级抓举世界纪录。"卢体馆"沸腾了，观众起立鼓掌欢呼，巨大的声浪一浪高过一浪，像要掀翻"卢体馆"屋顶似的。

　　两个月前的6月，我在"卢体馆"第一次见识了以追求力与美完美统一的健美比赛。首届"力士杯"健美邀请赛在这里举办，中断了近40年的男子健美比赛，以阳刚之气重登舞台。健美运动通过徒手利用身体自重和器械训练，发展肌肉、增强体力、改善形体，融健身性、竞技性、观赏性于一体。

　　上海是我国现代健美运动发祥地。早在1930年，沪江大学学生赵竹光发起成立沪江大学健美会，后又翻译出版《肌肉发达法》等书籍，介绍和推广健美运动；1934年，上海基督教青年会组织女子健美班，开创女性健美运动；1938年，赵竹光创办上海健身房，1940年又成立上海健身学院，这或许是如今遍布街头的各种健身场馆之源；1944年，上海健身学院、现代体育馆、上海基督教青年会体育部联合各健身组织，在八仙桥青年会礼堂举办上海男子健美比赛；1945 年，上海抗战胜利庆典游行中，现代体育馆学员以各种肌肉造型体现奋争的意志。当年健美运动的兴起，与摆脱"东亚病夫"蔑称、达到"强国强种"目的有关。赵竹光在沪江大学健美会《创刊词》中写道："这种充满生命力的洪声，可以引领垂死的人们重新获得生命，可以令醉生梦死的人们惊醒。"20 世纪 50 年代后，因各种原因，健美运动被迫停滞，健身场馆转行开展举重运动。

首届"力士杯"健美邀请赛有 9 个省、市的 10 个队参加，分最轻量级、轻量级、中量级和重量级 4 个级别。那时健美运动刚恢复，知晓度不大，"卢体馆"有点冷清，观赛的大都是健美圈内人。我的加入，多半源于十多年前对健美的朦胧理解。1968 年分配进厂当徒工，刚 19 岁，瘦弱的身子难以适应重体力活，下班后，师兄带我到车间楼顶晒台上卧推土杠铃、握举土哑铃。一年下来，肩宽了，胸厚了，臂粗了，干活得心应手了。那天，师兄在辅导我推杠铃，旁边站了一位中年老师傅，他说他年轻时也练杠铃。第二天，他给我们看一张他上身裸露发达肌肉的照片。他说年轻时参加健美训练，后来不知为什么不让练了，他特地去照相馆拍了这张照。这是我第一次听到健美这个词。后来，我在上海图书馆读到赵竹光的《怎样练习哑铃》，对健美运动有了朦胧认识。

在刚健的乐曲声中，运动员走上舞台，从不同角度、规定的和自选的动作，展示各自体形、肌肉、维度、线条、肤色、造型等。最有观赏性的是自选动作，运动员随着个性化音乐的烘托，在一分钟内完成各种动作造型，或刚劲挺拔，或舒展流畅，富有力度和节奏感。我的邻座是位江苏运动员，叫朱来喜，中量级的，要第二天比赛。他告诉我，以前是举重运动员，两年前在南京的公园路业余体校教练指导下进行健美训练。观赛中，他向我讲解健美常识，赛前运动员身上要涂油，国外用橄榄油，我们这次用沙拉油，这样一是凸显肌肉线条，二是对肌肉有保温作用，几轮比赛，运动员在舞台上要站立二十几分钟，肌肉冷却后围度会变小。第二天中量级比赛，他以强壮的体格、发达的肌肉、富有张力的造型夺得冠军，最后又在 4 个级别冠军间的比拼中胜出，成为第一个全国健美比赛的全场冠军。

首届"力士杯"健美邀请赛落幕后，健美运动在全国范围内开展起来，各省、市成立了健美协会。这些年，各种健身场馆随着全民健身活动的兴起蓬勃发展。"卢体馆"，在中国现代健美史上，留下了浓重的印记。

（2018 年）

"万体馆"的美好时光

拥有一座万人体育馆，是上海市民 20 世纪 50 年代就翘首盼望的。

根据档案史料记载，早在 1956 年 7 月，因当时坐落在陕西南路的上海体育馆设施简陋，市体委提出新建体育馆。上海体育馆前身是建于 1929 年的回力球场，开始用于赌球，1937 年起举办拳击赛，是上海最早的拳击赛场。新中国成立之初，人民政府接管回力球场后改名为上海市体育馆。此时仅有木制篮球架 1 副、乒乓台 2 只和一些简陋器材，楼下仅 1 600 多个座位，楼上放折椅 400 多张。

20 世纪 50 年代，市体委提出新建体育馆。1958 年 7 月 30 日，市委同意建造一个容纳 8 000 至 10 000 名观众的体育馆，考虑在邻近医学院路的上海第一医学院或广中路水电路转角处选址。1960 年 3 月 4 日，市城建局经考察研究，同意在斜土路南约 138.1 亩土地新建万人体育馆。后因当时正处"三年困难时期"，仅完成了练习馆打桩任务，工程就下马。1972 年 10 月，上海向国务院提出建设万人体育馆的请示，得到国务院批复同意，周恩来总理亲自作批示。1973 年春，停顿了 13 年的万人体育馆工地重新开工，1975 年 8 月建成。历经 19 年，上海终于圆了"万体馆"梦。

"万体馆"设计，最终采用了圆形，是出于多方面因素考量的：一是基地形状不规则，四周道路斜交，圆形比较合适；二是能均匀地布置疏散口及设置环圈的休息厅，便利大量观众集散；三是观众视距均匀，座位向心，避免斜视疲劳；四是构架类型少，有利于预制装配；五是经济指标较为节约，如同样规模的比赛大厅，圆形与长方形相比较，建筑面积约可减少 8%。圆形也存在缺点，如圆形平面与长方形比赛场地的关系较难处理。"万体馆"观众席分上、下两层，可容纳观众 18 000 人。

"万体馆"是那些年上海的标志性建筑，是挂历、年历片上的头号"明星"。这里举办过包括篮球、排球、乒乓球、网球、羽毛球、体操、拳击、冰上芭蕾等各种项目的国内外重大赛事。其中有第十届亚洲女篮锦标赛、戴维斯杯网球赛、世界超级女子排球邀请赛、世界女排明星队比赛、登喜路世界羽毛球大奖赛以及第一届东亚运动会体操比赛等。

"万体馆"在改革开放的大潮中经历几次大的改建。1999年9月底，上海体育馆舞台改建工程竣工。由此"万体馆"又有一个新名称：上海大舞台。大舞台建于体育馆内场北侧，拆除原裁判席两侧和后区看台8 000座，建成橄榄形主舞台和辅台以及侧台。大舞台建成后，"万体馆"成为兼具剧场演出和体育比赛双重功能的文化设施，观众仍可保持在万人以上。王菲、梅艳芳、多明戈、谢霆锋、林志炫、李宇春、滨崎步、苏芮、窦唯、张惠妹、张韶涵、林俊杰等先后登台演出，"万体馆"成为欢乐的海洋。今年3月18日晚，许嵩"青年晚报"演唱会上海站在"万体馆"开唱。许嵩接连演绎一首首陪伴青春岁月的经典曲目，让全场万人大合唱从开场一直持续到最后一曲。

2005年4月底，第48届世乒赛单项比赛要在上海举行。在确定比赛场馆时，当时有两种选择：一是上海体育馆；二是远离市区的旗忠森林体育城。出于方便观众看比赛的考虑，与国际乒联协商后，最终选择了上海体育馆。选择"万体馆"，就意味要增加一笔投入，再次对体育馆进行改造，市政府仅在场馆翻修上就投入1.5亿元巨资。体育馆玻璃全部换成防爆玻璃，地板、灯光和配套设施逐项改建，看台座椅全部更换，安装无障碍设施，敷设两兆光缆。在"万体馆"，中国队包揽这届世乒赛单项比赛全部金牌，其中上海籍运动员王励勤勇夺男单冠军，并与郭跃搭档摘得混双桂冠。

"万体馆"在激情和荣耀中度过了40多年的美好时光。如今，在徐家汇体育公园蓝图里，"万体馆"将与上海体育场、上海游泳馆共同在大片泼洒的绿色中焕发第二春。

（2017年）

走进巴老寓所

那个深秋的下午，我们上海市档案馆的小车在武康路一幢幽美谧静的花园洋房前缓缓停住。走进庭院，一位满头银发、戴着眼镜的老人已在客厅里静静地坐等着。我的心潮立即翻腾起来：这就是我仰慕已久的一代文学巨匠巴金！

我们深情地向巴老致意，并告诉巴老，市档案馆正在建立名人档案，希望将上海著名人物的手稿、作品、信函、照片、录音录像带等档案资料收集进馆珍藏。巴金先生是具有世界影响的文学大师，又长期生活在我们这个城市，为巴金先生建立档案，是我们美好的心愿。"你们需要什么东西，我一定会注意的。"巴老欣然应允道。接着，巴老向我们介绍了他的手稿和照片已经捐赠的情况。他的《春》《秋》和《寒夜》的手稿捐给了北京图书馆。令人惋惜的是，巴老作品中最具影响的《家》的完整手稿，由于当时出版社没有退还，一直没有下落。短篇集《李大海》、中篇小说《第四病室》和散文《回忆从文》等手稿捐给了上海图书馆。《随想录》的有关手稿，分别捐给中国现代文学馆、北京图书馆和上海图书馆。"至于照片么，"巴老说到这里略微笑了一下，"我年轻时不太愿意照相，解放后照得多一些。"巴老告诉我们，前不久，他已将一百多幅照片赠送给了成都市档案馆。巴老的家乡成都市当时正在建设一座设施优良的新型档案馆，家乡人民希望新馆落成之际，能有一批反映巴金社会生活和文学生涯的历史照片在这里珍藏和展出。对家乡充满厚爱的巴老当即答应了这一请求。在他的侄子李致的协助下，整理了104幅反映他人生足迹的珍贵照片。病中的巴老一张一张地亲自验看，并亲手为一些照片补写了内容说明。"关于信函，"说到这里，巴老陷入了沉思，"抗战时期散失了不少，十年动乱中又有损失，现在编全集，正在收集。你们需要什么，我一定会注意的。"巴老再次表达了对我们工作的支持。

时间在悄然流逝，为了不过多打扰巴老，我们准备告辞了。巴老和我们一起合影留念后，起身与我们一一握手告别，并执意要把我们送到客厅门口。

夕阳洒满了恬静温煦的庭院，空气里飘溢着秋菊的馨香，巴老拄着手杖，静静地伫立着，用他那深邃沉思的目光，久久地送着我们。那氛围，那意境，令我至今激动不已。

又到深秋。如今，巴老数千件珍贵档案资料已入藏上海市档案馆，他的音容笑貌将永久地定格在历史记忆里，他的生命激情将不息地涌动在历史档案里。

（2007 年）

相会北京"人艺"

这个夏夜,我来到上海大剧院,与北京"人艺"再次相会,观看话剧《原野》。仇虎终究无法走出黑暗笼罩的原野、走出心中的桎梏,让金子独自去那"黄金铺地的地方",迎面走向呼啸而来的火车……沉重的大幕缓缓落下,大剧场响起雷鸣般的掌声,仇虎的饰演者胡军和导演陈薪伊率全体演员一次又一次谢幕,掌声经久不息,喝彩声一浪高过一浪……这种气场,当属北京"人艺"。

这是我与北京"人艺"的第四次相会。初次相会,不是在剧院,而是在大学的阶梯教室,时间是20世纪70年代末。为了配合教学,中文系特地给我们放话剧《茶馆》的演出录像,这是最原始的电化教育吧。虽说只是一个20来英寸的黑白电视机,但其磁场效应却出奇的大,因为可以欣赏到老舍和北京"人艺"的经典之作。一个大茶馆,展示一个小社会;三幕大戏,刻画三个时代;50年间的社会变迁、60来个人物的人世沧桑,"装"进了不足3小时的《茶馆》里。初次相会,给予我一种震撼。

再次相会,是1988年的冬夜,美琪大戏院。演王利发的于是之来了,演常四爷的郑榕来了,演秦二爷的蓝天野来了。除了演庞太监的童超因病由童弟替代外,《茶馆》的原班人马几乎都来了。这让我能在剧院里原汁原味、面对面感受《茶馆》的经典。这次相会,给予我更大的震撼。因为从某种角度而言,舞台艺术是演员与观众共同完成的。只有亲临剧院,才能感受到这种无法复制、拷贝的舞台艺术的魅力。

2000年的春夜,上海大剧院,我第三次与北京"人艺"相会,观看的依然是《茶馆》,但已是"新版"了,梁冠华演王利发,濮存昕演常四爷,杨立新演秦二爷。原来写实封闭的大茶馆变成了一个写意开放的人生聚会之地,各色人等穿行其间,展现人生百态,使得舞台视觉效果更具张力。北京人艺的中青辈以自己的艺术理念传承并演绎着《茶馆》的神韵与经典。

这次北京"人艺"60周年庆典献演,《茶馆》没来。《茶馆》的

"茶"，这次是"喝"不上了。选择《原野》与北京"人艺"第四次相会，《原野》有着太多的神秘色彩。与我看过的《雷雨》《日出》不一样，《原野》被认为是曹禺表现主义的代表作，也是颇具争议的剧作。自1937年8月7日《原野》在上海卡尔登大戏院（即后来的长江剧场）登台首演后，印象中《原野》还没在上海话剧舞台上演出过。北京"人艺"此次改编演出，颠覆了《原野》惯有的仇恨主题，展现诗性的悲悯、人性美好的一面，营造出了美丽覆灭的悲情意境。胡军饰演的仇虎、徐帆饰演的金子、濮存昕饰演的焦大星、吕中饰演的焦大妈，个性鲜明，将人物的复杂情感表现得富有层次，给人留下深刻的印象。

尽管《原野》已落幕，但不少观众还在大厅里观看北京"人艺"建院60周年艺术成就展。展柜中陈列的档案史料更让我眼睛一亮，其中有周恩来1953年在北京"人艺"上报的兴建话剧剧场报告上的批示，郭沫若1959年就话剧《蔡文姬》剧本的修改与排演写给曹禺、焦菊隐的信，老舍1951年《龙须沟》的创作手稿，曹禺1979年为《王昭君》演出说明书撰写的前言，欧阳山尊1962年起草的《北京人民艺术剧院的方针任务（草案）》，沈从文1957年五次观看《虎符》后就剧中的服装、道具的考据问题写给焦菊隐、梅阡的信……

这次与北京"人艺"的相会，不仅再一次感受到了她的经典与品质，而且还感受到铸就这种经典与品质的深厚的历史底蕴和浓郁的历史风情，期待与北京"人艺"的下一次相会。

（2012年）

"光明"情结

母校光明中学迎来了120周年华诞，有关"光明"的记忆徐徐翻动了起来。

1963年初夏，我们这些十三四岁的孩子面临人生第一次重要选择：考初中。那时，小学升初中是要考的。沸沸扬扬了六年的教室这才安静了下来。在我记忆中，六年小学生涯几乎每堂课都有几个调皮的同学"立壁角"，屈指可数的只有四年级时一位代课老师的几堂课是安静的。代课老师略施小计，每堂课留10分钟讲故事，前提是前35分钟必须保持安静。当下课铃声响起时他的故事便戛然而止，看着我们意犹未尽的神情，丢下一句"且听下回分解"潇洒地走了。那时，招生信息十分匮乏，老师的话是最有权威的：成绩好的同学可报考重点中学，语文好的考光明中学，算术好的考格致中学，体育好的考洋泾中学（因区体校设在该校）。我喜欢作文，报考了光明中学。

人生"第一考"的有些细节至今依然清晰。考场设在浙江南路小学，上午考语文，下午考算术（那时小学数学叫算术），语文就考一篇作文。铃声响起，一位年过半百戴眼镜的男老师威严地走上讲台，郑重地举起一包考卷说："是密封的。"然后拆封取出考题，在黑板上工整地写下了作文题目："雷锋精神鼓舞了我"。那时正值学雷锋活动掀起之际，这类题材已操练过多次，于是驾轻就熟地写开了。一个月后，从邮递员手中接过了翘首企盼的录取通知书。

没想到，那位威严的监考老师，竟成为我们初一时的数学老师。三年初中学涯，光明中学以她严谨而不失创新的学风，为我们的人生打下了丰厚的底色。至今我还记得初三的一堂语文课，陈钟梁老师在课堂上对当时被打为"毒草"的外校学生的习作《茉莉花》辩解，认为文章细腻描写了一个女孩子冒着风雨抢救心爱的茉莉花（虽然不是国家财产）的情景，从写作角度而言，还是很有特色的。

正当我填好高中志愿，想续"光明"梦时，史无前例的运动来临了。两年后，没唱一首《毕业歌》，同学们就到边疆、下农场、进工矿了。

别离"光明"的岁月里，时常牵挂着母校，报章上一则有关"光明"的小消息，都会让我激动不已。特别难以忘怀的是，1982年的初夏，我又走进了"光明"，不仅是以校友，更是以一个师范学院实习老师的身份，在宽敞明亮的语文教研室里，与当年仰慕的老师一起备课；在曾经熟稔的教室里，向学弟学妹们讲解峻青的《秋色赋》，真有一种"回家"的感觉。

大学毕业进了档案部门工作，当我在尘封已久的档案残片里追寻到母校从法文书馆到光明中学的历史踪迹，那份惊喜真是难以形容。前不久，在纪念光明中学建校120周年之际，母校和档案馆给了我一个难得的机会：以校友和档案工作者的双重身份，向同学们讲述母校的历史。在结束时，我寄语母校：永远的"光明"，用"光明"照耀每一个学子，用"光明"抚慰每一位校友。

（2006 年）

高考 1978

　　少时读柳青的《创业史》，许多情节淡忘了，但有句话却一直铭记于心："人生的道路虽然漫长，但紧要处往往只有几步，特别是当人年轻的时候。"珍藏了 30 多年的"上海市 1978 年高校招生文化考试准考证"和上海师范学院"新生报到证"，见证了 1978 年我命运的一次重大转折。

　　1977 年 10 月 21 日，从报上得到一个非常震惊的消息：国家决定恢复已经停止了 10 多年的全国高等院校招生考试，并透露本年度的高考将于一个月后进行，但年龄却限制在 25 周岁以下。这样，几乎把"老三届"都关之门外了，刚燃起的希望之火就熄灭了。

　　后来听说不受 25 周岁年龄限制了，但我却犹豫了，光"老三届"就有 6 届，我只是 1966 届初中，高中的边都没沾过，况且离高考没多少时间，我在厂里还要翻班。最后，无奈选择了退却。那年参加高考的，"老三届"占了很大比例，而"老三届"中务农的又占了很大比例。我们这些当年分配在工矿的相对不多。我们这些小青工，虽说工资不高，月薪也就四十来块，但比起同龄的插兄插妹来境遇好多了，小日子经营得不错。那年，我们年龄小的二十七八，大的三十一二。而立之年，成了人生的一条分界线，正是谈婚论嫁、生儿育女的时光。参加高考，毕竟还有个分配去向问题，小青工大都舍不得眼前的"一亩三分地"。而当年我的好友、厂运输组卡车驾驶员朱民（曾任中国银行副行长、中国人民银行副行长等职，现任国际货币基金组织副总裁）却依然选择报考，他是 1967 届初中，比我还少念一年书。我佩服他的勇气，还帮他准备了几篇不同题材的作文供他应试参考，那次高考，语文主要考一篇作文。

　　1978 年 2 月的一天，朱民约我去上海美术馆参观"实用美术展"。回来的路上，他平静地告诉我，他已得知，他被复旦大学政治经济系录取了。说实话，那一刻，我的心情很复杂，既为好友的成功感到惊喜，又为自己的"缺席"感到失落，好在最后是一种激励的心情占据上风，我也想尝试，如果 1978 年给我机会。朱民给了我不少鼓励话语。当时我对他选择政经系十分不解，当年我们这些喜欢文科的人，最向往的是复旦新闻系和中文系。他说，他喜欢经济，要去啃《资本论》了。后来他的人生轨迹证明，他当初的选择对他以后的发展是多么重要。

高考发榜后，一种抱憾之情占满了心头。由于时间紧迫，这一年高考是各省自行命题的，高考试题比想象中的难度要低得多，最怕的数学，居然是四则运算、因式分解、一元二次方程这些初中知识点占据主角。当然，这一年的竞争也十分惨烈。抱憾之余，我把希冀寄于 1978 年，希望国家能再给我们"老三届"一次机会。未雨绸缪，我制订了复习迎考计划。因为已刻骨铭心感悟到：机会是青睐有准备的人。自 1978 年开始，实行全国统一命题。复习大纲下发后，感到数学的难度大为提高。

工余之时，投入了炼狱般的复习迎考。说是复习，实是自学。好在是考文科，语文、历史、地理好自修，艰难的是数学。流行一时的"数理化自学丛书"成了最佳的"敲门砖"。一个星期攻克立体几何，两个星期解决三角函数，三个星期看完解析几何……

那真是段煎熬的日子，上班、复习，还要翘首等待报考年龄放宽的消息。1978 年 6 月 22 日，终于看到报上刊登市高校招生办公室对招生问题的几个说明，其中关于 1966、1967 届高中毕业生和其他 25 周岁以上具有高中毕业文化水平的报考问题时指出：高等学校主要招收 20 岁左右的青年，一般不超过 25 周岁。就这"一般"两个字，给了我们"老三届"无限的憧憬。后来政策逐步放宽，先是规定 25 周岁以上只能报考专科，后来也能报考本科，与其他年龄段考生同等对待。历史又给了"老三届"一次极其难得的机会，好在这次我准备得早。

1978 年，许多大学还来不及恢复招生，上海文科能报考的，除了外语学院，只有复旦大学、华东师范大学和上海师范学院 3 所。准考证发下后，特地去考场虹口区中州路上的华东师大第一附中转了一下。

7 月 20 日，恢复高考后第一次全国统考从这一天开始举行。上午考政治。那年月政治基本理论倒是学了不少，像生产力、阶级、实践、矛盾的普遍性这样的名词解释是了然于胸的。对于"人类社会从低级向高级发展有哪几种社会形态"的答案更是滚瓜烂熟。下午考历史。填充题偏重于农民起义和中共党史的常识，名词解释如《史记》、官渡之战、郑和、孟良崮战役、巴黎和会都在复习范围内。重头戏在 3 道问答题，共45 分（当时满分是 100 分），其中一题是要举出周恩来在我国民主革命各个时期的主要革命活动，还有一题要举出第二次世界大战中突然袭击的三个战例，并说明其历史教训。时间有点紧，但感觉还不错。

7 月 21 日，上午考数学。卷子一到手就晕了，最简单的就是因式分解，只有可怜的几分。用余光扫视了一下其他考生，一个个都迟迟不下笔，这才不慌了。我把相对简单的会做的题目验算了好几遍，力争该拿的分一分不丢。再设法攻关，一道立体几何题竟让我用背熟的公式给解了。至于三角函数、解析几何方面的难题，尽可能做一点，哪怕排个公式上去也好。这一考筋疲力尽。下午考地理。填充、填图、读图、判断题大都还算顺利，在名词解释上卡壳了，"信风"没复习到，只能乱写了。与历史一样，重头戏也在问答题。其中有一道题有意与你搞脑筋：有人在冬至时从阿根廷首都布宜诺斯艾利斯出发，正好三个月后到达位于赤道上的厄瓜多尔首都基多，正好又三个月后到达美国首都华盛顿，然后考你相关城市的季节、昼夜等，运用地理常识推算一下倒不难。

7月22日，上午考语文。考题名目繁多，诸如加标点符号、填字、修改病句、文言文译成现代语等，最意外的是30分的作文，不是驾轻就熟的命题作文，而是将一篇长文《速度问题是一个政治问题》缩写成一篇500至600字的短文。第一次碰到这样的题型，很不适应。这次语文考试不再是一篇命题作文单打独斗，像我这样擅长命题作文的人为此付出了一定代价。后来有人这样评价这次语文考题：改变了自隋唐以来命题作文的传统作法，开了中国语文考试题型的先河，把重点放在考查字、词、句、篇基本知识和基础训练上。下午考外语。对于非外语专业的考生，外语成绩仅作参考，因为不知如何参考，所以还是全力以赴地应试。走出考场，像是完成了人生的一项重大使命，因为不管结果怎么样，已经历了一次重要的历史性事件了。

人生中有些细节是终生难忘的。国庆前夕9月30日下午，我刚从食品厂罐头生产流水线上被换下休息，一位工友激动地在轰鸣的机器声中大声对我说："你考上了！师院！"快步走进车间办公室，只见几位车间领导都围着一份红色录取通知书在看，这是一份上海师范学院（现上海师范大学）中文系的录取通知书。虽说由于数学的拖累，没有能进最向往的大学，但已经心满意足、心花怒放了。

如今，每次整理旧物，端详着当年的"准考证"和"新生报到证"，体味着柳青《创业史》中的那句话，还会在心中漾起层层波澜。

（2016 年）

师院之恋

那年恢复高考，我有幸走进上海师范学院，第二年就迎来了建校 25 年校庆。各种学术讲座、文化活动眼花缭乱，使我们这些学子饱览了人文风景，享受了文化大餐。一晃 30 年过去了，在母校 55 华诞来临前夕，我又走进了上海西区的母校校园。

依旧乘的是 43 路公交车。50 多年来，43 路一直开往师院。不同的是，原先的站名叫师院，后来上海师院改名上海师大，站名也就改成了师大；原先师院是终点站，桂林路到师院就是尽头了，后来桂林路穿过师院延伸，43 路终点站就后移了。每当周末傍晚和周日晚上，43 路上挤满了师院的学生。秋天的夜晚背着书包下车，阵阵桂花馨香飘然而至，沁人心脾。与桂林公园为邻，师院平添了几分秀美。

师院校园以桂林路为界分为东西两部分。建于 20 世纪 50 年代的校舍建筑群，整体设计为庭院式古建筑风格，建筑物均是红砖墙大屋顶，掩映在片片浓郁的绿荫中。而今这些校舍基本还在，新建的好几幢现代建筑，也是红砖外墙、黑瓦斜顶，尽可能与原先的风格保持一致。

那时我入住的宿舍在西部，用餐也在西部，而上课的文史楼在东部。我不似有的同学以车代步，按着车铃急吼吼地来往两处，而喜欢在林荫小道上悠闲散步。上学四年间，把师院的风景看个遍。20 世纪 60 年代初，有部电影曾影响过一代人，这就是《年青的一代》。当年中学同学的表姐在师院上学，告诉我们影片中好多镜头是在师院拍的。前些天，当我从网络上找到了 1962 年版的《年青的一代》，那熟悉的主题歌 40 多年后再一次响起时，依然激动不已："我们是年青的一代，是社会主义建设的尖兵，为了创造美好的未来，把青春献给革命……"在那组杨在葆饰演的萧继业和达式常饰演的林育生关于什么是幸福争论的镜头中，我找到了师院熟悉的校舍；在影片中举行毕业生联欢会的大礼堂，我一眼认出这就是师院东部礼堂，观众的座椅和我上学时的一样，是那种最普通的木制硬座，影片里的观众和我们当年夏天一样要摇扇送风。东部礼堂虽说其貌不扬，但在当时的大学中设施已很不错了。师院东部原是上海音乐学院的前身中央音乐学院华东分院所在地，1952年建造的这座礼堂已有"自然声"音响效果。在师院的日子里，东部礼堂留下了我许多难忘的记忆。我在这里观看了话剧《于无声处》，聆听了夏征农、茹志鹃等名家的精彩讲演，欣赏了一部又一部老电影，包括黄梅戏《天仙配》……

东部的环形小湖"学思湖"，已成了上师大的一个地标。当年我是看着这泓湖水由浑变清的。民工们冒着寒风赤脚挖泥筑坝，能工巧匠凿石架桥，而后湖中小岛上有亭翼然，鸟语花香。现在上师大学子开设的"学思湖畔"BBS，又将师院的意韵如涓涓湖水流溢到了校外。

师院生活是多彩的，还因为师院拥有体育系和艺术系。我们有幸不出校门，就能经常观赏到一些难得的体育比赛和文艺演出。一次，"八一"篮球队来师院作表演赛，我惊喜地在球类馆门口近距离见到了当年"亚洲第一中锋"、身高2米28的穆铁柱。艺术系的男女声三重唱，不仅唱红师院，当年在上海滩也小有名气。如今，在校园里看到了谢晋影视艺术学院学生汇报演出的招贴画，有了这群俊男才女的"加盟"，校园风景更加亮丽了。

漫步在往昔的师院，如今的上师大徐汇校区，我感觉到的依然是一种平和，一种充满生机和张力的平和。

（2009年）

实习老师

那年春天，当了一个多月的实习老师。到学校实习，是师范院校教学的重要环节。我实习的学校，恰巧是我初中时的母校光明中学。十多年后，再一次走进那幢"山"字形内廊式的法式建筑，不是作为学生、校友，而是作为实习老师，在三楼最大的办公室语文教研室里，与当年教过我的康铎老师，少时仰慕的高中部聂国彦、郑谷兰、黄华献等老师同坐一室，备课批改作业，与我初三时的语文老师、时任副校长陈钟梁老师一同探讨语文教学，此情此景，此前难以想象，此后难以忘怀。

我们实习组10位同学安排在高一实习，两人一组正好分在5个班级。我与吴君搭档，在高一（1）班实习。我上散文单元，课文有秦牧的《土地》、峻青的《秋色赋》、曹靖华的《小米的回忆》；吴君上小说单元，记得有鲁迅的《祝福》、孙犁的《荷花淀》。那时上课没有课件、PPT，讲究的是教与学的互动。一堂好课，往往是教师和学生共同"创作"的成果，对于我们实习课来说，尤其如此。我十分感谢同学们的积极配合，每每进入设计的难点时，总有一些悟性很高的同学圆满应答，使教学顺利达到高潮。

除了上课、听课外，我们还参与了学校组织的"光明之春"歌咏会、高一年级演讲比赛，我们实习组还组织了百科知识竞赛，课下与学生有了更多接触与交流。指导老师盛国生是一班的班主任，是一班和四班的语文老师。我在一班上完实习课后，盛老师还安排我去四班讲写作，记得我与同学们分析了欧·亨利的小说《最后一片叶子》。这样，我又结识了不少四班的语文爱好者。对了，我还去初二（4）班代过课，那时光明中学还有初中部，上的是契诃夫的小说《变色龙》。

临近实习结束时，我请一些同学将各自得意的作文依次誊写在我的笔记本上，留下他们的笔迹，留下他们的生活印记和感悟。姜一凡的《山的怀念》，描绘了搭车去黄山的路上车遇故障，得到质朴俊朗的山民热情帮助的场景；朱梅珍的《张莉》，记述了少时一段纯真的友情；眭海明的《上铺的小伙子》，袒露了在海轮上邂逅上铺的农村小伙子后，从傲视、不解到感动、愧疚的心路历程；李华的《吴指导》，用诙谐的语调勾勒了一位少体校严师的形象；朱岚的《日历的联想》，娓娓道来一个向生活设问，又自我解惑的故事；顾文忠的《海的联想》泼墨挥洒、肆意张扬，而沈刚的《海边的遐想》则细腻委婉、梦幻壮美……那年，他们 16 岁，我把这本笔记本题名为《十六岁的花季》。一晃 31 年过去了，当年的少男少女，如今已人到中年，不知他们还记得否，曾经留下的这一页"人生档案"？

　　大学毕业后，我进了机关工作。一些同学还继续与我保持联系，来信讲述学校的人和事以及成长中的烦恼，有时还相约到我的小屋畅谈。那时沈刚常给我来信。一次他来信告诉我，洋洋洒洒写了一篇两千五六百字的作文《三人行》，写 3 个分别热爱文史哲的同学攀登天平山的故事，盛老师的评语是"锐意进取，后生可畏"。他留给我的那篇《海边的遐想》中曾写道："世界上最美的图画在哪里？在少年的心里。童年的回忆和未来的憧憬连结成长长的画廊，一幅幅旧图被换下，一幅幅新画被展出，一幅更比一幅美。"我是他"画作"的欣赏者，看着他的旧图换新画：进复旦，又转系；写小说，获大奖；当编辑，从杂志社转到报社；下海创业，成为"影响中国广告业"年度人物……那天，走进坐落在外滩的光明大厦，见到了他和他的团队，当年胖乎乎还略有点腼腆的男生，如今成了位居中国广告公司营业额 50 强的"唐神传播"的掌门人。那一刻，我想起了盛老师的评语"锐意进取，后生可畏"。

　　虽说只当了一个多月的实习老师，但那段青春燃情的记忆一直珍藏着。每次"翻阅"，都会引发许多思念。

（2013 年）

漫步老校

这些天，市档案馆外滩馆正在举办"上海普教系统历史名校档案展"。在老文献、老照片、老校歌建构的历史时空里"漫步"，时光倒流，儒风扑面，看不完的风景，阅不尽的神韵。

"漫步"老校，你有缘面对近代上海乃至近代中国教育的开拓者：上海爱国学校创始人蔡元培、中华职业学校创始人黄炎培、行知中学创始人陶行知、向明中学前身震旦大学附属中学创始人马相伯、闸北区第一中心小学前身工部局北区小学创始人陈鹤琴，还有中国人办的第一所新式小学正蒙书院（今黄浦区梅溪小学）创始人张焕纶，等等。在历史回音壁前，倾听先哲的教诲，心灵在与历史交流。

"漫步"老校，你有幸探寻一代名校的神韵。这里有创办于1865年的龙门书院（今上海中学）平面图，创建于1874年的格致书院（今格致中学）筹建的化学实验室，1884年的圣芳济学院（今北虹高级中学）教学楼，1912年的育才书社（今育才中学）新校舍，建于1913年、扩建于1922年的中法学堂（今光明中学）建筑设计图，1926年的南洋中学图书馆，等等，或古朴或典雅，引你驻足，使你退思。

"漫步"老校，你还能"聆听"当年的校歌校训：有敬业中学、民立中学的，也有南洋模范中小学、麦伦中学（今继光中学）的；能"观赏"1911年务本女塾（今市二中学）校友表演的新剧"社会之蠹"、万竹小学（今实验小学）学生舞蹈体操训练、徐汇公学（今徐汇中学）的足球比赛；还可以"观摩"市三女中的前身、当年淑女佳媛向往的圣玛利亚女校和中西女中的手工课、数学课以及家政烹饪课，拜读张爱玲在圣玛利亚女校校刊《凤藻》上刊登的《论卡通书之前途》。

也许你并不满足在虚拟的历史时空里"漫步"，那就不妨去做一番实地踏访，特别是去叩访那些在展馆中并未"相遇"的老校，那一定会有不一样的感受。

散落在上海街头，不那么知名的老校还有不少，在外滩附近就有两所，创办于1857年的四川南路小学和创办于1872年的永安路小学。前者前身是天主教若瑟堂的附设小学类思小学，如今学校还与教堂为邻；后者是我的母校，由美国天主教拯亡会创办，如今已物是人非，学校早已并入四川南路小学，校舍成为区业余大学的一部分。临街校舍的二楼原来是音乐室，常有琴声歌声飘到窗外的永安路上。那架当年在小学里极为稀罕的钢琴，或许是教会学校的"遗产"。音乐老师余九霞指尖下飞出的美妙音符，给我们物资匮乏的儿时带来了许多欢愉。

老校绵长的历史、丰厚的学养，滋润着一代又一代学子，培育了一位又一位名师。老校弹奏的是永远的青春弦歌，不变的是永远的历史精神。

（2010 年）

废园沉思

又来到这座被嘉定县志列为"已废私园"的黄家花园，与上次寻访相隔40多年了。

20世纪60年代末，在位于南翔的一家食品厂工作时，听说附近有个神秘而美丽的黄家花园。一个周日，兴冲冲去那里探秘，终于在铁路南翔编组站南面，当时的封浜公社新华大队发现了一个废弃的花园。推开虚掩的铁门而入，恍如来到世外桃源：古树参天，草木葱茏，水波粼粼，西洋风格的别墅掩映在绿荫中……南翔附近竟有这样一个深藏不露、梦幻般的园林，令我惊叹不已。

后来翻阅史料得知，黄家花园是当时主办《时报》的黄伯惠、黄仲

南翔黄家花园（2016年）

长兄弟 1924 年始建，1928 年完工。园内有别墅、土山、荷池，种植树木 200 余种，占地 68 亩。抗战时树木被砍，别墅坍毁。1947 年，南翔镇建筑委员会协同园主加以修葺。新中国成立之初，纪王区办事处、槎南乡人民政府机构曾先后设于该园内。

20 世纪 50 年代初，幽深恬静的黄家花园一度引起过关注。复旦大学生物系老师和学生在园内发现多种国外珍贵引种树木，如池柏、冷杉、欧洲七叶树等，其中有两株举世闻名的珍稀植物"世界爷"。这种树原产于美国，生物学上称之为孑遗植物，也称活化石植物，大部分毁于第四纪冰川，只在美国西部某些地区还有少量存活，树的高度最高可达百来米。让人非常惋惜的是，由于管理不善，两株"世界爷"20 世纪 60 年代枯萎而死。

离开南翔许多年，一直记得那个年代黄家花园给过我的惊艳和遐想，时常会向还居住在南翔的工友打听黄家花园的景况，得到的回音是花园围起来了，铁门始终关着。前些年，竟在报上看到黄家花园周边尘土飞扬、垃圾成堆、河水黑臭的报道，由此不想再去寻访，为的是保留记忆中那片绿色和恬静。

这一次，抵不住难熬的思乡之情，踏上了寻访路程。如今封浜镇已与江桥镇合并，黄家花园坐落在江桥镇星火村境内。坐地铁转乘公交车来到黄家花园路，问及几位居住在此路上的居民，却不知有个黄家花园。一路寻访，终于望见河边长长的护岸林，记忆中的幻景和眼前的实景开始叠印起来，是的，这就是黄家花园。虽说随处可见颓败景象，但依然不失优雅和秀美。湖面铺满绿色浮萍，没有一丝波纹；别墅静静面对湖面，楼似改建过，与先前看到的不一样。踏着厚厚的枯叶拾级而上，进入了沿坡而成的树林，满眼雪松、龙柏、女贞、海桐、棕榈树，手一碰，一棵枯萎的棕榈树竟倒伏在脚前。一座长长的铺着木板的吊桥悬挂在湖上，连接山坡和湖中半岛，使林中景色有种律动感……

站在山坡上放眼望去，黄家花园周边环境令人堪忧，不远处的大片空地上，建筑垃圾成堆，前些年报道过的一些乱象依然还在。看得出，有关方面也在尽力改善花园的环境，这次能顺利入园，就是因为有工人在园内施工。听说这里要开发旅游资源了，由此又有了另一份担心。这么多年，黄家花园尽管缺少维护，但能保留原生态的"废园"也是万幸。倘若经过一番矫揉造作打扮，再弄点假古董，开个饭馆歌厅之类的，那还不如保持"废园"。但愿这次施工，能尽力保持园林原貌，使黄家花园在原生态中焕发生机和活力。

（2016 年）

体育公园

又一幅美丽的愿景呈现在上海市民眼前：东至天钥桥路，南至中山南二路，西至漕溪北路，北至零陵路，绕场一周约 2.5 公里的区域，将开建一个融市民健身休闲、青少年训练、国际专业赛事等为一体的开放式的徐家汇体育公园。

这一区域在上海市民记忆中，有许多充满活力和激情的体育元素。1975 年 8 月，上海终于圆了"万体馆"梦，成为那些年上海的标志性建筑；建于 1983 年的上海游泳馆，与其相映生辉。1997 年，为举办第八届全国运动会而落成的上海体育场，白天宛如一朵迎风怒放的玉兰花，夜晚仿佛一圈璀璨耀目的光环。由此，形成气势恢宏、风姿绰约的"一场两馆"体育建筑群。

在徐家汇体育公园的版图中，保留现有上海体育场、上海体育馆、上海游泳馆的主体功能，形成东西向的专业赛事轴：上海体育场通过重新梳理增加赛事活动配套设施，成为能够进行综合田径赛事和草地运动的综合性体育场；上海体育馆保持原外立面风貌，通过结构加固改造，升级成为能够举办顶级国际赛事的一流综合性室内场馆；上海游泳馆保持原有游泳池、儿童泳池等功能，满足游泳、跳水等项目的青少年业余训练，其空间通过重新布局，将被打造成市民的水上活动中心。此外，还将新建适合市民日常运动和锻炼的下沉式体育综合体，包括 40 片羽毛球场、30 片乒乓球场、3 片网球场及壁球、击剑、体操房和健身房等设施。

体育公园，不是体育和公园两个概念的简单叠加，并非在公园中放置健身器械、开辟一些活动场所，或者在体育设施的周边配点红花绿叶，就能成为体育公园，而应该是体育和公园两者功能、特征的有机融合，是开放式的，集生态功能、体育竞赛、体育训练、健身娱乐、文艺表演、旅游观光等为一体的体育生态主题公园。将体育和公园两者相融贯通，在国外不乏成功运作的例子。建于 1972 年的德国慕尼黑奥林匹克公园，是举办第 20 届夏季奥运会的产物。公园的主体建筑奥林匹克体育场，有一个靠50 根吊柱吊起的半透明的"渔网"组成的帐篷式屋顶，这顶"帐篷"还和相邻的体育馆、游泳馆相连，面积相当于 10 个足球场，成为世界上最大的屋顶。在"后奥运"时期的 40 多年里，这个由 33 个体育场馆以及电视塔、露天剧院、人工湖等组成的体育公园，一直是慕尼黑市民健身、休闲、娱乐的最佳去处，公园内标准网球场地就有 30 多片。这里各种体育比赛和文艺演出精彩纷呈，每年还要举行夏季狂欢节和焰火表演，有效提升了城市品质。开园以来，吸引了来自世界各地 20 亿的参观者。

这些年，沪上也出现好几个体育主题公园，但在体育和公园两者的融会上总感到缺点什么。如今在邻近徐家汇商圈、以上海标志性体育建筑为核心，精心打造一个健与美和谐统一的开放共享的体育公园，尤为上海市民所期盼。

（2017 年）

体操王子严明勇

　　在刚落幕的广州亚运会上，上海小伙严明勇喜获一金两银：体操男团金牌和吊环、鞍马银牌。去年，他曾夺得体操世锦赛吊环金牌。在我记忆中，"上海制造"的男子体操世界冠军此前只有一位，那就是1981年体操世锦赛鞍马金牌得主李小平，距今近三十年了。

　　那天上午，沐着秋阳来到杨浦区严明勇家。那时，严明勇正在广州征战亚运会，他的父母向我亮出了儿子的"成长档案"：一只装满金、银、铜牌奖章的大木盒，一本记录着严明勇从少体校到国家队训练比赛情况的照相册，一个插满获奖证书的文件夹，还有玻璃柜内闪亮的奖杯以及上海体育学院录取通知书，等等。一位世界冠军的成长足迹历历可辨：6岁进少体校，9岁进市体工队，20岁入选国家队；2000年全国少年体操锦标赛冠军，2005年全运会吊环季军，2009年全运会吊环冠军、伦敦体操世锦赛吊环冠军，2010年鹿特丹体操世锦赛男子团体冠军、吊环亚军……

　　听严明勇父母细细解读儿子的"成长档案"及其背后的故事，频率出现最多的一个词是"坚持"。与不少运动员一样，踏入竞技体育的第一步，往往不是刻意安排，而是一种偶然因素使然。1985年出生的严明勇一次在幼儿园被杨浦区少体校教练一眼看中。严明勇父母说，当初同意儿子去练体操是为了强身健体，没想到三年后儿子在市少年体操比赛中获得鞍马第一名，被市体工队相中。是继续上学，还是走职业运动员道路，权衡多时也难以定夺。儿子正上三年级，是个品学兼优的好学生，喜欢看书画画，还获得过市少儿书法比赛二等奖。班主任极力劝阻不要放弃学习，去走一条前途未卜的道路。最终，他们把人生极为重要关口的选择权交给了儿子。儿子的回答是坚持练体操。为了这一声坚持，儿子和他们付出了很多。小小年纪就要和成人运动员一样，进入体工队封闭式训练，从此，就难以享受同龄孩子的欢娱和父母无微不至的照顾。难得回家一次，身上总是青一块紫一块的，下颚颈部缝了7针，儿子还说是小伤，让他们心疼不已。有人还责怪他们："心介狠。"

　　属牛的严明勇有股牛劲，他为自己的选择勇敢担当着，在全国青少年比赛中屡屡获奖。正当他少年得志之际，一场厄运突然降临。2002 年，他首次参加全国体操锦标赛，在跳马比赛中膝盖半月板严重受伤，从外地连夜送到上海第六人民医院紧急救治。半月板重伤很可能终止运动生涯。17 岁的严明勇又一次面临严峻选择。这一次他依然选择坚持。不得不舍弃对腿上力量要求很高的跳马和自由体操，专练以上肢力量为主的吊环等项目。他的两臂肌肉和胸肌异常发达，夏天都不敢穿短袖上街。坚持之下终于"修成正果"，在国内外大赛中夺金掠银，还在吊环上练就了一招绝技，国际体联以严明勇的名字命名了这一高难度动作。

看严明勇的吊环比赛是一种享受，在 2.55 米高的吊环上，他把动和静、力和美演绎得如此和谐完美，让人叹为观止。这种境界正是严明勇所追求的。他对记者说，我的比赛有一种"表演"的风格，在动作静止的时候能听到观众欢呼声就很满足了。他期待通过他的这种"表演"，吸引更多人关注和喜欢体操。

从严明勇的"成长档案"中，我还读出了另一种"坚持"。高强度训练之余，画画成了他很好的消遣，技艺也不断长进。他还喜欢读《红楼梦》《三国演义》《钢铁是怎样炼成的》等中外名著。这种"文化坚持"，对于他的"竞技坚持"无疑是大有裨益的。面对记者，他还不乏姚明、刘翔式的幽默。亚运会上，他把在不是强项的鞍马上意外摘银戏称为"打酱油"（网络语，意即与己无关）打得很华丽。一时间，严明勇华丽"打酱油"成为记者和网友热议的话题。严明勇一路走来，离不开父母的"坚持"，母亲不时会蹦出几个体操专业术语，但对儿子比赛的实况转播却紧张得不敢看。

严明勇在自己选定的路上坚忍不拔地走着，不断书写着新的"成长档案"，他最大的愿望是在伦敦奥运会上为中国队再铸辉煌尽一份力。

（2010 年）

做客上海姐妹城市

这些年，我有缘访问好几个上海姐妹城市，感受到上海与国外友城间浓浓的"姐妹"之情。

在上海众多的姐妹城市中，新西兰达尼丁只能算是一个"小妹妹"。这并不是因为两个城市结友晚，1994年达尼丁就与上海结为友好城市，而是达尼丁的人口少，只有12万人，与上海的1 800万相差实在太大了。这个"小妹妹"有迷人的风情，蕴含在具有苏格兰风格的城市建筑里，摇曳在充满阳刚之气的毛利人舞蹈中，流溢于鸟语花香的玫瑰园中，也浓缩在古老的历史档案里。悠久的文化、丰富的文献，给我们上海档案代表团留下很深的印象。

我们的到访受到达尼丁同行的热情接待。中午，接待方安排了工作午餐，来了许多达尼丁同行，都是自愿自费参加的。这是十分简单的自助餐，总共才十多个品种，但重要的是参与和交流。他们对上海的历史和变化很感兴趣。达尼丁市政府一位官员对我说，他曾5次去上海，有一次是陪儿子到上海大同中学参加足球夏令营的，体验了普通上海人的生活。午餐结束后，达尼丁华裔市长陈永豪会见了我们。他很亲切地问我们有谁会讲广东话，他说他能讲广东话，但不会讲普通话。可惜我们没人会讲广东话，只能用英语交流。市长告诉我们，两个姐妹城市要在达尼丁携手建造一座"中国花园"。在精致的"中国花园"模型前，仿佛听到了悠扬的江南丝竹声，曲径回廊、亭台楼阁、小桥流水，宛如是一个微缩的苏州留园抑或上海豫园。如今，被称之为"南半球最纯正的中国花园"——"兰园"，已经幽雅地落户于达尼丁市中心，为达尼丁风情融入了浓郁的中国文化元素。

澳大利亚昆士兰州首府布里斯班，依傍蜿蜒的布里斯班河而建，拥有美丽的黄金海岸。坐落在布里斯班市的州档案馆馆藏档案排架长度约40公里，在政府网上提供档案文件咨询服务。档案馆展厅虽不大，但展览却不断。我们访问时，正在举办"女性拥有投票权100年"档案图片展，公众从中了解百年来昆士兰州妇女工作、生活的状况。展览结束处还专门辟有留言板，请参观者提供所了解的与该展览主题相关的档案线索，已有好几位参观者提供了线索。这个细节安排，显示了办展者的独特用心，使办展者和参观者形成了互动。此行，我们还与昆士兰州政府国际合作交流部项目主管米歇尔·卡尼先生商议了在昆士兰州举办"上海风情图片展"有关事宜。同时，也热情邀请昆士兰州档案部门到上海办展。通过档案展览，把两个姐妹城市联结得更加紧密。

印度孟买，一个陌生的"近邻"，因为我对她的了解甚少，最熟悉的莫过于《拉兹之歌》的旋律了。这个冬天，我有幸参加"上海孟买手拉手活动"。孟买泰姬陵总统饭店会议厅里欢声笑语不断，一对华裔老夫妻拉着我的手，指点着"上海风情图片展"中的一幅幅照片赞叹不已。他们的祖先很早就移民孟买，但对中国的情感一直延续着，虽说老家早已没了亲友，但这些年已五次回到老家湖北荆门，因为那里有他们的"根"。每当孟买有关于中国的活动，他们都热心参加，因为这样可以和"老家"的人说说话、叙叙情。

在加拿大蒙特利尔、德国汉堡、土耳其伊斯坦布尔，我都能感受到"姐妹"间的友情。

（2007 年）

上海人在魁北克

魁北克，是我们上海档案代表团 1995 年访问加拿大的最后一站，也是给我留下记忆最多的一处。正如魁北克省外交部国际组织、国际事务部主任勒内先生所说的那样："西菜最后一道是甜点，你们访加的最后一站是魁北克，你们在魁北克一定能过得甜甜蜜蜜。"

下午 4 点不到，我们在魁北克圣福瓦市档案馆结束访问时，已经暮色四合，还纷纷扬扬飘起了雪花。已定居在魁北克的老同事周君驾车来到了我们面前，把我们几位亲亲热热接进了车里。那天中午，我们刚抵魁北克车站，前来迎接的魁北克市档案馆馆长娜爱勒女士即把一封信函交到了我们手中，说是我们以前的同事周先生托她转交的。我们心中一阵惊喜，周君原先是上海市档案馆的工作人员，主要从事法文档案翻译工作，后来去了加拿大。

周君把车停在了离他家不远的一家餐馆前。他的夫人和女儿已在餐厅里等候我们。我们一起围坐在长长的餐桌前，品着洋酒，用着刀叉，吃着西餐，讲着上海话。互道问候后，自然聊起了周君一家在加拿大的情况，周君以十分平和的语气谈了起来。他来加拿大 5 年多了，刚来时为了生计当过送报员，做过洗碗工，后来在一家华人开的针灸所当助手。当年插队务农时"赤脚医生"的经历，成了他今天"洋插队"的一份富有财产。后来通过考试注册，另立门户开起了私人诊所，运用中国传统的针灸医术和中草药为当地人治病，中草药是特地到蒙特利尔的唐人街上采购来的。经过几年奋斗，他在异国他乡开了诊所，置了房产，买了车子，又把夫人和女儿接到魁北克。"我是幸运的，同来的不少人至今还在餐馆里洗碗。"周君还是以平和的语气结束了他旅加经历的介绍。

晚餐后，我们一同来到周君家。这是一幢两层的楼房。楼上是卧室、客厅、餐厅、厨房和盥洗间，楼下是工作间、储藏室、健身房等。在客厅里，周君给我们看一份电传，内容是我们上海档案代表团在魁北克的日程安排。原来，周君与当地的政界和档案部门接触颇多，这次将参加魁北克市政府和议会领导与我们的会见，并担任部分翻译工作。就在我们谈话间，周君家的门铃响了两次，先后来了两位就诊者。周君说，他在市中心租了间房作诊所，家里只接受预约好的晚上就诊者。为了今天晚上和我们相聚，已婉拒了好几位就诊者，这两位实在难以推辞，他们开了两个多小时车特地赶来的。乘周君到楼下为病人扎针之际，他的夫人告诉我们，周君在当地已小有名气了，一些西医没能治好的病，特别是腰痛腿疼之类的病，到他这里竟"妙手回春"。

夜色浓重时分，周君送我们回下榻处，坐落在魁北克老城、依傍着圣劳伦斯河、已有150年历史的嘉沃纳花园饭店。周君缓缓开着车，向我们娓娓道来这个城市的历史：魁北克有近400年的历史，城中心就是我们现在所在的老城，分上下城两部分。老城1985年列入世界文化遗产名录，有约4 000人居住。这里保持着法国十七八世纪的建筑风貌。为了保护历史原貌，老城内不能建筑5层以上的楼房。现在留存的5层以上的建筑仅有3幢，那是20世纪50年代末做出这一规定前建的。老城内最多的是餐馆，有90多家，但餐馆和其他商店都没有五光十色的霓虹灯。老城的历史不仅记录在档案里，还写在这些古老的建筑物上……

"魁北克的座右铭是：'我记得'。几乎每辆车后的车牌上都有这一铭言，希望各位能时常记起这个古老的城市……"周君与我们告别时深情地说。好多年过去了，我还记得那个冬夜，那个老城，特别是在那里生活的老友。

（2009 年）

寻踪"东方哈佛"

在上海，有这样一所大学，虽说她早已成为历史名词，不复存在，但在上海，在中国，她的记忆和影响却一直延续着。时常会有海内外耄耋之年的校友，不辞千里，拖着老迈、纤弱的身子，甚至拄着拐杖、坐着轮椅，来到华东政法大学长宁校区寻访。因为这里曾是近代中国著名大学、被誉为"东方哈佛"的圣约翰大学遗址。当年不少政界精英、商界巨子、学界泰斗、医界圣手是从这里走出的。在校友心目中，圣约翰的精神永远是鲜活的，并未曾消失，这些对母校的深情长谊，已汇聚成一种历久弥笃的情结。上海市档案馆珍藏有圣约翰大学档案 1 000 多卷，圣约翰的历史不仅仅伫立在校友的记忆中，更是长留在上海城市记忆里。

如今，这所已消逝了 60 多年的著名大学，遗留在茂林浅草中的校园建筑大多保存完好，仍然优雅地挺立在苏州河畔。漫步在圣约翰大学的遗址，古木参天、碧草如茵、飞檐翘角，你会感受到一代名校的氛围。走在校园幽美的路径上，你的脚印不定会叠印着当年圣约翰大学的学子邹韬奋、陶行知、施肇基、顾维钧、颜惠庆、颜福庆、刘鸿生、荣毅仁、陈光甫、潘序伦、经叔平、吴仞之，还有宋子文、林语堂、贝聿铭等人的脚印。当然，最有可能的是叠印在当年的校长，一位美国传教士卜舫济的脚印上。在圣约翰大学 73 年历史中，有 52 年是由这位传教士掌校的。从传教士到教育家，卜舫济是对圣约翰影响最大的人。

圣约翰大学初为圣约翰书院，由美国圣公会主教施约瑟在 1879 年创办，系合并此前已有的培雅、度恩两个书院而成。院址设在梵皇渡路（今万航渡路）。1892 年起学校正式开设大学课程，并且将英语作为最重要的学科教授。1896 年，学校形成文理科、医科、神学科及预科的教学格局，为沪上唯一高等学府。1905 年，学校按照美国哥伦比亚大学条例组成完全大学，设文学院、理学院、医学院、神学院 4 所学院以及一所附属预科学校，并在美国华盛顿注册，成为获得美国政府认可的在华教会学校。1913 年，圣约翰大学开始招收研究生；1936 年，开始招收女生，后来发展成为一所拥有 5 所学院（原来的 4 所加上后来的农学院）、16 个系的综合性教会大学，是当时上海乃至全中国最优秀的大学之一。1952年，全国高校院系调整时，该校各院系被分别并入其他学校，医学院与震旦、同德医学院合并成立上海第二医学院；工学院土木、建筑系并入同济大学；理学院和教育等系并入华东师范大学；经济系并入上海财经学院；文学院外文、新闻等系并入复旦大学；政治系并入华东政法学院；高中部与大同大学附中合并命名为上海市五四中学。至此，历经73年的圣约翰走完了她的历程，校址随后由华东政法学院使用。

散落在美丽校园中的校舍，呈现中西合璧特色的建筑风格，采用中式大屋顶，有飞檐、歇山顶，并受中国四合院布局的影响，内部和下层墙体则采用欧美建筑的设计技术。当时，圣约翰的校园环境和校舍建筑可比肩世界一流的大学校园。著名语言文字学家、汉语拼音创始人之一周有光在回忆初进学校时写道："1921年我考入圣约翰大学。我是从静安寺坐独轮车到学校的。在路上回头看一看，后面还有四五辆独轮车向梵皇渡方向行进。土包子走进洋学堂，处处都新奇。""校园很美，建筑区之外有花园区，是从兆丰花园划过来的……人行道以外全是绿色草坪，花园中有许多参天大树。当时这个校园，跟世界上任何优美校园相比，决无逊色。"

驻足这些穿越岁月砥砺、风采犹存的经典老楼，你的思想会与历史交流，你的心灵会与名人对话。对于校长卜舫济，中国第一任驻美国大使施肇基说，卜校长"矩步规行，俨然一中国绅士。其人态度严肃而诚挚，办事认真不苟"。对于圣约翰独树一帜的英语教学，著名教育家陈鹤琴说："到了圣约翰，所用的课本除国文外，都是用英文的。"将体育教育引入大学校园，圣约翰可说领风气之先，林语堂说："倘若说圣约翰大学给我什么好处，那就是给了我健康的肺……我学打网球，参加足球校队，是学校划船队的队长……最出色的是，我创造了学校一英里赛跑的纪录，参加了远东运动会。"

在苏州河畔的华政长宁校区漫步，历史长卷在你眼前徐徐铺展，岁月的摇椅会触动你的历史情怀……

（2017年）

那幢经典法式建筑的百年钩沉

西藏南路淮海东路口，在各色现代建筑的包围中，有幢已有百年历史的清水红砖墙的法式建筑优雅地矗立着。虽经时光流逝、风雨侵蚀，依然"原汁原味"保持着当年的风貌。一批又一批学子从这里走进又离开，薪火相传、生生不息。这就是前后历经3个世纪，走过130年里程的光明中学的校舍。

光明中学的历史，要溯源到1886年2月26日法租界公董局在公馆马路（今金陵东路）63号开设的法文书馆。根据法租界公董局档案记载：1886年1月14日，法租界公董局董事会讨论预算时，董事萨坡赛发言称，华人巡捕不懂法文，于服务上很有妨碍，有时影响传递命令和消息，贻误甚大，更使中西巡捕难以接近，要求公董局创办法文义务学校。公董局于是决定拨款1 531.66两白银，创办一所局办法文书馆。同年2月26日租用公馆马路63号房屋为校址，招收学生100人，夜间附设补习科一个班，专为法租界执勤巡捕教授初级法文。学校初为义务性质，所有学生一概免去学杂费，书籍也由学校免费提供，1892年后逐渐收费。

学校几度迁址，1899年5月31日迁入天主堂街（今四川南路），1911年4月末又迁入宝昌路（今淮海中路）尚贤堂，部分学生还在八仙桥巡捕房腾出的房间暂行上课。

1912年学校在敏体尼荫路（今西藏南路）原八仙桥巡捕房后面南首建造校舍（巡捕房迁往卢家湾）。1913年5月16日举行新校舍落成典礼，正式改名为中法学堂（又译中法学校）。校舍为三层，平面结构呈"凹"型。进入校门，是一长廊，一、二层为教室、校长室、办公室、音乐室和放映室，三层为修士宿舍、活动室、图书室。1923年7月，又在东翼扩建与原建筑对称的楼房，形成"山"字形内廊式平面布局，一直保留至今。教学楼内有个可容纳500人的礼堂，用于颁发奖学金和节庆活动。围墙内是大操场，可容一个小型足球场。

校舍为20世纪早期的法国式教学楼，建筑风格为新艺术派与罗马风格混合的折衷主义式，外立面细节处理相当考究。立面以竖向线条为主，

20世纪20年代中法学堂校舍

分层装饰白色腰线，庄重简洁。房檐、窗檐和门檐都有精致的艺术花纹，圆拱形的落地百叶长窗是法式建筑的特征，和立面上垂直、水平的直线条相配合，使整个立面有种秩序感，在沉稳中有变化。1923年9月19日，学校曾举行新大楼启用仪式，法国驻沪总领事、公董局董事、中国地方政府官员、法国公司负责人、学校的中外朋友和校友出席。

中法学堂设施先进，总务室的法国母钟控制着每一教室的子钟，当时堪称一绝。这一时期，课程分高中、初中、高小、初小4级，高中班全部由法文讲授。学校经常放映有关地理和科学的电影，开设会计、打字、速记课后，每年都有一批学生通过考试获得相关证书。毕业生中不少人考入震旦大学，有的直接进入法国大学，部分人谋取需要法语的职位。1928年陇海（铁路）公司招考懂法语的职员，录取的20人中有13人是中法学堂学生。1943年公董局解体，学校改由天主教中国修士接办，1946年改名为私立中法中学。

1951年4月9日，从法文书馆到中法中学的历史就此终止，法国"子母钟"由此停摆。学校命名为私立光明中学，1953年改为公立，1959年成为首批市重点中学。在校友记忆中，20世纪60年代光明中学连续几年高考升学率在市里名列第五，被戏称为"王老五"。学校课余生活丰富多彩，各项体育项目屡创佳绩，高中男女篮球队常打进市联赛决赛，学生刘长胜还获得上海少年一组男子体操全能冠军。

历史留给光明中学的不仅是一幢经典的建筑和130年的时间长度，更是深厚的文化底蕴和人文资源。这些年来，学校坚持和谐发展、人文见长的办学理念，被国家教委指定为中法两国政府教育合作项目中学法语教学执行单位之一。光明学子在国内外竞技竞赛中取得骄人成绩：世界中学生运动会跳高冠军，世界头脑奥林匹克竞赛银牌，首届新概念作文竞赛一等奖，上海高考首个满分作文，全国数理化学科能力展示总决赛二等奖，上海市中学生生物竞赛一等奖……

　　校歌《光明的太阳》在那幢经典的法式建筑里唱响：一个个稚嫩的梦里都有着榜样的辉煌，一个个梦中的明天都有着光明的太阳……

（2016 年）

"虎扑"体育的虹口情结

与"虎扑"体育创始人兼董事长程杭的会面，是在虹口区档案馆展厅内进行的。这里的一角，成为"口述虹口改革开放40年"的摄制现场。受口述组织者委托，我承担对程杭的采访。

面对摄像机，年轻帅气的"虎扑"掌门人用十分平和的语气介绍了"虎扑"的创建和概况：

我们"虎扑"（上海）文化传播股份有限公司，是一家以体育为主题的互联网公司，致力于为全中国所有的体育运动爱好者，提供最好的服务和商品，用户在我们主营产品"虎扑"网上可以看到奥运赛事、篮球比赛、足球比赛等各种赛事资讯，可以跟全国各地甚至世界各地球迷进行聊天和互动，还可以在"虎扑"网上购买到你所需要的运动鞋、运动服装、运动装备，等等。简而言之，"虎扑"为体育运动爱好者提供一站式服务。

我清华大学经济系毕业后，到美国芝加哥西北大学留学。留学期间业余时间创建hoopCHINA论坛，最初以篮球NBA赛事为主要讨论话题，当时只是一个规模还可以的小网站，每天大概十万人访问。2007年，开始正式运营"虎扑"体育网。自2004年初创至今，"虎扑"已经积累了上亿的用户。现在每个月有超过5 000万的球迷和体育迷活跃在我们的平台上，与全国各地乃至世界各地的球迷、体育迷进行互动。

体育是我们整个企业的关键词，也是我们企业的灵魂。我们公司很多年轻人，也都像我一样，在学生时代，把篮球、足球、电子竞技当作自己闲暇的爱好，倾注了很多热情和时间；现在在"虎扑"这个平台上面，可以实现事业和兴趣的"绑定"，把自己热爱的事情当作自己的事业，并且把这种热爱"输入"到体育运动爱好者当中去，这是我们虎扑网一个简单的定位和历史。

"虎扑"为何选择上海，特别是选择在虹口创业和发展，我想一定是很多受众想了解的。接过我的提问，程杭深情地讲述了他的心路历程：

这与我的上海、虹口情结分不开。我讲话可能有一些福建口音，但我母亲是上海人，家就在虹口，知青下乡插队到江西井冈山，我父亲是福建人，也是知青。小时候我在福建读书，每年暑假、寒假回上海，坐 22 路电车经过那个铁框架的外白渡桥时，我就知道快要到提篮桥附近的外婆家了。所以，我从小就对上海对虹口有很深的感情。后来回到上海创业，这是一个很大的原因。第一个落户点不在虹口，后来经我母亲的介绍和虹口区提篮桥街道几位老前辈的牵线，和虹口区委、区政府的领导有了接触，了解到这里的政策环境特别的好，而且与具体接待我们的委办领导洽谈中，感受到一种无微不至的关怀。他们理解我们这样的企业、创业者，真正心里想的是什么，需要的是什么，这让我们非常感动，所以就从外区迁到虹口落户。

对"虎扑"与虹口的合作，程杭侃侃而谈：

"虎扑"在互联网上运作，是面向全国的，但与虹口也有很多合作，有不少落地的项目。比如，2016 年，我们在虹口足球场举办了 AC 米兰传奇明星队与上海老克勒明星足球队邀请赛。当我进入球场的那一瞬间，感觉到圆了自己的一个梦想。我们在虹口足球场的外场篮球场，举办了不少像佳得乐、百事可乐全明星篮球比赛，当时也是被观众围得水泄不通。虹口足球场的外场，还有一个可以对外出租的、供市民踢球的 7 人制足球场，我们在那里安装了智慧运动场的设备。安装了这套设备之后，不管是小孩、年轻人，还是中老年人，只要喜欢在那儿踢球，你的每一场球，甚至每一次过人动作、每一个进球，都可以像电视转播的效果一样，被记录下来，你可以保存在自己的手机、电脑上，分享给自己的家人和同事、朋友。我们当时为虹口安装这套设备时，好多人还不理解，直到他们去踢了一场球，看到自己的影像被记录下来之后，那种兴奋感是前所未有的。

结束访谈，程杭又去忙他的"虎扑"了。

（2018 年）

120

第三辑　马路纪事

南京路上"老字号"

　　曾在南京路附近居住了近三十年，那时工作的机关离南京路只几步之遥，南京路对我来说很贴近，也很亲近。小时候去南京路是"凑闹猛"。那时，24层国际饭店是上海最高的建筑。跟同伴去那里数楼层，可怎么也数不到24，后来才知道2层在地下。数楼层后还想看笑话。因为听说有人仰头望国际饭店楼顶时，头上的帽子会掉下来，但没让我们看到笑话。虽说当年物资贫乏，但童趣一点不缺，成群结队去食品一店四楼的新都溜冰场溜冰，是儿时最刺激的事。溜完冰后还要去前面的市百一店乘自动扶梯，体验别无他处的"上上下下"的享受。

　　工作后虽说收入不多，但有足够资本可以在南京路上"轧闹猛"消费了。买中山装到上海服装店，买皮鞋到华东皮鞋店，吃点心到"五芳斋"，喝咖啡到"东海"。曾在近山西路的四川饭店品尝4角钱一份的麻婆豆腐，在近湖北路的国华瓷器店淘到出口转内销的彩绘瓷盘，在六合路口的"利男居"买全蛋萨其马、南乳小凤饼……当然，去的次数最多的是山东路口的新华书店。后来，那里沿街开出的一家日式拉面店生意兴旺，一"面"难求，排队候座等面吃成了一道风景。上了年纪，加上居所和单位不靠近南京路，去南京路就少了。即便去了也不是"轧闹猛"，大多是"看闹猛"，看南京路不断换新颜，心中有惊有喜也有忧。

　　再到南京路"看闹猛"，是想"盘点"一下记忆中30年前的各色商店，如今还有几许。百货公司以前是引领时尚的"旗舰"，当年南京东路上除了市百一店、永安公司外，还有不少中小型百货商店，如近江西路的一中、南京、申江，近山东路的丽华，金华路口的金桥，如今都不复存在了。西藏路口的"新世界"，当年是以经营小商品闻名的新世界百货商场，有7 000多种商品，其中一分钱一张的纸鞋样，就有从婴儿穿的宝宝鞋样到老太太穿的尖足鞋样等90多种。以前南京路上的各式服装店星罗棋布，至今留守的屈指可数，东段除了时装公司，还有"培罗蒙"，而"朋街"已垂下了卷帘门。原先京、粤、川、苏、扬、闽等菜系，南京路上都有名店，如东段的扬州饭店、四川饭店、闽江酒家、燕云楼、新雅粤

20 世纪 50 年代南京东路

菜馆，西段的人民饭店、绿杨村、梅龙镇、珠江酒家，如今迁的迁，关的关，留下没几家。倒是那些特色食品店，大都还在南京路上逼仄而艰难地延续着传统的"食脉"，比如"邵万生"的黄泥螺、"真老大房"的绿豆糕、"三阳"的豆酥糖。

南京路上原先一些专业商店大都没了踪影，比如近山东路的戏剧服装用品门市部、戏剧刀枪厂门市部，近新昌路的翼风航模材料商店。到"翼风"买材料做飞机模型，是儿时"科技含量"很高的事。幸存的也有几家，比如民族乐器一厂营业部、金波瓶酒商店。江西路口大楼"优秀历史建筑"铭牌旁，长长的阅报栏里张贴着解放日报、文汇报、新民晚报等当天的报纸。阅报栏延续到现在，真是意外。

这些年来，南京路一直努力与世界时尚接轨，苹果、GAP、A&F 等时尚品牌纷纷入驻。在时尚与传统、趋新与怀旧的碰撞与交织中，在电子商务的冲击倒逼下，南京路还在不断选择、变换着，但我期待，在追求时尚、年轻化的同时，能给"老字号"、特色店留有更多的发展空间和愿景。

（2013 年）

秋逛淮海路

这个秋来得突如其来,一场风雨、一夜之间就完成了两季的转换,从溽暑一脚踏进了凉秋。淮海路上的行人有点"乱"穿衣,有的套上了西装、夹克衫,有的依然短袖短裙,一袭夏装。而沿街大橱窗里的时装模特"秋来先知凉",纷纷换上了新款秋装。

中秋一过,花花绿绿的月饼一下子没了踪影,但光明村酒家、长春食品店、哈尔滨食品厂的鲜肉月饼摊前依然人头攒动,长长的队伍候着出炉的月饼。"屋里厢价西多月饼吃勿特,还要到外头排队买月饼。"男的抱怨说。"屋里厢月饼又甜又腻,迭格月饼又香又新鲜,侬吃了就晓得了。"女的振振有词。这时,一辆小车缓缓停在长春食品店附近,一位衣着入时的年轻女子捧着一大包热气腾腾的鲜肉月饼坐进了小车,想尽快让家人分享刚出炉的月饼。

排队等候出炉鲜肉月饼,是中秋前后淮海路"老字号"食品店前一道经久不衰的风景。先前淮海路上的食品厂店以引领时尚的中西糕点最诱人,不少还是前店后工场,自产自销,闻名遐迩的有海燕食品厂、上海食品厂、老大昌食品厂等,如今有的已难寻踪迹了。几经转身,能让淮海路挽留的"老字号"为数不多,"长春""哈尔滨"能坚守至今真的不容易。那年月结婚发喜糖,每袋包上 8 颗"哈尔滨"糖果,是很"扎台型"的。

淮海路茂名路口的国泰电影院外表内敛而高贵,似乎在向路人传递着80 年的沧桑。当年"国泰"以放映首轮外国原版片为主,座椅上配有"译意风",观众享受同声翻译的待遇。而同样有着绵长历史的"左邻"淮海电影院和"右舍"东湖电影院已消失或隐退。20 世纪 60 年代,"东湖"好多年里天天放一部立体电影《魔术师的奇遇》。那时戴上特制的眼镜看立体电影,身临其境的惊奇惊险毫不亚于现在年轻人看 3D 电影《阿凡达》的感觉。

"国泰"3 个放映厅同时放映 3 部影片。在科幻片《盗梦空间》和动作片《精武风云·陈真》的两面夹击下,《山楂树之恋》显得有点势单力薄。这是关于我们那个年代的故事,我走进了《山楂树之恋》放映厅。

上座近六成，我的同龄人不少，但也有80后成双结对入座的，放映厅没有成为"老年社会"，而是"老中青三结合"。在凄美的音乐声中，看完了我们那个年代发生的一个凄美的故事。

淮海路往西过了陕西路，越发显得高雅清幽，与东向的繁华喧闹有着很大反差。在武康路、兴国路、余庆路、天平路口，形成了放射状的五路交叉。约好晚上在附近的一个餐馆与几位老友小聚。时间还早，就在几条优雅中带点神秘的小路上闲逛。小路有着优美的弧度，两边花园洋房连片。好像洋房里的居民都是深居简出，很少见得到他们的身影。

漫不经心间目光倏然"定格"：透过雕花铁栅栏，一幢英伦乡村风味的小洋房前，一位白发苍苍的老人在水池里使劲洗衣服，他的老伴在一旁为他打扇送凉……忍不住以问路为由走进院子，与老人聊了起来。原来他们是"空巢老人"，几个子女都在国外定居。平时有小保姆照顾，中秋节前小保姆回乡了，就只能自己照顾自己了。他们说，就几件内衣，不必用洗衣机了，搓搓就好了，也权当锻炼身体。原来，花园洋房里还有外人不知的艰辛和无奈。告别老人，走进餐馆，与老友叙旧时不时走神，想着老人的子女应该常回家看看。

（2010 年）

四川北路像条河

人的有些经历是和路是分不开。

20世纪六七十年代，我在虹口一家大型食品厂工作过。工友中有许多是居住在虹口、杨浦一带的，对四川北路情有独钟，对各家名店如数家珍：第七百货、凯福饭店、燕记西菜社、广茂香烤鸭店、一定好食品店、香港理发店等，让我这个居住在南京东路附近，自以为很见世面的人也开了眼界。下班后，时常拐到四川北路逛逛，还不时到附近的工友家聚聚。四川北路，宛如一条斑斓的河流，在我的青春记忆里流淌着。

这个周日，又走进了四川北路，不是去"买卖"，而是来"逛逛"。好久没来逛，这条路变得陌生了，沿街支出的晾衣竿很难看到了，现代化的广场、大厦高耸而立，一些富有特色的老建筑成了其间的一片"洼地"。新华书店还在原址，当年我常光顾这里。后来这里改为上海工具书店，如今又挂了企业家书店的牌子。三个楼面，只有五六个顾客在翻书，格外寂寥。楼梯边墙上的几幅老照片，在诉说着往昔的辉煌。1984年9月上海工具书店开业时的盛况与当下形成了鲜明的反差。怅然步出店外，看见墙上有"商务印书馆（虹口分店）旧址"的铭牌。

当年工友们常挂在口上的凯福饭店，是四川北路上的一个地标。那时，青工结婚能在"凯福"摆上几桌酒席，是会炫耀一番的。原先在海宁路口的"凯福"已没了踪影。问及在川北公园（原三新里旧址）的游人，都不知有个"凯福"，只有一位孵太阳的老人懒散散地用手向我指了个方向说：早搬走了，在那里。那里果然是个饭店，但不叫"凯福"，迎宾小姐又说在"巴黎春天"那里。"巴黎春天"依然不见"凯福"，只有"凯旋宫"，看来是迎宾小姐搞错了。原先工友们津津乐道的"七百""燕记""好吃来"也难寻踪迹。

横浜桥下的河水变清了，那个有着中国宫殿建筑风格的教堂映入眼帘，这是我久违的鸿德堂。"文革"期间，教堂底楼曾改做过小学礼堂，后又成为肝炎隔离病房。1974年冬，我在里面住了3个星期。邻床是个农场工作的小伙子，前几天还顶着寒风赤脚开河。他说这些天真享福，吃

20世纪90年代四川北路

吃困困，病好后还得去开河。我劝他多休息些日子，他说大家都这样干，不然上调没希望。现在，鸿德堂已融入到多伦路文化街的氛围里，新郎新娘正在教堂前拍婚纱照。

到了山阴路，四川北路快到尽头了。工友朱民的家就在山阴路的新式里弄里。那时我们常在他住的亭子间里印照片、听唱片。一次，我带去向姐姐借来的歌剧《江姐》的密纹唱片，当《红梅赞》《绣红旗》响起时，不得不调低声音。那年月只有样板戏可以放声高唱。熟悉的建筑如今已人去楼空。当年怎么也不会想到后来我们能考大学，更不可能想象当年的工友朱民，现在成为国际货币基金组织总裁特别顾问。

四川北路东江湾路附近，意外发现了"一定好"食品店。原先以前店后工场、自产自销广式糕点闻名的"一定好"，现在店里大都是外来货，好在还有自产的开口笑、鸡仔饼在延续着传统的"食脉"。

四川北路几经"转身"，对我来说有些疏离了，但记忆里的那条河，依然是斑斓的。

（2011 年）

西藏路忆往

　　以前，节假日会从宽阔的西藏路向北进发，然后转到南京路，或者提前折入福州路、汉口路等颇有韵味的小路闲逛。有时，会从淮海路口，一直逛到西藏路桥下的"泥城桥"一带，"完整"地观赏西藏路的精华之处：光明中学、大众剧场、大世界、人民广场、工人文化宫、和平电影院、沐恩堂、市百一店、大上海电影院……这个冬日，重又"完整"地走完这一段，那些年那些事又浮现在眼前。

　　那时，"大世界"周边饮食店林立，各色点心小吃生意红火，比如"老公兴"的鸡粥、全色血汤，"南号五味斋"的绉纱馄饨、面筋百叶，"老广东"的麻球、芝麻糊。大世界斜对面、西藏南路上原来有家店名很有诗意的沁园春点心店，芝麻、鲜肉汤团半两粮票 5 分钱一个，二两粮票两角钱就能两甜两咸美美享受一番。到了夏天，这里用啤酒杯装的赤豆刨冰供不应求，用调羹将上浮的冰粒和下沉的赤豆调一调送进口里，真是爽极了。"沁园春"的前身是 1937 年开业的同兴点心店，如今这里成了广场公园的一部分。

　　那些年，我和小伙伴常去西藏中路近人民广场的大陆饭店，不是吃饭，更不是投宿，而是去饭店楼下的照相馆冲印照片。1931 年开设的大陆饭店是上海早期知名的旅馆，20 世纪 60 年代中期曾改为庐山饭店。20 世纪 30 年代，西藏中路曾形成旅馆一条街，除大陆饭店外，还有东方（今市工人文化宫）、爵禄（后改岷山）、大中华、远东等饭店，都是些很有故事的老饭店。来福士商厦旧址，存在过两家当年上海滩名气很大的饭店、旅馆。南边是爵禄饭店，1930 年 5 月 7 日晚，中共领导人李立三由潘汉年陪同，曾在爵禄饭店会见了由冯雪峰陪同前来的鲁迅。北面是"一品香"旅馆，其历史可追溯到 19 世纪 80 年代初、开设在福州路上的一家"西菜中做""中菜西吃"的"一品香"番菜馆，1918 年迁到西藏路后改为旅馆，兼营西餐。1920 年 10 月，英国哲学家罗素访问上海时曾下榻"一品香"，在旅馆接受《申报》记者的采访。而我辈记忆中的"一品香"，已成为市农委的一家招待所了。现在大陆饭店，还有原先坐落在延

位于西藏中路上的星火日夜商店（20世纪90年代）

安东路口、建于1922年的红光医院（原名时疫医院）等建筑，已在人民广场综合改造中拆除了。

西藏路、南京路人流如潮，流到西藏路南京路口的人行天桥，就会分流到市百一店、"新世界"和精品商厦里。"叩开名流之门，共度锦绣人生"，这个20世纪90年代耳熟能详的广告语，出自西藏路南京路交叉口西南角的精品商厦。商厦是在东海皮件店、南海衬衫店、人立服装店和采芝斋原址上改建的。那年我第一次出国，就是在精品商厦买的服装。"跳槽"到东海皮件店，后又成为精品商厦员工的老厂同事当了我的导购。进入新世纪，因为地铁建设等需要，精品商厦与邻近的上海音乐书店，以及西藏路南京路口的人行天桥相继消失，以往人行天桥上热闹的场景退出了人们视野。

原先，在现在"新世界"西藏路一侧，并列着3家影剧场：红旗新闻科教片电影院、西藏书场和五星剧场（原名国联大戏院）。进红旗电影院，要走一条很长的过道到放映厅。平生第一次看沪剧就是在国联大戏院，是群艺沪剧团演的《雷雨》。历史上，环西藏路影剧场集聚，有"东方百老汇"之称，后来一个个渐次消失。当下，有关部门正在研究恢复建设西藏路剧场群，这是很让人振奋的。

过了南京路，就到了"泥城桥"一带。以前可以望见两个巨大的圆形煤气储气柜，1865年上海第一家煤气厂就建成在这里。西藏中路、北京东路、北京西路、新闸路、芝罘路在这里形成六岔路口，成为四通八达的交通要冲。以前六岔路口中央半空处，高竖着一个交通岗亭，交警坐在里面手动调节红绿灯。记得沿街有沪中浴室（即大观园浴室）、星火日夜食品商店以及中法大药房原址。现在"星火"已挪了位，生意依旧不错，"大观园"和"星火"的原址成了绿地……

（2014年）

寻梦延安路

少年是个多梦的季节。我少时编织的梦与一条路——延安路有关。延安路很长，少时的梦也很长。

延安东路西藏南路口的"大世界"，是少时的欢乐世界。星期天，2角钱的门票能在里面从早白相到夜。最快乐的是照哈哈镜，看着镜子前的自己忽高忽矮、忽胖忽瘦的怪异状笑得前仰后合；最刺激的是看"飞车走壁"，那惊险高超的绝技，引来一浪高过一浪的惊叫声。白相"大世界"，成了少时一个欢乐的梦。好不容易攒了2角钱，就欢天喜地去白相了。除了在中央露天剧场观看杂技魔术外，还到一个个小剧场看各种各样的戏，京剧、沪剧、越剧、淮剧、甬剧、锡剧、黄梅戏都看过。当然，一出戏从头至尾看过的不多。以后对戏曲的爱好，可能是缘于"大世界"的启蒙吧。前些年，曾再次走进"大世界"，不是去白相，而是去寻梦，但除了哈哈镜，已很难找到少时的乐趣了。

延安中路、陕西南路附近的儿童艺术剧场，是少时的艺术殿堂。喜欢话剧的我，时常会从街头阅报栏里了解演出信息，关注过报上有关《宝船》《灰姑娘》《小足球队》，还有那个在学生中影响很大的独幕剧《一百分不算满分》的介绍和讨论，从中还知道舞台上的少年儿童，都是由中福会儿童艺术剧院的大人扮演的，其中有的男孩还是女演员扮演的。或许是离家比较远，少时去黄河路上的长江剧场看过好几出话剧，却没能走进"儿艺"剧场。第一次去"儿艺"剧场看话剧，已是20世纪70年代了，我已成为一名工人。在那里观看了有着那个特殊年代印记的《钢铁洪流》和独幕剧《起点》。1978年在那里观看了《童心》，但不是少时想象中的儿童剧。第一次在这里观看儿童剧，已是20世纪90年代了，我与儿子一同观看了童话剧《雁奴莎莎》，这才寻回了少时的梦。

延安西路、华山路附近的中福会少年宫（我们习惯称市少年宫），是少时的梦幻乐园。看到过照片，大草坪后挺立着那幢宏伟而神秘的大理石宫殿，楼的正上方是少先队的队徽星星火炬；还听说过那里有个惊险无比的"勇敢者道路"游戏，但一直没有机会进去。我们那代人特别多，能去区少年宫就很难得了，去市少年宫是遥不可及的梦想。当年能进市少年宫参加活动的，印象中不是"三条杠"的大队长，就是富有天赋的小伙伴艺术团成员。第一次走进大理石宫殿，我已过了不惑之年，还是沾儿子的光，与儿子一同参加亲子游园活动，终于圆了少时一个梦。

延安西路1538号，是少时向往的圣地，因为那是少年儿童出版社和《少年文艺》杂志社所在地。一册32开本的《少年文艺》，给少时清贫的生活抹上了瑰丽的色彩。动人的故事、优美的描写，如涓涓细流滋润着心田，似灿烂星空丰富了想象。我把书中各种优美句子分类摘抄在本子上，有描写景色的，也有抒发感情的。做作文时选用几句，真是满篇生辉。记得那时《少年文艺》1角7分钱一册，但在我的零用钱中已占了大头。下课后，常去福州路上一家出售旧期刊的书店淘《少年文艺》。书里的故事不会过期，而价格便宜了一大半。

记得那时《少年文艺》有个栏目叫《金色的草地》，是发表学生习作的，也激起了我投稿发表的欲望。把自以为很不错的作文，誊写在方格稿纸上，封好后剪去信封右上角，注上"稿件"字样，不用贴邮票，就寄走了少时的期待、梦想，甚至还有虚荣心。尽管没有发表，但收到一封油印的退稿信，也会激动好几天。告别少年后，虽说与《少年文艺》渐行渐远，但那个有梦的地址还长留在记忆里。当二十多年后，在儿子喜爱的各色少儿读物上又看到这个熟识的地址时，真有一种久别重逢的感觉。有一天，惊喜地收到了由延安西路1538号寄来的一个大信封，是寄给儿子的，儿子的一篇习作在少年儿童出版社出版的《作文世界》上发表了。那一刻，我想起了我的少年梦……

（2013年）

金陵东路随想

春节前，冒着细雨又来到金陵东路。

从小居住在金陵路外滩，就读的中学坐落在西藏南路淮海东路上。每天上下学，要从金陵东路的头走到尾，再从尾回到头，对路的"肌理"了然于胸。沿路相交的南北向大大小小马路闭着眼睛也依次说得出名，较大的路以省为名，如四川、江西、河南、福建路，小路则选用县镇为名，如溪口、紫金、盛泽、崧厦路。崧厦，是我故乡浙江上虞属下的古镇，霉千张特别有名。走到近黄浦公安分局的崧厦路，会有一股乡情在涌动。后来不知为什么，崧厦路改成了松下路，让我有点失落。离开金陵路后的近三十年里，时常要到这条路上走走看看。我把金陵路看作"故乡"的路，在这里可以回味儿时的情趣，寻访少时的踪迹，生发许多遐想。

靠近外滩，以前有两个车船售票处，南来北往的人从这两个"窗口"结识了金陵东路。那时坐飞机是件很稀罕的事，火车、轮船是出行主要的交通工具。轮船售票处常常可见排队买票的"长蛇阵"，到过年了更是一票难求。幸好"长蛇阵"上方有骑楼，可以避雨遮阳。骑楼是金陵东路的特色，上面的楼层向外跨出，建在人行过道之上，楼的临街部分打通成为行人走廊。后来在广州、厦门、海口看到过不少这样的骑楼街，但上海可能就此一条。火车售票处称作"三八售票处"。起初想不明白售票处与妇女节有何关系，后来抬头看到门牌号是 38 号，才恍然大悟。

小时候过年前去汰浴的东风浴室，如今依然静静守候在不起眼的弄堂里，还是 50 多年前的老样子，这让我有点动情。那时候，年前去浴室汰浴，是件很隆重也是很有年味的事。顶着寒风排队领取筹子，进入浴室热气扑面而来。没有储物柜，服务员会麻利地将你的衣服整成一包，用长柄丫杈头把衣服往高悬的扎钩上潇洒地一挂，叫一声"好了!"那娴熟的动作至今还会跃然在我脑海里。这一带如今集聚了许多服装辅料店，但门大都关着，店主回家过年了。路的中段，以前骑楼下大都是仓库和批发部。走到近西藏路时，商店多了起来，还很有特色，比如上海理发用具商店、连长记体育用品商店、中南雨具商店、鹤鸣鞋帽店等。

20世纪50年代金陵东路

　　记忆中金陵东路的商业业态有过几次大的转换。20世纪80年代，骑楼下的批发部一个个装潢一新，改换门庭挂起了"金字招牌"，南京路上的名店纷纷在这里开设分店，比如朋街、丽华、王开、老介福。骑楼下的廊柱上写满了五颜六色的商品名称和服务项目，比如培罗蒙的"男式西服西裤、中短大衣"，吴良材的"科学验光、定配眼镜"，语句直白，还没想到用吸引眼球的广告语来招徕顾客。那时金陵东路商店毗连，顾客川流不息，号称第二条南京路。可惜热闹一阵后，繁华散去，这些分店相继撤出。名店撤出后，金陵东路一度成了市中心最大的装潢建材街。可兴旺一阵子后，又纷纷撤出，冷冰冰的石材店华丽转身为优雅的琴行，钢琴、吉他、琵琶、板鼓，中西乐器应有尽有。敞亮的玻璃橱窗内静静摆放着一架架一尘不染的钢琴和一把把提琴，而琴行门面的上头，却顶着住户伸出的晾衣架、衣服和拖把。透过橱窗飞出的乐声，淹没在各式车辆轮胎碾过地面时的摩擦声、刹车声以及刺耳的喇叭声中。橱窗内外如此巨大的氛围反差，让人感到别扭。

　　由于常回"家"看看，目睹了金陵东路几次不同业态由盛而衰的历程。期待这次乐器街能长久留驻，一个业态从集聚到发展实属不易。

（2013年）

很文化的福州路

福州路，有说不尽、道不完的文化，可在我记忆中印象最深的是一座礼堂、一个书店、一家饭店、一片菜场。

原先福州路 210 号有座其貌不扬，但有点神秘的礼堂，这就是市府大礼堂，最早称市人委大礼堂，那个特殊的年代曾改叫"市革会"大礼堂。好像那里的票子大多是组织供应的，很少对外出售。第一次有缘走进这个礼堂，是好不容易搞到一张现代舞剧（那时不称芭蕾舞）《白毛女》的票子。礼堂给我的印象是大气：剧场大、舞台大、乐池大。当舞台上飘起稀疏的雪花，乐池里奏起熟悉的旋律时，朱逢博缓缓出现在舞台左侧。伴随着喜儿欢快轻盈的舞步，响起了优美甜润的歌声："北风那个吹，雪花那个飘，年来到……"有一阵，市府大礼堂成了《白毛女》固定的演出场所，或许只有这样的礼堂、这样的舞台，才能展现《白毛女》恢宏的场面、磅礴的气势。

再次走进市府大礼堂，是 1983 年 1 月，观看南京军区前线歌舞团的演出。那晚，有两个节目给了我很大的艺术冲击力，一个是双人舞《再见吧，妈妈》，另一个是独舞《希望》，男演员华超在第一届全国舞蹈比赛中因这两个节目获得了两个表演一等奖。空旷的舞台上，一个穿着短裤赤露身躯的男性人体，在贴近天幕的表演区扭动着挣扎着，几度站起又几度跌倒……独舞《希望》通过肢体的律动，表现了人的企盼、迷惘、痛苦、挣扎、反抗、希望等一系列复杂的情感。后来有评论把独舞《希望》称之为新时期现代舞的开山之作。

进机关工作后，市府大礼堂就成了常去的场所。除了开会外，主要是看电影。市府大礼堂放映的影片要比外面早，几乎每个周日都有新片放映，但分到一个处里每次也就几张票。那个年代，看电影是年轻人主要的精神生活，老同志往往把票子留给我，我在那里看过许多影片，印象深的有《人到中年》《逆光》《大桥下面》。

福州路上的旧书店，是少时常去之处。在那里翻阅旧书而不买，不会遭到白眼。工作后有了工资就不是光翻不买了，鲁迅作品的单行本都是从旧书店淘来的，大多五折六折，原价 4 角的《且介亭杂文》只要 2 角钱。最便宜的是图书馆清理出盖有注销章的旧书，往往只有二折三折。我收藏的旧书中，有好些是原上海青年宫的藏书。那时青年宫的借书证是很紧俏的。如今旧书店原址已改作古籍书店。闲时会到离家不远的，"深藏"在瑞金二路曲曲弯弯弄堂里的新文化服务社转悠。高高的书架上层层叠叠陈放着各色旧杂志，有 1953 年的《世界文学》、1958 年的《红旗》、1964 年的《围棋》，在这里能寻找到先前旧书店里的那种特有的氛围。

福州路还是沪上餐馆集聚的一条马路，可惜那家"大鸿运"酒楼不复存在了，当年我是在那里办的结婚酒席。"大鸿运"当时以经办喜庆宴席而闻名。现在流行上星级宾馆办婚宴，参加过几回，开始有点新鲜，后来像是看华丽而冗长的演出，剧本的结构大致相似，情节也雷同的居多。以前"大鸿运"斜对面、浙江中路口有爿菜场很有名，是沪上出现较早的室内菜场。原先菜场大都是露天的，邻近福州路的宁海东路，就是一条有百年多历史的"菜市街"。到室内菜场买菜可不受日晒雨淋、寒风侵袭之苦，也不必赶清早去排队，下午也有市。天天买菜不可能舍近求远，但逢年过节，我会特意去福州路菜场，把积攒下来的肉票去那里用完，那里的大排、蹄髈、精肉货源足、质量好，顺便还带回几盆价廉物美的盆菜。

当然，福州路的记忆远不止于这些，还有"杏花楼"的小吃、"美味斋"的菜饭、"百新"的文具、"天蟾舞台"的京戏……福州路的记忆很文化，也很平民。

（2013 年）

137

北京东路漫步

在上海市中心东西走向的马路中，淮海路的高雅、南京路的繁华、福州路的文化，一直是世人津津乐道的，而与南京东路相距不远的北京东路，则显得平实而冷清。这条路名声在外的是五金街、生产资料街，游人是很少会关注的。

从外滩折入北京东路，耳边的喧嚣声会渐次消停下来。路口耸立着一幢外立面由水刷石构成的大楼。这幢建成于1922年的格林邮船大楼，上海解放后曾由上海人民广播电台长期入驻。年少时，每回走过这幢有解放军战士站岗的大楼，总会油然而生一种神秘而又神圣的感觉。20世纪80年代末，我有幸走进大楼，在电台直播室与听众交流档案利用的话题。以后又到电台做过几次节目，那时电台已乔迁到虹桥开发区了。眼前这斑驳而富有质感的外立面，会让人静静回首往昔的人与事……

江西中路口附近的几幢楼也都很有历史，比如中国垦业银行大楼、浙江兴业银行大楼、四明银行大楼、盐业银行大楼。当年北京路与天津路、宁波路统称为"后马路"，是银行、信托公司集中的区域。伫立在这些饱经沧桑的老楼前，可以想象当年流光溢彩的繁华景象。以后随着北京路金融功能的消失，这些大楼大多由机关、企业入驻。浙江兴业银行大楼的底楼，有很长一段时间作为铁路上海站北京东路售票处，主要预售长江以北、金华以南的火车票。临近春节，总能见到沿街过夜排队等候买票的"长蛇阵"。如今这里人去楼空，拐弯处是家酒楼。

河南中路口的国华银行大楼名气很大，因为里面有个市牙防所。不少上海人把国华大楼作为市牙防所的代名词。小时候听到"国华"就怕，因为怕拔牙齿。去了一次就不怕了，因为那里的医生特别亲切。以后补牙也去过几次。屈指算来，已近四十年未去"国华"了。这次到"国华"，不是看牙，而是寻踪。现在"国华"的二至五楼，还是市口腔病防治院和市口腔医院。虽说是周六，来看牙的人还不少，好多是家长带孩子来的。医院的设施今非昔比了，没变的是走道和扶梯的墙上，依旧是金黄色贴面、墨绿色镶边的彩色瓷砖……

从"国华"再往西，就是五金街了，连空气中也弥散着钢铁、橡塑的气味。据史料记载，20世纪初，北京路就有一些五金店，八一三淞沪抗战爆发后，虹口、闸北的五金店纷纷迁入北京路，由此形成五金街。20世纪50年代中期，北京路就成为全国性的五金市场。商海浮沉，如今一些"老字号"还在坚守，比如"东海阀门""光芒玻璃""长城仪器""红光电器"。也有难寻踪影的，那家创办于1888年的黄浦纱绳五金商店，早已迁往他处了。以前在这片五金街中，有家飘散出酱香的万升酱园，其绵长的历史可追溯到1862年。那些年舌尖上享受过的"海鸥"牌特色酱油，就是与万升酱园"同宗"的上海酿造六厂出产的。20世纪80年代初，万升酱园还在我居住的金陵东路上开设过分店。

贵州路口的黄浦剧场，是五金街上难得的文化符号。小时候去看电影，那时还叫金城大戏院。从"金城"到"黄浦"，还有不少故事。20世纪50年代末的一天，周恩来总理在友谊电影院观看上海市人民淮剧团演出的《白蛇传》后，剧团向他汇报"金城"已批准为专演淮剧的剧场，考虑改其名为淮光剧场。周总理摇摇头说，这个名字的谐音不好。他问剧场在哪个区，大家说在黄浦，他微笑着说，那就改为黄浦剧场吧。大家顿时鼓起掌来。之后不久，他派人送来了亲书的"黄浦剧场"四个雄健的大字。1964年，周恩来到黄浦剧场观看淮剧《海港的早晨》，接见筱文艳等演员。黄浦剧场还是国歌唱响的"源头"。1935年5月24日，影片《风云儿女》在此首映，其主题歌《义勇军进行曲》在此首次唱出并迅速传播……

一场电影刚散场，欢声笑语中，衣着时新的年轻人组成的人流，由此四处散开，给五金街带来许多生气和色彩……

（2015年）

肇嘉浜路散记

离家不远的肇嘉浜路，儿时从课本上就了解其变迁：昔日的臭水浜，改造成当时沪上最宽的林荫大道。

早年，肇嘉浜碧波荡漾、岸柳成行、横贯东西，连接上海城厢和松江府城。后填浜筑路，到20世纪初，仅留日晖港至徐家汇一段，成为华界与法租界的分界河，水质日渐变黑发臭。新中国成立前夕，浜岸聚集棚户2 000多户，形成旧上海最大的水畔棚户区。20世纪50年代，人民政府根治被称为上海"龙须沟"的肇嘉浜，抽水埋管，填浜筑路。1956年12月底，肇嘉浜工程全线竣工，将一浜两路（浜南斜徐路、浜北徐家汇路）合为一路，道路中间为绿化带，共种植常绿乔木和灌木139 586株、落叶乔木和灌木6 865株；12月29日，上海市人民委员会命名这条林荫大道为肇嘉浜路。以后，肇嘉浜路又两度改建拓宽。

往昔肇嘉浜上有好多桥，从日晖港到徐家汇就有打浦桥、大木桥、小木桥、枫林桥、天钥桥等桥梁。填浜筑路后，肇嘉浜消失了，但浜上的桥名作为地名沿用至今。枫林桥，初称丰林桥。1920年，北洋军阀淞沪护军使何丰林在此征地筑了一条从肇嘉浜南到沈家浜（今医学院路）的马路，以自己的名字命名为丰林路，跨浜而建的木桥遂称丰林桥。1927年，上海特别市政府成立，选定交通路（今平江路）道尹公署旧址为市政府办公楼，1928年将丰林路、丰林桥改为枫林路、枫林桥。浙江温州市永嘉县有个古镇叫枫林镇，上海很多路名以省名、市名和县镇名命名，且枫林与丰林又谐音。尽管枫林桥早已拆除，但"老上海"还习惯称这一带为枫林桥。

肇嘉浜路上原先有几家很有名气的企业。近乌鲁木齐南路口的中国钟厂，以生产三五牌时钟而闻名，只要上一次发条，就能连续走三个五天。以后又有改进，一次发条能连续走上一个多月。三五牌台钟，是那些年新婚家庭必备的嫁妆。紧俏时，要凭票供应。与中国钟厂相邻有家景福针织厂，主要生产汗衫、棉毛衫、薄绒衫、天鹅绒服装、儿童印花套装。该厂生产的飞马牌100/2支精梳精漂汗衫1985年获得过国家金质奖。肇嘉浜路近天钥桥路，原先有家出品凯歌牌电视机的上海无线电四厂。20世纪60年代初，"上无"四厂主要生产五灯电子管收音机、电唱收音两用机，以后研制生产各类雷达。1972年研制生产晶体管黑白电视机。1973年，"凯歌"牌4D4型23厘米（9英寸）全晶体管电视、收音两用机投入批量生产。一台"凯歌"9英寸黑白电视机，曾是那个年代多少家庭梦寐以求的。

在肇嘉浜路天平路口徐家汇公园的广场上，耸立着一座充满历史张力的烟囱，让人记得这里曾经有过一家作为中国民族工业先驱之一的大中华橡胶厂，联想起它的历史和辉煌：1927年建厂房；1928年投产，日产双钱牌套鞋近千双；1934年双钱牌汽车轮胎试制成功，在中国轮胎工业发展史上具有里程碑意义；1957年双钱牌汽车轮胎出口到东南亚、欧洲等地区；1964年试制出国产全钢丝子午线轮胎；1990年在中国500家最大经营规模工业企业中名列第215位；2000年11月30日，为腾地建设徐家汇公园，该厂最后一批厂房定向爆破后夷为一片平地……

如今的肇嘉浜路，已成为市区道路"三横"南线主干道，是一条很有气势的景观路，绿地铺洒、花团锦簇，高楼林立、美食集聚，东首有打浦桥日月光中心，西端有徐家汇美罗城，其间还有张生记、王朝、小南国、苏浙汇等各色餐馆。入夜，灯光绚丽，人流不息。肇嘉浜路的变迁，演绎着上海城市发展的轨迹。

（2015年）

寻踪圆明园路

外滩苏州河、黄浦江交汇处沿岸，有几条很有韵味的小路，圆明园路是其中的一条。19 世纪 60 年代初，这里辟筑了两条平行的小路，西面的称上圆明园路，东面的称下圆明园路。为了好区分这两条路，1886 年上圆明园路因有博物院改称博物院路，1943 年又改为虎丘路；而下圆明园路就称圆明园路。时光在这条小路上静静流淌了 150 多年。

那些年，虽说家住外滩附近，但很少会留意这样的小路。第一次认真端详这条路，是 1977 年 2 月的一天。那时还在厂里上班，接到文汇报社的电话，要我去领纪念品，我写的一篇报道发表了。兴冲冲来到圆明园路 149 号文汇报社，纪念品是印有"文汇报"三个烫金字的笔记本。那天心情很好，就在这条小路上徜徉。赭色砖石、雕花廊柱、彩绘玻璃、大理石楼梯，恍如走进某部西方名著的氛围里……

以后翻阅些史料，了解了老楼里的一些历史和故事，所以这次来圆明园路，是带着历史和故事来的。如今，这里已融入"外滩源"保护和开发区域。原先的小路变得十分开阔，东侧有新建的酒店和绿地，西侧的七八幢老楼经过修缮，一字排开呈现在眼前，少了些许神秘感。

这幢女青年会大楼，早年 4 楼是万国艺术剧院，1935 年曾在这里举办过"老上海展览会"，陈列有 1854 至 1863 年工部局董事会议事录，1855 年上海地图，1911 年礼查饭店上海指南，1912 年黄浦滩照片等。这或许是第一个上海档案史料展。还是在这里，1936 年 3 月 9 日下午，万国艺剧社为国际电影大师卓别林举行欢迎茶会，卓别林在这里和京剧艺术家梅兰芳、电影演员胡蝶等相聚，还参观了正在举办的有刘海粟、黄宾虹等画家作品参展的中国现代名画展，留下了中外文化交流史上的一段佳话。受梅兰芳之请，为卓别林担任翻译的万国艺剧社理事瞿关亮在《良友》画报上详细记载了茶会的经过。

圆明园路上的兰心大楼，被认定为兰心戏院的旧址，但梳理"兰心"的文脉后，却产生了疑惑。"兰心"的历史很长。1866 年，一座木结构的兰心戏院在上圆明园路（今虎丘路）与诺门路（今香港路）转角处动工建造。次年3月1日，由西方侨民组成的上海西人爱美剧社在此首演。几年后第一代"兰心"因火灾结束了历史。1874年1月27日，剧社在新落成的兰心戏院举行第37次公演。新"兰心"坐落在老"兰心"附近的博物院路（今虎丘路）上，是一座砖混结构的仿欧洲歌剧院式样的戏院，剧社在此上演了50多年。1929年1月5日，"兰心"的原主将戏院出售给一个中国商人，该商人后来将"兰心"拆除盖了新楼。1929年12月，剧社觅址在蒲石路迈尔西爱路口（今长乐路茂名南路口）重建钢筋混凝土结构的第三代兰心大戏院。1931年2月5日，新落成的"兰心"举行隆重的开幕仪式。由此，"兰心"的文脉延续至今。

由上所述，两代"兰心"均建在今虎丘路上，一幅1917年的上海地图把戏院清楚标注在博物院路（今虎丘路）上；再则，兰心大楼竣工于1927年，兰心戏院1929年才出售，何来旧址之说？而今虎丘路香港路口有幢建成于1933年的广学大楼，是当时外国人在中国最大的出版机构广学会所在处，也有文指出此处是"兰心"旧址。伫立在兰心大楼前，我的疑惑无法释解。

圆明园路上的真光大楼，原名浸信会大楼，因该教会机构创办的《真光》刊物而得名，与广学大楼是建筑风格相同、背靠背、连为一体的姐妹楼，都由匈牙利籍建筑师邬达克设计。1932年，沪江商学院在真光大楼内举办。抗战期间，沪江大学文学院等也迁移至此楼。

以前的文汇报社是建于1927年的哈密大楼。这条路上原先有不少新闻机构，《新民晚报》的前身、上海《新民报》晚刊社址在圆明园路50号。对站立在哈密大楼前西装笔挺的服务生说，以前这里是文汇报社，他一脸木然。期盼能将这条路，以至"外滩源"里每幢老楼的"前世今生"都能梳理流传。

（2015年）

走笔河南路

　　生活中的印记离不开具象的物质载体，比如一条路、一幢建筑、一家"老字号"。那天又行走在河南路上，追寻时光流逝的印记。

　　那些年，住所离河南路有点小距离。常去河南路，是因为福州路口有家中国图书发行公司上海分公司。逛完书店，会在河南路上走走，但往北一般不会过南京路。那时常想，其他书店都叫新华书店，这家书店店名怎么这样长。这家书店很大，而且选书方便，很多书在那个年代就开架了，当然大多是科技书。以后了解到，1951 年 7 月 20 日正式开业的这家书店，是由三联、商务、中华、开明、联营五家书店联合组织，由 62 个单位组成。铺面由原来的中华书局、商务印书馆的门市部打通而成，原商务印书馆二楼也扩展为门市部，陈列书刊 1.5 万多种，开业第一天就售书 5 万多册，其规模当时在全国也首屈一指。

　　尽管常去那家书店，但年少时没买过几本书，印象中那里很少有少儿读物。后来先后改名上海科技书店、中国科技图书公司后也常去光顾，书买的就多了。如今老楼还在，已"面目全非"，被酒店、洗衣店、小吃店的招牌团团围住。

　　福州路的书香气在河南路上扩散，除了这家书店，还有好几家很有名的笔墨庄。李鼎和笔庄、曹素功墨庄和以笔墨纸砚文房四宝冠名的四宝斋（上海油画笔厂前身）门市部都曾开设在河南中路上。荣宝斋也是 1959 年从河南中路迁至南京路的。另一家"老字号"笔墨庄老周虎臣 20 世纪80 年代也在河南中路开设过。

　　河南路上以前有不少旗篷店，是道独特的风景。这道风景源于1934 年创设于今河南南路上的茂丰旗篷厂。中华人民共和国成立初，"茂丰"就开始承接生产国旗、红领巾等任务。当时制旗工艺落后，国旗的五星是用黄布剪成贴缝到红旗上的，后来劳动模范王廷甫苦心钻研印染技术，将五星直接印染到红旗上，开创了制旗新工艺。20 世纪 60 年代，"茂丰"改名上海旗篷厂。那些年，河南中路上旗篷礼品店林立。记得1997 年"八运会"在上海举办时，这一带随处可见"八运会"的会徽旗、吉祥物旗等各色彩旗。最近经过这一带，还可见几家旗篷礼品店，但不怎么景气，有的大白天还关门闭客。

现在说起中药"老字号"，大都会举出蔡同德、胡庆余、童涵春、雷允上，这是被称之为近代上海中药的"四大户"，而当年沪上中药"八大家"郁良心、奚良济、姜衍泽、王大吉、姚泰山、叶树德、叶天德、苏存德已很少有人提起，其中好几家曾在河南中路上落户，有几家开设在附近的福建中路和广东路上。奚良济，是我年少时中药的符号。20世纪五六十年代，常能见到送药工骑着自行车将煎好的中药送上门，车座后面货架两边悬挂着插着一个个小口中药保温瓶的帆布袋。我们这一带大都是由河南中路91号奚良济国药号送的。考究时一天还分两次送，上午送头煎，下午送二煎。时下中药代煎自动化，一下子就把一周7帖煎好装成14包，还可快递送上门。奚良济现址已成了雷允上，问及周边上点年纪的居民，竟无人知晓这家"老字号"。河南路中药号的渊源，还可追溯到1874年开设的鹿芝馆，这是上海最早的广帮药店。

66路公交车在河南路上行驶了60多年，那些年，出远门就要到河南路乘66路去北站。心目中，66路是开往诗和远方的……

（2016年）

成都北路的红色记忆

上海成都北路，在风云际会的中共建党初期，涌动着革命洪流，

由此留下史诗般的事件、不可磨灭的记忆：举行中共二大会议，设立领导工人运动的中国劳动组合书记部，开办培养妇女干部的平民女校，创办出版马列书籍的人民出版社。1928 年至 1931 年，中共中央组织部机关也曾设在这条马路上。

风雨如晦的岁月，北成都路（今成都北路）近新闸路沿街的一个厢房，还曾是中共中央秘密档案库（中央文库）的所在地，这里是负责保管中央文库的共产党员陈来生的家。1927 年"八七"会议后，党中央机关从武汉迁回上海。为了安全保管党的各种电报、文件和报刊、书籍，1930 年设立了中央文库，由周恩来直接联系。文库保管着 1922 年到 1934 年党中央和各地党组织的文件、中国工农红军文件、中华苏维埃政府文件等，共 2 万余件。1933 年党中央领导机关迁往中央苏区瑞金后，将中央文库留在了上海。

在陈来生之前，保管文库的有张唯一、陈为人、徐强、吴成方、缪谷稔等，文库保管地址也几经迁徙，先后在戈登路（今江宁路）、恺自迩路（今金陵中路）、小沙渡路（今西康路）和新闸路等处设置过。1942 年 7 月，年仅 23 岁的陈来生接替缪谷稔负责中央文库的保管。为了方便文件转移，他在就近的新闸路 944 弄（庚庆里）租下过街楼上的阁楼。他和家人扮作"跑单帮"的小商贩，利用竹篮、面粉袋等工具暗藏文件，每人每次只带几份，经过一个多月蚂蚁搬家式的转运，才把 2 万多件文件安全运到阁楼。陈来生在弄堂口摆了个炒货摊子，夜间两个弟弟就睡在阁楼上，寸步不离文库。只过了两个多月，党组织就注意到新库址的弄堂口闲杂人员太多，难以确保万无一失，陈来生与家人再次迁移文库，将北成都路（今成都北路）他家街面房子隔壁的一间厢房租下，改建为店面房，开了一家"向荣面坊"做掩护，中央文库就存放在陈来生亲手改造的面坊阁楼里。文件被沿墙整齐地从地板一直堆到顶棚，外面再钉一层木板，糊上报纸，看不出任何改动过的痕迹，而且夹壁墙里面塞得严严实实，即

便用手敲，也听不见空心层的声音。陈来生不仅利用一切机会在屋内秘密晾晒，以防文件霉烂，还在文件中放上烟叶等，以防虫蛀鼠咬。其间，为了应对突然变故，文库还转出又迁回，历尽艰险，终于迎来上海解放。

1949 年 9 月初，陈来生将整理好的中央文库文件完好无损移交给中共上海市委组织部。1950 年 2 月下旬，由上海市档案馆老馆长、时任中共中央华东局秘书处资料室副主任罗文和市委组织部一名干部，负责将中央文库文件护送至北京，上交中共中央秘书处。这批文献，现珍藏在中央档案馆。

（2016 年）

"钢"的街

五一节阳光灿烂，我又来到浦东昌里路。20世纪80年代，单位分给我一套一室半的婚房就在这条路上。因为邻近原来的上钢三厂，社区许多名称都带"钢"。路有上钢路，新村叫上钢新村，百货商店叫三钢商店，菜场叫三钢菜场，街道、幼儿园、小学、邮局、医院、储蓄所等名称前都冠有"上钢新村"，真可谓"以钢兴市"。

20世纪50年代后，上海兴建了许多工人新村，大都是以路名命名，比如曹杨新村、控江新村，或以所在的镇名命名，比如彭浦新村、桃浦新村。由企业建造的职工新村，则冠有企业的名称，比如天原新村、电机新村。上钢新村因上钢三厂所建得名，1958到1961年建上钢一、二村，1978年后建上钢三至十村，分布在昌里路、历城路、长清路等一带。

那时的观念是"宁要浦西一张床，不要浦东一间房"，因为一江之隔，浦东的交通、生活设施大都比较落后。而昌里路出行还算方便，过江除了轮渡外，打浦越江隧道就在附近，隧道一线、二线可穿越到浦西。1956年就开始运行的82路公交车，与黄浦江平行通达陆家嘴，是浦东最经典的公交线路之一。那时，昌里路在我们眼里是浦东的"南京路"，三钢商店就是浦东的"中百一店"。从棉布、服装、副食品、搪铝制品到手表、自行车、缝纫机、照相机、洗衣机、电冰箱，应有尽有，当年浦东首家"黄金屋"也在此落户。商店对面还有食品、家具玻璃、电讯修理、土产日用杂货4个门市部。每逢休息日，昌里路沿街摆满各色日用小商品的地摊，熙来攘往有如赶集。虽说有碍市容，但却方便不少。当时上钢三厂的一些设施也向社会开放，我在钢厂的礼堂看过电影，在钢厂的医院看过病，医院的规模比街道医院大，如今已成为龙华医院浦东分院。

当然，当年一江之隔带来的困境也是感同身受。最纠结的是车子堵在隧道里动弹不得。1971年通车的打浦路隧道原本是平战结合，那时还有解放军战士在隧道内狭窄的巡逻道上巡逻。隧道内双向两车道，只要有车抛锚就"梗阻"，遇有急事跳脚也没用。最紧张的是妻进入临产期的日子。那时生育医院是划区定点的，上钢新村一带当时处于南市区浦东地区，定点医院是南市区浦西的第九人民医院。妻去九院检查要乘车到周家渡，再乘轮渡到对岸江边码头。但孩子出生时间无法选择，万一半夜呢？通宵车和夜间轮渡的间隔时间又长，只有叫救护车了。而当时家里都没电话，夜间又没传呼电话可打，于是我事先"踩点"，发现三钢商店邻近的大道旅社夜晚有人值班，还有电话。那天深夜，妻叫肚子疼快生了，我赶紧敲开旅社大门，打120呼来了救护车。到医院检查后却还没到分娩时刻。当时产科床位特别紧张，只得天亮再乘轮渡回家。儿子在母胎中已来回坐了好多回轮渡。还好儿子帮忙，第二天下午就出生了。

如今到昌里路十分便捷，隧道有了复线，好几条地铁线路途经这里，小街特有的市井风情引来四方来客。三钢商店早已扩建成浦东商场，三钢菜场改建为超市和风味小吃店，人行道上一个个彩棚井然有序林立着，各色服装和小商品琳琅满目，摊前人头攒动。街上名店驻扎，美食集聚，年轻人淘潮流小铺，在路边吃烧烤，年长的在小店买衣试镜，进德兴馆吃汤包，各年龄段的来客都能找到逛街的乐趣。这里许多小商品是大商厦里难以淘到的，有家童鞋铺摆放着从几个月婴孩到十几岁少男少女的各色鞋子。炸酱热干面铺前排着长长的队，据说小铺两次进入上海星尚频道人气美食镜头。昌里路上南路口的"三钢里"是世博会举办之际建造的，融汇着建筑、艺术、休闲、饮食、购物等功能，取名"三钢里"，在时尚的元素中铸入了历史的印记。

从昌里路折入绿树掩映下的历城路，这里原本喧闹的农贸市场变得清幽恬静，上钢图书馆坐落于此。新村和原上钢三厂技校的围墙上，装饰着一幅幅展现钢厂火热场景的浮雕，让人想起钢花四溅的流金岁月……

（2013 年）

上海老街

　　今年端午节，毗邻豫园商城的上海老街正式开张迎客了。黛瓦粉墙，飞檐翘角，仿古老街透出了浓浓的古意。福泰行的旧钟表、黔宝苑的蜡染、老同盛的南北货、丁娘子的土布庄、沈永和的酒坊，让人追寻旧时上海的市井风情。

　　走进设在二楼的"老上海茶馆"，顿觉眼前一亮。沿街临窗的一边，排着一长列茶桌，茶客们正在有滋有味地品茗聊谈；另一边，陈列着老上海的照片、地图、书刊和实物。有 20 世纪 20 年代的上海外滩老照片，30 年代的上海老地图；有老上海"市中心住宅分期付款购买章程"，英文版的《上海指南》手册，老电话号码簿；还有杏花楼、永安公司印制精美的礼券，跑马厅的"香宾票"，百星中西菜社的菜单，等等。让人颇感意外的是，茶馆里还陈列着久已消逝的老上海生活用品，产于 20 年代的人体秤，放了半个多世纪、至今未开封的参茸酒，雀巢公司的大号牛奶瓶，旧上海的汽车牌照，铜制的灭火器……让你悠闲地感受已逝的时光。

　　得知我是来自档案馆的客人，茶馆老板张剑明先生忙迎了出来。张先生看起来不过 30 多岁，开出这么一个富有文化内涵的茶馆，不由得让人击节赞叹。落座后，为我沏上一壶清香四溢的龙井茶，喝上一口，真有回肠荡气之感。张先生对我说，他是搞收藏的，喜爱古董文物，花上几十万开这样一个茶馆，并不奢望能赚多少茶水钱，而是想有机会展示自己的藏品，让人寻觅老上海的踪迹，感受老上海的风情。这里展出的仅是他藏品中很小的一部分。他的各类有关老上海的藏品已有上万件。同时，还可以利用茶馆，以茶会友，交流收藏信息，探讨收藏艺术。他告诉我，他的茶馆已成为上海老街的一个亮点，报社、电视台纷纷前来采访、摄像。但问及经历一番热闹之后，有何打算时，他似乎准备不足。我建议他，以后是否能搞些专题展示，比如，搞一个外滩历史照片展示，从不同时期、不同角度展现外滩的风情，也可和我们档案馆合作搞，以弥补他个人藏品之缺。但他再三对我强调，茶馆里展示的藏品必须是原件，不能有一件复制品，唯有这样原汁原味才能更好地体现茶馆的文化品位。也许他的话不无道理，他追求的是一种氛围，一种境界。这样，我的许多提议不得不搁浅了，但我还是希望能与他有所合作，并邀请他有机会来档案馆看看。对于档案馆，他是很神往的，他说他早就想来探秘了。

走出老上海茶馆，再看看老街上鳞次栉比的商铺酒肆，总感到缺少点什么。也许缺少的就是张先生的那种创意。当然，并非说每家店铺贴张老照片，摆点老物品，就算是有创意了，而是要有自己店铺的特色，这种特色不仅仅是体现在物品上的，还应有文化上的。说实在的，老街上真正有特色、有品位的商铺并不多，至于老街上那些打折倾售的服装、包袋、皮鞋、羊毛衫、小百货等店铺更是与老街要凸现的老上海风情格格不入。

有位学者说过这样的话："怀旧本来就是属于个人的情绪。当它以集体性形态出现的时候，固然会给文化各门类提供创作的新天地，但假如人为地制造'怀旧'，把怀旧生硬地与商业、与政治联系起来，那无疑会破坏怀旧行为文化意义上的浪漫。"但愿多一点张先生那样的创意，多一点老上海茶馆那样的风情，这或许是上海老街的"根"。

（1999 年）

小路情思

那些年，家住金陵东路外滩，从外滩到西藏路，是我生活圈中的直径。与这一直径相交的，有许多条长不过百来米，短只有几十米的狭窄小路，两旁大都是年代久远、砖木结构的"旧里"建筑。这些小路，虽没我现在居所附近的思南路、绍兴路那般有腔调有风情，但也是很有历史、很有故事的。

外滩附近有条永安路，是我年少时行走最多的一条小路。我上的小学永安路小学就在这条路上。这所其貌不扬的小学，最初叫怀德小学，其历史可追溯到1872年，以后还附设了一个幼儿园。学校斜对面有两个很宽阔的弄堂，我们称之为"大中华"，因为弄堂两边的建筑是大中华橡胶厂的仓库。"大中华"，是我们集体活动整队之地，也是课余活动的好去处。而学校对面的永安坊，因为弄里七通八拐，是我们"官兵捉强盗"的最佳去处。

与永安路相交的小路叫新永安路。那时，开门七件事柴米油盐酱醋茶，大都能在这两条路上解决。永安路上有家零拷酱油、料酒的小店，在两路相交处有家规模较大的粮油店，而露天菜场就在这两条路上。新永安路上还有家烟纸店，店主姓张，大家叫作"张家里"。去"张家里"，是少时很神往的事。

永安路，是我年少时记忆最深的一条小路。意想不到的是，在快到而立之年时，会在改变命运的考场上与其"邂逅"。1978年全国统一高考历史试题中，有道题要求在地图上画出太平天国从金田起义到定都天京的进军路线，太平军正是攻克永安州，在这里建制封王的。1912年，永安州改为永安县。当时在广西、广东和福建都有永安县，于是，1915年广西的永安县改为蒙山县，广东的永安县改为紫金县。

看来，这条辟筑于1865年，1943年定名为永安街，1946年改为永安路的小路，还是很有来头的。邻旁的新永安路也曾风光过。上海市第一人民医院的前身、当时全国规模最大的西医医院1864年就创办于外滩科尔贝路（今新永安路）转角处。在我记忆中，新永安路出名，是20世

80 年代形成的市内最大的黄鳝农贸市场。那些年，这里的黄鳝要供应给600 多个个体户、65 家菜场和国际、锦江、和平等百来家宾馆饭店。直至2000 年，占据新永安路 70 多年的马路菜场才终于搬进了室内。或许是农贸市场的人气效应，20 世纪 90 年代中期，南京路上的"老字号"协群旧货商店和中央商场维修公司，一度入驻过新永安路上一个旧仓库改建的商场。

那些年，从外滩走到西藏路，是生活中的常态。那些原先并不经意的小路，后来读了些史料，才知这些小路当年都曾经风光过。永胜路，初称兴圣街，是上海绒线业发祥地；紫金路，初称紫来街，20 世纪初曾是全市闻名的红木家具业聚集地；盛泽路，初称火轮磨坊街，因附近有英商1863 年开办的以蒸汽机带动石磨磨粉的得利火轮磨坊而得名；金门路，当时称"典当街"……

前些天，又经过这些小路，有的路边挂着"做好房屋征收、推进社区改造"的横幅，沿路建筑有的已搭设拆除施工的脚手架。要不了多久，有的小路及周边的不少建筑就会退出人们的视野，好在不少有心人以影像在记录这些残存的文脉和景观。

（2015 年）

上海"原点"人民广场

　　人民广场，上海的地标，城市的"原点"，宛如一颗璀璨的明珠镶嵌在上海版图的中心部位。

　　人民广场原址，是建于1862年的跑马厅。在此之前，上海曾出现过两个跑马厅，但仅存在4年和8年。这第三个跑马厅不仅面积大，而且存在时间长达近90年。跑马厅创建之初，禁止华人入内观看比赛，甚至还限制跑马厅周围华人住房窗户的开设。跑马厅不仅是赌博的场所，还是西方列强炫耀武力、租界当局举行政治活动的场所。1918年第一次世界大战结束时，协约国军队在此举行庆祝大会；各国政要来访，租界当局要在此举行阅兵活动。

　　抗战胜利后，收回跑马厅的呼声就很高。上海解放后，广大市民强烈要求收回跑马厅。1951年8月27日，陈毅、粟裕签署命令，上海市军管会宣布收回跑马厅。顿时群情激奋，纷纷就跑马厅的改造出谋献策。当时新民报上就发表了不少市民的建言，有建议改为大会场、大公园、体育场的，也有提出建设工人住宅区的，但更多的是建议改造成人民广场。1951年9月6日，以许涤新为主任委员，姚溱、赵祖康为副主任委员的人民广场建设管理委员会举行第一次全体会议，一致决定将跑马厅改为人民广场，其建设方向有广场、公园、体育场，南部修筑广场，北部修建群众文化场所。会议制定了临时改造计划：跑马厅接收后，即筹划建设可容纳8万至10万人的人民广场。先筑长445米、宽100米的跑道以及看台、停车场，10月1日前完工。难能可贵的是，这次会议提出：人民广场是都市的"肺"，而不是"大肠"，一定要广置草木，不要尘土飞扬。会议次日，举行人民广场开工典礼，副市长盛丕华主持，副市长潘汉年讲话。仅用了20天，人民广场跑道等设施就修筑完成。1951年10月1日上午，华东暨上海市各界人民国庆两周年庆祝大会和游行在人民广场隆重举行。

　　以后，人民广场建设管理委员会决定在原跑马厅的北部建设人民公园和小规模的体育场。人民公园工程于1952年6月3日开工，到9月25日就基本完工，其间还下了27天雨，经历3次台风，许多市民利用休息日

20 世纪 50 年代人民广场的庆祝活动

前去参加义务劳动。当年市政府工务局在人民公园设计施工报告中指出，公园设计总的方向是采取自然风景园的形式，山环水绕、高低掩映。其中很有创意的是，将原来一条围绕四周的明沟改造成长 1 200 多米的河道，可供游人划船，还可排水蓄水，开挖出的泥土还可堆出起伏的地形。可惜这条风光旖旎、给许多游人留下过美丽记忆的小河，"文革"中被填没了。人民公园 1952 年 10 月 2 日至 25 日内部组织游览，26 日起正式开放，当天游人近 41 万人次。

南京西路黄陂南路口那幢有钟塔的建筑，原是跑马总会大楼。1952 年 7 月 22 日，上海图书馆在这里建成开放，可同时容纳 1 200 位读者，规模和设施全国第一。同年 12 月 21 日，上海博物馆也在该大楼开设，设有 10 个陈列室和 1 个绘画专题陈列厅，陈列展品 2 000 多件，直到 1959 年 9 月迁到河南南路上的中汇大楼。上海图书馆于 1996 年 12 月迁到淮海中路后，上海美术馆 2000 年 3 月又在此落户。昔日"赌城"，上海解放后一直是上海文化的殿堂和地标。

跑马厅改造之初，就有建体育场的呼声，新成区人民政府和市教育局还专门就此报告市政府。1956 年，人民公园划出 1 万多平方米建造上海市体育宫。次年建成开放，设有体操、乒乓、举重、拳击、击剑、角力

6个馆和室外田径场、篮球场、武术场、射箭场等。从这里走出了徐寅生、李富荣、郑敏之、史美琴、李赫男、施之皓、朱政、吴佳妮等一批著名运动员、教练员和体育领域管理专家。

至此，当年改造跑马厅的设想全部实现。20世纪90年代中期，人民广场实施综合整治改建工程，适应建设生态城市的时代要求，确定以绿化为主的现代化园林广场的改建方向。博物馆重返广场，大剧院等新建筑缤纷开幕，人民广场华丽转身。当年市民对人民广场的美好憧憬得到完美体现。

（2014年）

打浦桥的"文化版图"

在打浦桥安家已有些年了。这些年打浦桥华丽转身,"文化版图"不断拓展变化。

原先,打浦桥在人们心目中一直是个"下只角"。但据史料记载,打浦桥曾是个很繁华、很文化的地方。早年日晖港,曾是上海城西货运集散港口。20世纪初,这里还孕育了素负盛名的新华艺术专科学校和东亚体育专科学校。"八一三"侵华日军狂轰滥炸日晖港,打浦桥地区夷为一片焦土,肇家浜、日晖港两侧由此形成了大片棚户区。上海解放后,"龙须沟"变成了林荫道,但部分棚户依然延续着,直至1997年最后一间棚屋被吊车推倒,这一页沉重的历史终于翻了过去。昔日肇嘉浜像个分水岭,打浦桥连接着两片反差极大的区域。南面是臭水浜和棚户区,北面洋房成片。如今这种反差已经消退,打浦桥南北两翼文化氛围相映成趣。

肇嘉浜路瑞金南路口的海兴广场,是打浦桥地区改建工程的标志性建筑之一。萨利亚、味千拉面、屋企汤馆、一茶一座等各色餐饮连锁店云集其间。在繁华市口的这些连锁店常要排队候座,而在这里可以悠闲地挑座。有个好环境,美食才能品出文化味来。肇嘉浜路上原来有个"真汉咖啡剧场",这招牌就给人留下了悬念。那个夜晚推开了"真汉"的门。里面弥散着咖啡和酒的香味,上下两层,有着精致的舞台,像酒吧,像咖啡馆,又像剧场。这个创意来自学舞美设计出身的"真汉"老板。在纽约生活了近十年的王先生,要将平生最喜爱的戏剧和咖啡糅合在一起。可惜那一晚,只有咖啡,没有戏剧。王先生向我倒出了一肚子的无奈。后来,"真汉"搬迁到了漕河泾,取名"下河迷仓"。

车水马龙的肇嘉浜路,由南跨过往北走,就有几条绿荫蔽日、有韵有味的小路,思南路是其中的一条。两里多的小路,留下了近百幢欧陆风情的建筑和为数众多的名人故居。斑驳的围墙,如茵的草坪,陡峭的尖屋顶,油漆剥落的百叶窗,静静地向你诉说着什么。绍兴路上流溢着浓浓的书香味,梧桐树下,出版局、出版社、书屋、画廊、公园,还有上海昆剧团和她的兰馨舞台,毫不张扬地坐落其间,固守着一份特有的宁静和深

20世纪90年代改造前的打浦桥地区

邃。我喜欢到这些藏在喧闹背后的小路上散步，舔着初春的雨丝和踏着残秋的枯叶，感觉是不一样的。那条原本是马路集市的泰康路，因为有了田子坊，成了一条艺术街。田子坊成了打浦桥"文化版图"中的重要地标。旧厂房、破仓库、小弄堂、石库门，变成了创作室和创意小店，一门一景、一店一品，艺术和时尚在这里触手可及。与灯红酒绿的新天地不同，田子坊不仅保留了石库门的外表，还保留着它的肌理，天井、客堂、厢房一如先前。很艺术的店铺上方伸出长长的晾衣竿，小贩在弄堂里叫卖糖炒栗子，时尚元素和市井风气交融在一起。每次去田子坊，都会有一些新的发现。

在打浦桥的"文化版图"上，还有不少可圈可点之处，比如公安博物馆、卢湾体育馆。那时，夜晚经过卢湾体育馆，常能感受到里面爆棚的呼喊声，经不住会冲进去加入呼喊一族。可惜姚明登陆 NBA 后，这种盛况已不再。

（2008 年）

难忘卢湾

在卢湾落户正好十年。卢湾区要从上海版图上消失，总会有一种难掩的留恋。

年少时家住金陵路外滩，门前 2 路有轨电车叮叮当当从十六铺驶来，终点站是卢家湾。有时也会花 3 分钱买张票感受一下坐电车的滋味，在龙门路站下车到嵩山电影院看电影。那时对我来说，卢家湾是个很远的地方。现在的年轻人，很少知道卢家湾的。其实，卢家湾与卢湾有着渊源关系。那里原为肇嘉浜的一个河湾，因河畔有罗姓聚居，故有罗家湾之称，"罗""卢"沪语同音，后就谐称卢家湾。1945 年建区时，就以境内的卢家湾命名。1950 年改称卢湾区。

以前去卢湾不多，但都留有美好的记忆。比如，到淮海路上的"海燕""哈尔滨"食品厂买时新糖果糕点，在文化广场感受朝鲜歌剧《卖花姑娘》的冲击力，在卢湾体育馆（现址为巴黎春天商厦）目睹举重名将吴数德打破世界纪录时的盛况……

卢湾虽小，却特别经看耐读。晨曦落日、春雨秋叶，不同的时候、不同的季节，能悟出不同的境界来。"一大"会址、孙中山故居、渔阳里、周公馆，每处旧址都有一段让人心潮澎湃的历史；思南路、南昌路、绍兴路、香山路，每条小路都有让人无尽遐想的理由；淮海坊、尚贤坊、步高里、西成里，每条弄堂都有说不完的故事；新天地、田子坊、8 号桥，每个创意都在向人展示：传统与时尚、东方与西方、怀旧与趋新，这些看似对立的元素，是如何糅合为一体的。

前些天，细雨中走进了思南公馆。这片掩藏在闹市身后的老洋房悄然转身，是卢湾旧区改造又一神来之笔。有着近百年历史的义品村，经过十年的规划设计、精雕细琢，变成了集酒店式公馆、特色专卖店、多元化餐饮、时尚休闲等为一体的思南公馆。老洋房外貌、结构，甚至许多细部都整旧如旧。为了尽可能原汁原味保留历史文脉，在改造过程中，特地查阅了当年所有的建筑图纸。与"新天地"的喧闹和张扬不同，思南公馆固守着一份特有的宁静和深邃。

卢湾区要消失了，冠有卢湾区的机构也将终结历史。卢湾区档案馆和方志办已将冠有卢湾区的机构拍摄建档，立此存照。同时，准备再续《卢湾区志》，为卢湾历史画上句号。走完了近半个世纪路程的卢湾区档案馆也将完成历史使命。我至今还保留着 1992 年 6 月 25 日卢湾区档案馆新馆开馆典礼的请柬，珍藏着新馆开馆纪念册。纪念册荟萃了数十位文化名人的题词，他们大都在卢湾生活或工作过。其中，巴金的题词是关于人为什么需要文学的一段话，谈家桢题词"承前启后　古为今用"，胡道静题词"寻根征信　端赖于斯"，许杰题词"人生足迹　历史遗踪"，俞振飞题词"鹤鸣九皋"，钱君匋题词"历史是一面镜子"，郎静山题词"继往开来"。

黄浦和卢湾，一个我曾经的家园，一个我现在的家园。两者合并后定能兼收并蓄、优势互补。在卢湾区消失之际有个愿望，能否将一些带有卢湾而不冠有卢湾区的单位保留原名？比如卢湾中学、卢湾体育馆等，这样，卢湾的文脉不仅可在历史中寻找，也可在现实中触摸。

（2011 年）

北站往事

周日，来到天目东路上的上海铁路博物馆。博物馆是按照1909年建成的沪宁铁路上海站的原样，在其原址上建设的。

博物馆广场月台旁，停着一大一小两个火车头。大的是1946年美国制造的蒸汽机车，1947年联合国救济总署为中国二战后恢复经济而无偿援助的。墨绿色车厢是民国时期政府要员的高级公务车。参观者纷纷以此为背景拍照。而更让我关注的是大厅中陈列的档案史料：1876年7月1日吴淞铁路（上海至江湾）试车时的照片，1906年沪宁铁路火车时刻表，1912年1月1日孙中山赴南京就任中华民国临时大总统时在沪宁铁路上海站月台与欢送者的合影，1935年钱塘江大桥建造照片集……

在铁路博物馆参观，勾起了我对北站的思念和追忆。1916年，沪宁、沪杭铁路接轨，沪宁铁路上海站成为两路总站，改名上海北站，沪杭铁路上海站改名上海南站。虽然早在1950年8月1日，根据铁道部令，上海北站就改称上海站，但人们还是习惯称其为北站。年少时，北站是一个充满憧憬的地标。去北站，就是坐火车，出远门，通往向往已久的苏州、无锡、杭州、绍兴。年长后，北站还是一个离情别绪的符号。去北站，出远差，牵肠挂肚、儿女情长。走上月台，会想起朱自清的散文《背影》。我们这代人的北站记忆中，还留有那个年代特殊的历史印记：大串联、上山下乡……

记忆中的北站地区，从早到晚没有消停的时候，随处可见手提肩扛、行色匆匆的旅客。到了春运期间更是车水马龙、人潮涌动。据记载，1983年春运期间，北站共接发列车2500列，迎送旅客近百万人次。20世纪80年代，北站一条街（包括天目东路、宝山路南段）与南京路、淮海路、四川北路、豫园商场一起成为上海商业著名的"四街一场"。那年月怕出远门，"在家千日好，出门万事难"。北站地区作为上海的"陆上大门"，诚交天下客、誉从信中来，在服务上做足文章。北站一条街上80来家商店，有10家是通宵营业或设日夜柜，40家营业时间延迟到晚上8点以后，35家清晨5点以前开门营业。为方便旅客，许多商店增设提供针线、修理拉链、代售邮票、代客零加打火机油等特色服务项目。为了保持

1987 年 12 月 28 日北站运营最后一天的站前广场

街面整洁，有家占地不过 10 平方米的新兴烟杂店，大热天营业员不厌其烦地为每天出售的 3 000 多支棒冰、雪糕一一剥下包装纸。据报道，1982 年上半年，北站一条街收到各地旅客表扬信达 31 115 封。

如今的天目东路、宝山路依旧车流人流涌动，但少了以前那份匆忙。1987 年 12 月 28 日深夜 11 点 30 分，北站送走最后一列开往宁波的 97 次客车后，就"功成身退"了。北站的"退位"，给"以站兴市"的北站地区必然带来影响。天目东路上那家门面很小的嘉露旅社还在。别看这家其貌不扬的小旅社，已有 80 多年历史了，曾多次获得全国和市级先进称号，1959 年是全国财贸系统九面红旗之一。邻旁有 60 年历史的上海第六食品商店还在，但门面已萎缩成一开间，店内有点冷清，以前繁盛时经营品种有 20 多类、2 000 多种。宝山路上那家创设于 1946 年的上影照相图片社已难寻踪迹，该馆曾是全市十大摄影社之一。虹江路上那家经营意大利菜点的西菜馆已"转身"为本帮菜和川菜的食府。当年这家西菜馆的意大利烙鱼、威尼斯蛋煎鱼、米兰炸猪排颇得食客好评。

城市发展中，一些原先的地标会渐次消失，但会留在城市记忆里。

（2014 年）

老城厢风情

首尾相接的人民路和中华路，把老城厢围成了环城圆路。

从四川南路朝南走到头，就是人民路，对面是丽水路，这一带就是新北门。原先丽水路口有家很大的丽水食品商店，是那些年我买糕点糖果的好去处。沿人民路朝西走，到了河南路，就是老北门了。以前那里有家东海家具店，我的第一个书柜，那年月很流行的斑竹书架就是那里买的。原先还有家沪南陶器商店，我在那里选购过茶具。以后才知道，这家其貌不扬的陶器店，是很有历史很有故事的。1895年，宜兴丁山均陶名家葛氏后裔葛旋生兄弟，在老北门晏海路口开设葛德和陶号，专销家窑自产的各种陶器。1913年后，"葛德和"移到拆城填河后辟筑的民国路（现人民路）上。20世纪初，其展品先后在巴黎、旧金山世界博览会上获奖，由此声名远扬。外商订购陶器，都要选"葛德和"的铭款产品。改革开放后，商店又恢复了"葛德和"名号。人民路河南路口，原来有家很有历史的"回风楼"，经营中低档清真菜，很适合当年我这样小青工的"口味"。寒冬腊月，十来个人围坐在大圆台旁，热气腾腾涮羊肉的情景记忆尤深。

从永安路朝南走到头，也是人民路，这里离新开河很近。小时候常沿弯弯曲曲的人民路朝东南方向走，刻把钟就到沪南电影院了，途中没有大马路要过，独自去看电影，家人也放心。沪南电影院的前身是东南大戏院，是老城厢为数不多的一家首轮电影院，另一家是学前街上的蓬莱电影院。从新开河再往南走，就到了小东门。青工年代在沪南看完电影后，会去小东门逛逛。那时东门路上各色商店林立，市百五店就坐落于其间。当年上海十大百货商店，环城路一带就占了两家，另一家是老西门中华路上的市百八店。小东门靠近十六铺，历来商贸兴盛，20世纪一二十年代，绸布业"三大祥"协大祥、宝大祥、信大祥先后在这里开业。

印象中老西门是老城厢的"中心"，这里人文荟萃、商业繁荣、交通便捷。老西门的文庙是我前些年常去之处。每逢周日，大成殿前广场上一个个书摊紧挨着，有时还能发现一些散落其间的档案史料，从上海公共租界工部局的年报到著名作家手稿，名目繁多。那里有家大富贵酒楼，是上海最有名的徽帮菜馆。"大富贵"的招牌菜有葡萄鱼、杨梅圆子、清炒鳝糊、毛峰熏鸭等。前几年到安徽，好多菜馆当家菜都有"臭鳜鱼"，当地也称作"腌鲜鱼"。不过，"大富贵"倒是"松子鳜鱼"更得食客好评，这好像是道苏帮菜，看来菜肴也要"入乡随俗"。

老城厢环城路上以前行驶 11 路无轨电车，如今架空线入地，无轨电车更新换代为超级电容公交车。老西门是起点，也是终点，途经小北门、老北门、新北门、小东门、大东门、小南门、大南门、尚文路（小西门）等站。那些城门早就拆除了，但以此为站名，让后人对老城厢有了历史方位感，也多了历史钩沉的厚重感。

那天又到老城厢。小东门方浜中路口，旅游大巴一辆接一辆停了下来，游人随导游的小旗如潮般地涌向"上海老街"，没人去留意人民路中华路相连处的这几幢优秀历史建筑：人民路 1 号原中国银行南市办事处大楼（现童涵春堂）、中华路 5 号原仁记珠宝银楼、中华路 55 号原联市联谊会大楼。环城路上还有好几处优秀历史建筑，比如小南门火警钟楼、大南门原上海电话局南市总局大楼、古城公园内的沪南钱业公所。在小北门，还有古城墙、四明公所门楼、中国共产党在上海最早的出版发行机构上海书店。新北门人民路安仁街口，有幢颇有气派的西洋建筑，与安仁街密密麻麻低矮破旧的木制房形成很大反差。以前不知其来历，后来查史料才知道，这是建于 1917 年的上海华商杂粮油饼业同业公会大楼，不知为何没有列入优秀历史建筑名录。

这些年，老城厢旧貌换新颜，保护老建筑是很费心思的。由此想到，可否组建一条环城路文化旅游线，这样游人在老城厢不仅可以看热闹，也可以看点"门道"。

（2014 年）

城隍庙琐忆

　　"白相"城隍庙，是年少时每年春节最期盼的。那时，城隍庙最吸引我们的是各色玩具，尤其是价廉而富有年味的脸谱面具，我们称之为"野糊脸"。"野糊脸"是硬纸板做的，两边各穿一根橡皮筋可套在耳朵上。挑一个自己喜爱的古代英雄脸谱戴上，俨然成了《水浒传》《西游记》《三国演义》中的人物。对竹架上挂着的大小不一的扯铃，我们是心动而没行动，一则扯铃价格不菲，二则抖扯铃是技术活。在"武松打虎"拉力机前看比试力气，是我们"轧闹猛"的好去处。用力朝上拉，"武松打虎"模型上的灯泡会一一亮起，力气越大，灯亮得越多。"打虎"的人出钱又出力，我们围观叫好，称之为"勿出钞票看白戏"。

　　少时喜欢"白相"城隍庙，还因为里面有几个小动物园，不仅有猴子、蛇，还有老虎、豹。说起城隍庙里有过动物园，好多上年纪的人也没印象，年轻人更是感到匪夷所思。后来我查有关史料也无记载，还是在20世纪50年代的老报纸上找到踪迹：城隍庙里曾有过3家小动物园，开设在豫园路上的顺利动物园1956年迁到长沙后，对面的中华动物园迁到其原址上营业，有家四明动物园1959年拆除了，但不知中华动物园何时拆除。记得20世纪80年代初，城隍庙里百翎路凝晖路口还有家豫园动物商店。

　　福佑路城隍庙北门入口处旁原先有个文化电影院，是将"小世界"商场底层改建的，主要放映新闻科教片，只有百来个座席，是当时最"迷你"的专业电影院。票价便宜，花5分钱就能看一场，印象最深的是《地下宫殿》，记录定陵的挖掘过程。

　　年少时到城隍庙是为了玩，进厂做工后有了工资就讲究个"吃"字了。那段快乐的单身汉日子，把城隍庙里的特色小吃尝个遍。那时向东临荷花池有三家毗连的饮食店：湖滨点心店的开洋葱油面葱香浓郁，常州麻饼香松酥脆；清真点心店的牛肉煎包底部焦香，面皮松软，牛肉馅又香又嫩；南翔馒头店的小笼馒头皮薄、馅多、卤重、味鲜。荷花池南边："满园春"的八宝饭甜糯细滑，酒酿百果圆子香浓甜美；"桂花厅"的鸽蛋圆子最为有名，馅心用白砂糖、桂花等入锅熬煮，外形洁白圆润，酷似鸽蛋。肉质酥烂而不腻的小肉面也是"桂花厅"的名点。再朝南走，有家宁波汤团店。方浜中路城隍庙南门附近也有两家特色点心店，"豫新"的鸡鸭血汤、"老松盛"的面筋百页都是很正宗的。现在名气很大的"绿波廊"那时还没开张。春节元宵节前，商场还有生圆子供应，宁波汤团店黑洋酥圆子每斤60个1元6角，"桂花厅"麻仁元宵每斤40个也是1元6角。那年月，城隍庙里除了饮食店外，其他商店晚上大都不营业，可以悠闲地品味。

成家后居所离城隍庙远了，但还时常会来这里，不是来"白相"，也不是来吃，而是来购物。豫园商场素有"小商品王国"之称，百来家商店都是一店一招牌的小格局铺面形式，颇有古镇街市的风光。那时，豫园商场里经营的纽扣就有600多种，手帕花色有400多种。有家八开间的大众竹器店，杭州竹篮、宁波淘箩、常熟绣花圈、丽水印糕板、畚箕、刷子、蒸笼、饭罩、躺椅、书架，应有尽有。现在豫园商场景容楼的位置，原先有家新华书店，曾改为上海旅游书店，我的一些旅游书就是那里买的。

20世纪90年代后，豫园商场几经改建，原先一些特色店已不复存在，有的店挪了位置，比如宁波汤团店现址是以前"桂花厅"的位置，"满园春"变成了现在的"松运楼"。再往前，还有连我辈也印象不深的早已消失的老店，比如顾顺兴、老桐椿圆子店。不知有关部门在改建前是否一一拍照录像存档。城隍庙的记忆，是上海城市记忆的重要构成，应该尽可能保持其连续性和完整性。

（2016年）

十六铺转身

十六铺璀璨转身了，新十六铺将打造成集观光、游览、休闲为一体的旅游码头。曾与十六铺为邻生活了二十多年，老十六铺的记忆是难以抹去的。

儿时记忆中的十六铺是个有梦的地方。街坊邻居中有不少宁波人，当年宁波阿婆、小宁波就是乘海轮从十六铺码头上岸，来上海学生意、开店铺、做裁缝的。听他们说起十六铺充满了离情别愁。虽说在上海有家有业，但他们想有一天积攒多了钱，再踏上十六铺码头乘着海轮"衣锦还乡"。他们思念老家，忘不了臭冬瓜、黄泥螺。

人生第一次从十六铺码头坐船是1967年的夏天。那时正处于"文革"中，学校停课了。我和同学各花1元2角钱悄悄买了最便宜的上海到南通的五等舱船票，想去武汉游览，同学有个亲戚住在武汉。五等舱位于又闷又热的底舱，我俩在脏兮兮的草席上担惊受怕坐着，生怕有查票的。南通、镇江、南京、芜湖、铜陵、安庆、九江，随着长鸣的汽笛声，一个个向往已久的港口缓缓靠上又缓缓驶离，我们都不敢上岸去看一眼。几年后，在厂里当学徒的我又一次踏上十六铺码头，专程到南通去游览，以补上次的缺憾。这次买的是四等舱，在船的二层，上下16个铺位。枕一夜长江，天明就到南通。幽巷、石路、濠河、青瓦白粉墙，是寻幽探胜的好去处。现在苏通大桥建成后，两个多小时就可到南通。可是几次游南通，再也没了当年的感觉。

印象中的十六铺嘈杂喧闹，没有消停的时候。那些年，十六铺码头承担着上海到重庆、武汉、温州、宁波、定海、海门、沈家门、崇明堡镇等十几条长江和沿海航线的客货运任务。到武汉的申汉线和到宁波的申甬线每天就有两班，到南通的申通线每天有三班。肩挑手提、拖儿带女、乡情、亲情涌动，车声、喊声交织成一片。那时，乘船一票难求，逢年过节更是要通宵达旦排队才能买到票。我居所的斜对面是金陵东路1号轮船售票大楼，刺骨的寒风中、昏黄的路灯下常见长长的等候买船票的队伍，他们自己维持秩序，衣服袖子上用粉笔编上了顺序号。

20世纪80年代初，十六铺经历过一次华丽转身。随着航线的增加，客流量的猛增，原先的设施已难以应付，特别是码头进出口处道路狭窄，房屋拥挤，人口密集，给旅客出入港带来很大不便。从档案中看到，改建工作从20世纪70年代中期就开始筹划了，几经反复，终于在1982年建成了现代化的客运码头，成为当时上海的一个标志性建筑。电动扶梯、电动船期牌、电视监视系统，这些在当时还很时髦的设施，曾让旅客称奇不已。那些年尽管出行主要乘火车，但去武汉、宁波、温州出差开会，我还是选择从水路走。相比火车逼仄的活动空间，坐船惬意多了。晨观日出，夜枕江涛，船靠码头还可上岸逛逛市景，选购土产，尽情享受旅途情趣。

随着高速公路兴起、火车提速，不少航线停航了。以往人声鼎沸可容纳6 000人的十六铺客运大楼变得冷清了，一层还改作家具商厦。2003年9月25日，从定海来的"紫竹林"号载着263名乘客缓缓靠上十六铺码头，这是停靠十六铺的最后一条客轮。我们上海市档案馆的工作人员用镜头将十六铺码头谢幕的情景记录了下来。以后，"以港兴市"的水果市场等也一一退出了。

如今，十六铺码头原址已成为绵延秀丽的"亲水平台"，原先停靠客轮的江边停靠着游轮。有着近150年历史的十六铺码头，如同黄浦江的落潮从浅滩上消逝得不留痕迹。不知能否辟个角陈列些十六铺历史照片和史料，至少竖块显眼的铭牌，让上年纪的人在这里续上往昔的故事，让年轻人在这里"打捞"历史的记忆。

（2010年）

那一片"新天地"

那一片"新天地"坐落在上海市中心，淮海中路南侧，黄陂南路和马当路之间3万多平方米的区域，与曾上演过中国近代史上"开天辟地"壮伟一幕的中共一大会址紧紧相邻。"新天地"的神来之笔是，将一片上海独特的石库门建筑旧区，打造成一个融餐饮、商业、娱乐和文化为一体的休闲区。外表依然是青砖小道、灰墙黛瓦、乌漆大门和雕刻着巴洛克风格的卷涡状山花的门楣，但跨进里面，却是"别有洞天"：酒吧、茶座、画廊、精品店、咖啡馆、影视中心。一步之距，两重天地。

石库门曾是近代上海市区最普遍的里弄住宅，最早出现于19世纪中期，现在留下的成片的石库门街区，大都形成于20世纪的30年代。当年上海租界地区建造的这些连片的里弄住宅，采用欧式连排布局，单体上又具有中国传统的宅院特色。典型的新式石库门住宅的布局是：进大门即一天井，天井后为客堂，两侧为东、西厢房；客堂后为后天井和灶间，两侧为后东、西厢房；客堂楼上为楼客堂，两侧为东、西楼厢房；灶间的楼上分别为"亭子间"和晒台。石库门住宅原先设计为一户（或一族）居住，后来由于住宅紧张，逐渐衍生了"七十二家房客"。"亭子间"由于冬冷夏热，租金低廉，当年很多文人都在这里栖身过。巴金把他在"亭子间"生活的细节写进了小说《灭亡》里；叶灵凤是这样结束他的小说的："写于听得见电车声的书房"，以此表明他的"亭子间"离电车道很近。

石库门在留给现代上海一笔文化财富的同时，也给当代上海城市面貌的改观压上了一个巨大的经济包袱。随着时光的流逝和社会的发展，石库门建筑在上海的版图上正在成块成块地消失。然而，在中外企业家、设计家的精心创意"剪裁"下，一片"新天地"诞生了。不仅用现代科技保护了历史建筑，还用足挖透了历史留赠的一笔文化遗产，使城市的文脉得以继承。即使20世纪60年代中期，用朱红油漆书写的革命对联都依稀可辨，让游客不由得惊鸿一瞥，不经意间走进了一段特殊年代的历史。上海瑞安咨询有限公司公关推广部主任告诉我，为了"原汁原味"地重现当年石库门弄堂的景象，开发商几经寻觅，终于在档案馆找到了当年由法国建筑师签名的图纸，然后依此修建，追求"整旧如旧"的境界。

每次来到"新天地"，都会有一份新的感受。第一次走进"新天地"，我被她新颖的理念、激情的创造力所折服。有人告诉我，"新天地"的聪明在于，用外在传统的文化包装现代的生活；用建筑表达这个城市对传统的留恋；用生活方式表述人们对现代文明的追求。我们这个城市每天都在除旧布新，我们总喜欢用"认不出了"来形容城市面貌的日新月异，其实，这不也流露了我们对历史文化遗产流失的一份无奈吗？

再次走进"新天地"，是参观了"一大"会址纪念馆的一个展览后。一样的清水砖墙外表，但推开乌漆厚门，里面却演绎着跨越80年时间，反差巨大的两页历史。第三次是陪同北京客人走进"新天地"的。在此之前，我们刚刚参观了离此不远的上海市卢湾区档案馆新馆。从档案馆走进"新天地"，我想到了档案馆与"公共空间"的关系。我们的档案馆并未真正融入"公共空间"。让人欣喜的是，在外滩，一座近代优秀历史建筑将改建为上海市档案馆外滩馆。几年后，在外表"整旧如旧"的欧式建筑里，将呈现一片充溢现代理念、流溢文化气息的"新天地"。

（2002 年）

虹口"金三角"

那天路过海宁路乍浦路,望见原先的胜利电影院由上而下悬挂着长长的关于阳光征收的标语,不由得停下脚步,一种离情别绪涌上心头。这一带曾是虹口影剧院的"金三角",也留有我许多美好的记忆。

伫立在虹口大戏院遗址纪念碑前,翻开了厚重的中国电影院发展史的第一页:1908年12月22日,西班牙商人雷玛斯在此搭建的一座能容250位观众的虹口活动影戏园,首映西片《龙巢》,由此诞生了中国首家正规影院。1919年改名虹口大戏院,1965年成为虹口区文化馆剧场,1998年因海宁路拓宽拆除……

折入乍浦路,原先有个解放剧场,最初叫东和馆,日本人投资建造,专映日本影片。抗战胜利后改名胜利剧院,后易名上海文化会堂,上海解放后改为解放剧场。这座剧场在解放后上海文化史上留下过几道浓重的印记:1949年6月,三野20军文工团在此连演歌剧《白毛女》40多场;1950年7月,上海市文联在此召开第一次代表大会,张爱玲以笔名"梁京"登记与会;1953年1月,上海淮剧团筱文艳、杨占魁等在此主演《梁山伯与祝英台》;1954年春节,上海市人民沪剧团筱爱琴等在此主演《王贵与李香香》;1958年7月,上海广播乐团在此首开星期广播音乐会;60年代初,周柏春、姚慕双等主演的滑稽戏《满园春色》在此走红……"解放"也兼放电影,20世纪50年代初主要放映苏联《和平万岁》等纪录片和《彼得大帝》等传记片。"解放"也是沪上话剧演出的主打"营盘",与"兰心"(曾更名上海艺术剧场)形成地理上的呼应,我在这里看过几场话剧。90年代,在美食街各色餐馆的包围中,"解放"难以"独善其身",改建成娱乐城,仅有400个座位的剧场被安置在4楼。这些年来,虽保持着"解放"的名称,但剧场已不复存在。

对面即将拆除的胜利娱乐城,以前是胜利电影院。"胜利"的历史要溯源到1929年,初名好莱坞大戏院,以后改称过国民、威利、民光大戏院。新中国成立后更名胜利电影院,一度专放新闻科教片,1989年改为胜利艺术电影院。1990年放映改编自王朔小说的影片《一半是海水,一半是火焰》，场场爆满，连映两个月，轰动沪上影坛。以后还举办过"郑君里电影回顾展""张艺谋、巩俐电影作品展"。前些年"胜利"淡出影坛，改为网吧和娱乐城。

与"胜利"隔街相邻的是国际电影院，现在称星美国际影城。"国际"初名融光大戏院，1932 年 11 月 2 日开幕，当年鲁迅常在此看电影。1946 年易名国际大戏院，1949 年 12 月改为国际电影院，1961 年改建为宽银幕电影院。少时第一次往北过桥看电影，就在"国际"。印象中"国际"观众厅很长，有四五十排。20 世纪 90 年代初，"国际"改建为立体声双厅影院，当时是与"大光明""和平"齐名的沪上三座大型影院之一。

一个世纪前，电影偏爱虹口，让上海乃至中国首个影院落户于此。20 世纪 20 年代，上海第一代新式电影院几乎都在虹口。这些年来，各种现代影城缤纷开幕、"老字号"单厅影院相继落幕后，"国际"依然坚守在虹口"金三角"，让人多了一份感动，也多了一份希冀：何时虹口能重振电影"重镇"的雄风呢？

（2017 年）

南翔像首田园诗

　　南翔，我人生旅途上的第一个驿站。20世纪70年代，我曾在位于那里的益民食品一厂罐头车间工作过，度过了一段难忘的青葱岁月。

　　最早听到南翔这个地名，是小时候楼上一位家庭主妇去南翔参加修筑铁路工程，当年曾有上万名家庭主妇支援南翔铁路建设。后来到南翔工作后，第一个念头就是要坐火车去上班了，但南翔站离镇很远，出行靠的是北嘉线。在共和新路中山北路的北区汽车站坐长途车，半个多小时就能到南翔，再走十来分钟就到坐落在邻近沪宜公路的车间。

　　车间周围是成片的农田。春天满眼油菜花，夏天听取蛙声一片，秋天风吹稻浪香，充满了村野情趣。最幸运的是车间与江南名园古猗园为邻，又平添了许多雅趣。那时除了节假日，古猗园的游客很少、高堂秀亭、水榭曲廊、石径竹林，宁静而深邃。在这样的氛围中探古问胜是最适宜了。晨雾夕晖、春风秋雨中品读名园，能感受不同的意境。那时住集体宿舍，就买了张公园月票，工余还在园内一角的单杠、双杠上练身体。记得还有一副石担，有时会来举举。如今古猗园几经扩展，已难辨当年的模样了，看到缺角亭、梅花厅和石舫，又找回了曾经拥有过的雅趣。

　　初次看到南翔小笼，是在城隍庙豫园商场。但第一次品尝却是在南翔饭店。不像现在南翔镇上满街都是小笼包子，那时吃小笼要上南翔饭店。一两粮票、3角钱一笼，每笼10个，皮薄汁鲜、肉嫩馅丰，形如荸荠、晶莹剔透。遵循"一口开天窗，二口喝汤，三口吃光"的要诀，完成了首次品尝小笼的流程。吃了几次，整套动作就驾轻就熟了。以后请客人品尝小笼，总要把此要诀反复交代。

　　与不少城镇一样，南翔镇上也有一座"香花桥"，坐落在解放街上，北堍与商业老街人民街相交，构成了南翔镇最繁华的区域。中秋节前，我们这些青工纷纷上那里选购各式月饼，一下子把柜台里的月饼扫去大半。走马塘、横沥河流经古镇，桥畔形成了不少集市，当时叫"自由市场"。在什么都要凭票的年代，"自由市场"特别受到工友们的青睐。周末赶早去生产街、民主街口的桥畔，一番讨价还价后，拎回老母鸡和毛豆等时蔬，下班带回市区，常会引来邻居羡慕眼光。

镇上当时有座竹棚搭建的影剧院，是我们文化生活唯一的去处。在那里看过朝鲜的《卖花姑娘》、阿尔巴尼亚的《第八个是铜像》、南斯拉夫的《桥》。《桥》的插曲《啊，朋友再见》曾流行一时。那时上映的电影实在少，我们连新闻纪录片也不放过，比如西哈努克亲王来访的纪录片。镇上有个卫生院，虽说是卫生院，但基本科室和设施都有，一些高年资医生的医技还很高。那些年我的牙病频发，去口腔科治疗过好几回。两位牙医一胖一瘦，胖的是王医生，瘦的是葛医生。我几颗深龋的牙，经他们精心修补后一直用到现在。南翔当年就已是闻名全国的卫生镇，卫生院常有人下厂开展防疫工作。

如今再到南翔，熙来攘往，眼花缭乱，更使我想起了当年的情景。那时的南翔，是我生命中的一首"田园诗"，自然、清新而富有韵味。

（2012 年）

第四辑 市井风情

城市记忆的重构

这个夏天长而热，窝在空调房间沙发里时断时续翻阅了几本以上海为表现背景、学者们称之为"上海书写"的小说。在这样的阅读环境中，感兴趣的不再是情节发展、人物命运，更多的倒是同城中人物生活的空间与习俗。

"一走到南京路上成都路口，人们远远就看见茫茫夜空中矗立着霓虹灯做的四个大字：沧州书场……小贩身上背着一个一尺五寸来长的方木盒子，有卖香烟的，有卖糖果的，有卖各种美味可口小吃的。他们在观众当中慢悠悠走来走去，任人挑选。"《上海的早晨》中徐公馆的太太们常去听评弹的沧州书场，1945 年姚荫梅在此演唱《啼笑因缘》风靡沪上，1968 年就停业了，现址为长征医院。"江西中路莫有财厨房，这是上海一家著名的维扬菜馆，过去是银行家出入的地方，现在是棉纺业老板们碰头的场所。莫有财名气虽大，但是外表并不堂皇，也不引人注目。"这也是《上海的早晨》中的描写。一查史料，"莫有财"确有其号，原址在江西中路 374 号（近宁波路）上海银行大楼三楼，1970 年迁址后改名扬州饭店。少时，我不知多少次走过那座灰色的大楼下面，正如书中写道："绝对想不到（莫有财厨房）夹在许多写字间当中。"

如果说《上海的早晨》中这些 20 世纪 50 年代的"符号"，还有比如沙利文西点、弟弟斯咖啡馆，等等，对我辈来说有点远，有点朦胧，那么小说《繁花》描绘的场景，却是亲历的："穿过大中里，过马路便是翼风，两开间店堂，顾客不少，柜台里，简易橡筋飞机，鱼雷艇，巡洋舰图纸，各种材料，洋洋大观……"承载过几代人童年欢愉的翼风航模店，前两年也已惜别南京路。"七月流火，复兴中路上的上海电影院，放映《攻克柏林》，学生票五分。每个椅背后，插一柄竹骨纸扇……电影将结束，场子灯未亮，周围已经翻坐垫，到处飞扇子……"那天经过陕西路复兴路，影院虽还在，但景象破败，看来好久不放电影了。"上海书写"，重现了我们这个城市许多失落的记忆。

近期，上海图书馆推出"拍上海"主题系列活动，向市民征集老照片，期望在这座城市工作与生活的人们，挖掘并提供曾经用镜头记录上海城市变迁和生活风貌的老照片，共同描绘这座城市的前世今生，构筑几代人的集体记忆。第一期推出"国际饭店风情录"，展出的照片引起很大反响：20世纪30年代国际饭店举办的集体婚礼，名流政要在饭店的聚会留念……现在，上图又推出第二期"上海弄堂记忆"，做游戏、乘风凉、大扫除的场景都在征集之列。据悉，上图以后还将推出苏州河、电影院等专题的老照片征集活动。

上图的这一举措对城市散落记忆的聚合和重构无疑是十分有助的。倘若能将同一专题的各种记录载体整合在一起，那就更好了。看着弄堂市井风情的老照片，读着《长恨歌》中关于弄堂"形形种种、声色各异"的描绘，或读着《上海的早晨》，观赏着沧州书场、"莫有财"的老照片，必能获得更多的审美愉悦。这种整合，能多角度地保存和展现城市的各种记忆。美国有个"城市的记忆"网站，是以纽约空间地理地图为框架，记述有关纽约的人和事。访问者无需注册、付费，只需点击"添加故事"键，即可上传有关纽约的历史和个人的故事，上传的故事都可以被看到，不适宜或者不文明的内容将被删除。用户可以同时上传图像和音频，或者视频和音频。该网站最大的特点在于它的"草根性"，任何人都可以上传自己认为应该保存的"纽约记忆"，可以是耄耋老人的"口述实录"，可以是有悠久历史的蛋糕店的介绍，也可以是纽约地铁里的一段影像。

有鉴于此，期待我们这个城市建立一个有自身特色的"城市记忆"平台，可以一条马路为单位，也可以一个"老字号"为单位；有影像资料，也有文本形式，使城市记忆生生不息、绵延流长。

（2013 年）

生活新起点

2009 年款款来了。对于这个年份，早在 40 年前的冬天我就遥算好了。1968 年，19 岁的我踏进了工厂的大门，有幸成为工人阶级的一员。那个冬日，我跟在师兄们后面，敲锣打鼓欢送胸戴大红花的师傅退休时，心里就遥算了：到共和国欢庆 60 华诞之际，就是我们这批生在新中国、长在红旗下，取名建国、解放，与共和国同龄的属牛之辈"功成身退"之际。

"盘点" 40 年来的从职生涯（上大学是带薪计工龄的），套用一个经典的结论：个人的命运与祖国的命运始终相连。我们这代人和新中国一起分担困难、经历磨难，一起分享喜悦、收获成果。40 年来，人生每一个重要关口都未曾想到：1966 年"文革"中断学业；1968 年进厂当徒工；1978 年考入大学，与小自己十来岁的同学同进一个课堂，同居一个寝室；1982 年大学毕业去档案局"叩访"神秘兮兮的档案，经历了档案从封闭到开放的历史进程：档案馆启开壁垒森严的大门，开放第一批历史档案，迎来第一位凭身份证查档的市民，建成一个公共文化设施……没想到这种"叩访"已延续了 26 年。

2009 年来了。对于这个年份，我还在 22 年前的秋天算计过了。1986 年秋，儿子呱呱落地。掐指一算，儿子大学毕业走上职场之际，就是我退出职场之时，也算是另一种的职场"顶替"，完成了生命之链的一次循环。

儿子"生不逢时"。正当进入大四求职应聘期，一场百年未遇的全球金融危机突如其来。儿子有时会责怪为什么不早点生他，我只能"以牙还牙"：那要怪格林斯潘 20 年前未能预判到这场危机了。2008 年 9 月开始，我就被儿子带进了求职的焦虑期，随儿子关注着校园招聘和网上应聘活动。儿子想"广种薄收"一连网申了几十家公司和银行。不得不佩服一些跨国公司的营销理念，只招多则上百人少则十几个员工，校园招聘会和网上推介倒是声势浩大、有声有色，吸引了雪片般的简历，并让成千上万的学子、家长和周围的人记住了这些企业及其品牌。儿子网申了联合利华公司，我不得不费力地向一些人解释其与联华超市的区别。网申—投简历—笔试——面（第一轮面试）—二面（第二轮面试）—体检录取，求职之路风险叵测，一关未过，前功尽弃。儿子经历了一次次失败，惋惜不已的是在一家汽车制造公司过关斩将，眼看幸运触手可及时，意外的是这家公司受到金融危机影响，集体"冬眠"停产放假了。对儿子的应聘，我没多少话语权，好在儿子有宣泄倾诉的地方——网络。当我走进"应届生网"等儿子的网络世界时，我被感动了。在这里，同龄人相互勉励，毫不保留地交流自己的"笔经""面经"（笔试、面试经验），最后总不忘写上一句对自己给他人的 Bless（祝福）语。终于，当 2009 年新年钟声即将敲响之际，儿子得到了人生第一份 Offer（录取通知）。

2009 年，对于我们共和国是一个重要的年份；对于我和儿子也是一个重要的年份，都将面临人生新的起点。有位名人说过：一味沉浸在过去的回忆或是未来的憧憬里，只是浪费生命。新生活要从现在开始。我和儿子的新生活，从 2009 年开始。

（2009 年）

年　味

　　儿时的年味糅合着浓浓的京味，糅合着铿锵激扬的京鼓声和回肠荡气的京胡声。

　　那时，离家不远有不少演京戏的剧场，比如福州路上的天蟾舞台、延安东路上的共舞台、牛庄路上的中国大戏院、九江路上的人民大舞台。京剧团除了上海京剧院外，还有新华、新民、黄浦等京剧团。那时戏票最便宜的也要 3 角钱一张，在天蟾舞台就要上三楼看戏了。父亲爱看京戏，过年即便饭桌上菜再少，也要带我们去看京戏。

　　父亲是听戏，对戏文烂熟于心，对唱腔也耳熟能详。进入境界时，微眯着眼睛，抑扬顿挫、摇头晃脑地和着台上的西皮流水、二黄原板。往往这时，我有点坐不住了。只有当一曲唱罢，满场响起震耳欲聋的叫好声时，我才兴奋起来，跟在大人后面"好！""好！"乱嚷一气。

　　我是看戏，就喜欢打打闹闹的连台本戏、机关布景，比如《七侠五义》《开天辟地》《西游记》《宏碧缘》之类的。最爱看的是《七侠五义》，依稀还记得头本《七侠五义》扣人心弦的结尾：武艺高强的白玉堂纵身飞跃过江，被蒋平用利斧砍断桩子，铁链组成的"独龙桥""哗"的一声断裂散开，白玉堂坠落江中……让人期盼看二本。最喜欢的剧场是共舞台，那里的舞台会转动的，布景换得很快，一幕刚落，下一幕就拉开了。

　　那年初夏，我刚念完小学四年级。一天，父亲突然对我说，要我去考戏曲学校，中国戏曲学校要在上海招几十名小学四年级的学生。尽管喜欢看京戏，但从来没想到将来去演戏。对未来还是懵懵懂懂的我，跟着父亲到附近的吉祥照相馆拍下了人生第一张报名照。考场设在毗连文化广场的上海戏曲学校内，人山人海，其火爆场面是这些年艺术院校招考盛况难以比肩的。候了几个小时才叫到我。进去先自报家门，然后随老师的琴声从低音符唱到高音符，最后跟一位武生老师翻翻跳跳，初试就结束了。后来虽然未能拿到复试通知书，但在我的京戏缘中留下了一段难忘的记忆。

　　以后随着年龄的增长，不仅爱看戏，也喜欢听戏了。《玉堂春》《贵妃醉酒》《龙凤呈祥》这些文戏也吸引了我，看着舞台两边幻灯打出的字幕也会不由自主地哼上几声。悠扬的琴声、优美的唱腔、富有韵律的唱词，把我带到了一种艺术境界里。这时，我才体验到父亲那种"听戏"的味道。

这些年，父亲年龄越来越大了，行动很不方便，只能在电视的"空中大舞台"里过过瘾。一直有个愿望，想带父亲去剧场看京戏。去年过年前，我到逸夫舞台讲了我的愿望，得到了有关人员的热情帮助，帮我选择了靠走廊的位置，指点我推轮椅进场的路径。大年初四，年近90岁的父亲坐着轮椅，由我推着从汕头路逸夫舞台的边门坐电梯上剧场。扶着父亲落座后，我把轮椅寄放在剧场的售品部。在喜庆的锣鼓声中大幕启开了，这是一台别开生面的"三代同堂"迎新春京剧演唱会，其中有尚长荣与金喜全的《飞虎山》、李炳淑的《杨门女将》、陈少云的《追韩信》。父亲依然微眯着眼睛入神地听戏，偶尔还哼上几句，只是不能像先前那样抑扬顿挫、摇头晃脑了。

如今虽然不是每逢过年都去看京戏，但京戏是我挥之不去的过年情结。

（2009 年）

老邻居

那天，分别了三四十年的老邻居在老楼附近的饭店相聚。当年的少男少女，如今都是当爷爷奶奶、外公外婆年龄的人了。少时的印象与当下的模样叠映在一起，像是影视剧中的蒙太奇镜头。此情此景，近年来在影视剧中常有"穿越"，没想到自己也"穿越"了一回。

老楼坐落在金陵东路外滩，当年归属黄浦区大楼管理所管理。20世纪50年代有电梯、被称作大楼的居所不多，当然是那种要人工费力拉开两道铁门，发出卡啦啦声响的老式电梯。电梯升降靠的是手动控制，水平不高，电梯会与到达楼层的地面或高或低。记得儿时开电梯的师傅是位中年男子，穿着讲究，很有风度，好像原先在洋行里做过。他知道得很多，我从他那里听到很多以前没听说过的事。他开电梯很有水平，拉开两道铁门，电梯与楼层基本在同一水平上。老楼的一层楼一直沿用以前的叫法，称为底楼。外面访客来，我们都要特别关照：一楼在楼上。这种叫法，也让我们产生过莫名的优越感，似乎只有大楼才有这种叫法。老楼的门厅是我们孩提时玩耍的好场所。那时家里的门户大都敞开着，不像现在家家"壁垒森严"。我们做"官兵捉强盗"这类游戏时，会从这家冲到那家，家长一般都比较宽容，只有"疯"过头，才会叫停。

后来，知青一个个远走他乡，老邻居也陆续搬离，老楼变得越发冷清了。留守的老邻居已不多，三楼邱家在老楼居住了六十多年，邱家姆妈已97岁了。他家小儿子毛毛（小名）今年从外地退休回沪定居后，心中空落落的，就想到了几十年未见面的老邻居，于是想方设法联络上了几家。

凌家是我的隔壁邻居，20世纪60年代中期就搬走了。这次凌家的二女儿、三女儿都来了。二女儿当年曾是区少年宫合唱队队员，经常要穿白衬衫上台表演节目。她还是学校少先队仪仗队的鼓手。最让她引以为豪的是，仪仗队曾参加电影《霓虹灯下的哨兵》的拍摄。每次排演回来，都会告诉我们好多令我们羡慕不已的事，比如看到演赵大大的演员，比如导演王苹怎么指挥拍摄。有次拍摄回来还带回一只当作夜点心的面包。好不容易等到电影上映，邻居在被电影情节吸引时，不忘注意凌家二女儿敲队鼓的镜头。直至影片快结束时，在欢送解放军抗美援朝的队伍中，才找到一晃而过的少先队仪仗队。如今谈起当年拍片的往事，凌家二女儿依然有着几分得意。那年月能上银幕是多么不容易啊。她中专毕业后分配在照相馆工作，一直到退休，拍了一辈子照片，不知与当年的"触电"有没有关系。凌家三女儿中学毕业后，自告奋勇远赴新疆工作，后来又调回上海。

老邻居相聚，聊起分别后几十年的经历，像履历般的简单；回忆当年相处十来年的往事，却咀嚼不已。当然，谈起儿女们自然话又多了。邱家毛毛喜不自禁拿出手机，给我们看宝贝女儿的照片，炫耀女儿现在有一份不错的工作，是因为他从小对女儿家教很严。话刚出口，我们忍俊不禁差点喷饭，要知道，他当时是大楼里出了名的捣蛋鬼。或许正因为自己的这种经历，他对女儿有了更高的期待，也就有了他说的"家教"。

离开饭店，老邻居一同去看老楼、去邱家姆妈家。曾经承载过我们儿时许多欢愉的老楼门厅，如今显得狭窄杂乱。虽说是 97 岁的高龄，邱家姆妈看上去精神很好，见到老邻居笑逐颜开。老邻居自报家门后，邱家姆妈还能记起当年的一些人和事。临别时，邱家姆妈执意送我们到电梯口，要我们坐电梯下楼，而她自己天天走上走下不坐电梯。曾经作为大楼象征的电梯现在看来十分逼仄，手拉门改成了自动移门，虽说升降不用握柄操作，但也要由开电梯的师傅按键控制。老楼虽说有些破败，但对我们老邻居来说还很温馨……

（2012 年）

输液室

那天受了点寒气，患了重感冒，走进了一家三甲医院的门诊输液室。

偌大一间输液室七八十个输液席都已有主。想当初得了感冒，只要一包"午时茶"发发汗就能"如释重负"，而现在流行打点滴了。一大一小两瓶750毫升的药液，看来要输上四五个钟头。正在焦虑之际，看到靠墙的一角有个空位，原来这里是输血区域。在我的请求下，护士给我在那里输液。

"这里都是些甲肝、乙肝、丙肝病人！"对面正在输血的一位脸色泛黄、精神倦怠的中年女士愤愤地说，似乎很不满我的加入。我想你吓不住我。凭我的医药知识，肝炎病人一般不需输血。但我看她往上拉了一下大口罩，心里明白她是怕交叉感染。"不好意思，实在没位置了，等不及了。"我忙戴上准备好的大口罩。她的表情顿时平和多了。在嘈杂的输液室里，这一角有点闹中取静。抗菌素伴随着生理盐水一点一滴渗入静脉，进入血液，我的咽喉能感受到清凉，舒服多了。中年女士看来有点冷，让先生去楼下自备车里取风衣。她与我对视了一下，缓缓和我谈起了病情。她原本是一个充满活力的公司白领，半年前开始身体不适，血色素下降到5克左右，而正常女性应在11克以上。经受了数不清的检查，给出了一个疑似再障性贫血的诊断，过一段时间就要输血。"人生真是无常，半年前我还是人们眼中的女强人，如今却……"她长叹了一声。我知道用一般的大道理来安慰肯定于事无补，我就向她讲述了一次得大病并康复的经历。我说，生活往往处在平衡中，某一方面失落了，另一方面会给你补偿。遭遇疾病固然不幸，但你会得到在常态生活中难以得到的许多东西，比如让你一下子承受了许多亲情、友情，使你对生活的感悟增添了亮色，对重新扬帆增添了勇气。这时，她的先生把风衣轻轻盖在了她身上，她的脸上露出了一丝难得的笑容。

点滴一般要打3天。后两天我去得早，就融入到了输液的群体中。真是铁打的输液室，流水的病人。一个病人刚拔出针按着棉团离开，又一个病人躺上了。一幅幅图景在我面前转换着：左边是位女中学生，期中考试前得了感冒，无神的眼睛还在看着外语课本。右面是位公司经理，发着高烧，还在不停地用手机指挥着下属。对面的女青年听口音是外地人，他的先生一直半蹲着用普通话在她耳边絮语，用上海话招呼护士换液。一位吊丹参的阿婆喊肚子空了，抱怨老头子还不送点心来，邻座一位吊"弥可保"的老教授忙叫小保姆去对面"新亚大包"买几个包子，阿婆顿时笑逐颜开，还不忘追加一句："要菜包！"

输液室像个折射百味人生的舞台，有时还会上演感人的情景剧。第三天刚换了一瓶药水，邻座坐上了一位中年汉子。护士给他进针后，他惊喜地向对面一位老人叫了起来："张家姆妈，侬也来吊针啦？""小黑皮，是侬啊，好几年没看到侬。阿拉姆妈老慢支又发啦。"老人的儿女们顿时围了上来亲热地问长问短。原来他们曾在一条弄堂一个屋檐下做了几十年的邻居。老房拆迁后，他们搬到了新居所，但总忘不了老地方，连吊针也要回到熟悉的老医院来。"张家姆妈人老好格，我小辰光得脑膜炎，亏得张家姆妈及时送我到医院，否则要变'戆大'了。""迭个辰光里弄里家庭妇女都参加工作，我当托儿所阿姨，晓得点医疗知识，发现小黑皮头痛，手掌上有不少红点子，就想勿要是脑膜炎。眼睛一眨 50 年了。"张家姆妈眯着眼睛沉浸在回忆中。"姆妈，看到哦，做了好事人家记勒老哦？好人有好报。"儿女们七嘴八舌夸着。

输液室是嘈杂的，但也是祥和的。

（2008 年）

老店新开

那天中午来到云南南路，一种久违了的亲近感涌上心头。一些退出视野的"老字号"在这里一字排开、"老店新开"。

又尝"鲜得来"。20世纪60年代我在光明中学上学。学校西藏南路校门旁，有条小弄里飘出的香味常令我们垂涎欲滴。这条小弄就是开设于1921年的"鲜得来"排骨年糕店的经营处。那时的学生囊中羞涩，排骨是舍不得买的，花5分钱尝两条浇上鲜美甜面酱的又糯又滑的小年糕，已是一次不错的享受了，这种感受至今回味无穷。

又闻"大壶春"。记得那些年在四川中路汉口路口的一家生煎馒头店外，天天排着长队，这就是有着悠长历史和雅致店名的"大壶春"。那时，我供职的单位就在"大壶春"对面，有时就在那里用早餐，留着生煎的葱香急匆匆去上班。有时中午会去堂吃，享用又浓又香的咖喱牛肉汤，配着生煎吃真是"黄金搭档"。后来我供职的单位迁走了，"大壶春"也东搬西挪不知去向。如今终于在这里"老店新开"了。依然门庭若市，不少是寻踪而来的老顾客。

又见"翠文斋"。虽说不起眼，只有一开间的门面，但先前的清真京式零食一样不缺：京八件、蜜三刀、大京果、蝴蝶酥、百果提浆等。中学时代有年秋天下乡劳动，那天下雨不出工，大家躺在稻草铺的泥地上，搞起了"精神会餐"，轮流摆说自己吃过的最好吃的零食：王仁和的桃片、利男居的小凤饼、老大房的黑麻切片、叶大昌的三北豆酥糖，等等。那时家境大都不富裕，能说出的也就吃过一两回，其他人则听得口水都要出来了。这时偏偏有个同学冒出一句：你们吃过百果提浆月饼吗？大家面面相觑，虽说难得吃闲食，但中秋月饼还能尝几口的，百果月饼吃过的，但这提浆闻所未闻。于是这位同学津津有味描绘起来。这提浆就此印在了我脑海里。工作后有了工资就想尝尝这提浆。终于在南京路国际饭店和华侨饭店之间的"北京翠文斋"找到了提浆月饼。原来这是一种京式月饼。听店里师傅介绍，提浆月饼的皮面，是冷却后的清糖浆调制面团制成的浆皮，在熬制饼皮糖浆时，要用蛋白液提取糖浆中的杂质，这就所谓提浆。

初尝提浆月饼，皮面的确很好吃。以后中秋吃的月饼还是广式、苏式和潮式，这提浆成了一段记忆。后来"翠文斋"迁到了"大世界"旁，有时路过歇业已久的"大世界"，也会进"翠文斋"买点蜜三刀之类的零食。听营业员说，这里的"翠文斋"就是从国际饭店旁迁来的，但已没了先前的气派和热闹。

"老店新开"的还有"成昌园子店"。这里个头大大的、拖着小尾巴的手工汤团，让你想起小时候过年的氛围，这是在速冻食品中找不到的感觉。百年名店"洪长兴""五芳斋""德大"，还有"燕云楼"都在这里"安营扎寨"。在这里"土生土长"的"小绍兴"，在"群贤毕至"中也有了新的活力。从当年"小绍兴"创始人章氏父子在云南南路上摆出鸡粥摊子至今，已有近70年了。

近年来，不少"老字号"因市政改造等原因几经迁徙，失却了原先的根脉、原有的"地利""人和"，生存颇为艰难，关门倒闭者不少。将"老字号"集聚经营、"抱团取暖"，或许是挽留"老字号"的好方法。在"德大"门旁见到了一块精致的标志铭牌，简要介绍了德大西菜社的历史渊源。由此我想，能否在每家"老字号"门旁都挂设这样的标志铭牌呢？最好还要有中英文对照。如果能在店堂内陈设一些历史照片和实物，那就更好了。

（2010 年）

传呼电话

去中华路复兴东路口的德兴馆吃饭，发现邻近有条叫面筋弄的小路。不仅是路名吸引了我，还因为看到过报道，这条面筋弄上有个或许是上海最后一个还在服务的传呼电话亭。拐进面筋弄，迎面就看到一个小小的电话亭，穿着橙色志愿者马甲的阿婆守着两部电话机。我问阿婆现在还有传呼电话吗，她说很少，但只要有，她就要去传呼。我与阿婆聊起了面筋弄的来历，她说附近还有火腿弄呢。小小电话亭，那些年给弄里居民带来的便利说也说不完。

现在的年轻人整天手机不离，对传呼电话印象不多。但在那个年代，传呼电话是市民最主要的通信工具。上海传呼电话开办于1952年。那年6月，当时的军管上海电话公司选择普陀、江宁两服务区域进行传呼电话开办调研，最终确定：公用电话兼办传呼电话的传呼来回时间定在半小时以内，最远用户距传呼站不超过500米。12月1日，上海电话公司在普陀区（苏州河以南部分）和江宁区开办公用传呼电话。那年10月1日，当时的上海电信局也在辖区内的市中心区和浦东、真如、吴淞、大场、江湾、南市、龙华等处开办公用传呼电话。到1954年10月，全市共有1 600多个公用传呼电话站。那年12月，第一本《传呼公用电话簿》出版，每个传呼电话站都备有供查询。

开办之初，传呼电话承办户大都是遍布街头巷尾的烟纸店。上海电话公司第一家开办传呼电话的，是长寿路西康路附近弄堂口的卖烟杂的夫妻老婆店。店主听到要装公用电话非常高兴，但要担负上千户人家的传呼又有顾虑：男的要进货，女的要管店，走不开。电话公司人员开导他，有了电话，进货可以用电话通知烟糖公司送，居民用电话时会顺便买点香烟肥皂什么的，生意肯定更好，而且还有传呼费，说得店主动心了。装上电话不久，这家店果然生意兴隆，其他烟纸店也纷纷申请安装。传呼电话可以要对方回电，也可请店主传话。当时一些小型厂商没有电话，还利用传呼电话联系业务，在名片、发票、包装纸上印上传呼电话号码。我当时居住的金陵东路老楼对面是一家食品店，店旁弄堂口有个很小的烟纸店，兄弟俩经营，有传呼电话服务。20 世纪五六十年代，通信联系主要还靠书信，谁家有电话传呼，往往遇上急事了。

20 世纪 70 年代后，传呼电话业务主要由里弄居委会承担。1985 年，全市 1 000 多个里委共有 3 257 个公用电话服务站，以退休工人为主的服务员有 1 万余人。那年月，传呼电话的呼喊声，是里弄、新村里特有的一种市井声。起先，叫回电的阿姨用高八度的嗓音呼喊；后来，改用电喇叭传话。那时，打传呼电话要排队，打完了要等回电，花上半个小时是常见的，逢年过节，花费时间更长。家长里短、嘘寒问暖，传呼电话站演绎着一个又一个市井故事。1986 年国庆节，上海"人艺"在邮电俱乐部上演过宗福先创作的三幕话剧《传呼电话》，以传呼电话站为背景，展现改革开放初期城市各色人物（厂长、工程师、教师、作家、万元户等）的生存现状。

到了 20 世纪 90 年代，流行使用中文寻呼机。用户向服务台交代事项，由服务台转告寻呼人，过一会儿，对方寻呼机液晶显示屏上，用户的留言一目了然，取代了传呼电话的功能，而且便捷得很。随着家庭电话的普及，寻呼机和大哥大的出现，投币电话的增多，上海的传呼电话逐渐退出市民生活。

那些年，传呼电话不仅拉近了人们空间上的距离，也增添了相互间的情感交融。对曾受益于传呼电话的人们来说，传呼电话不仅是曾经的通信工具，也是温馨的文化符号。

（2015 年）

那些年过国庆

我们这代人与新中国一起成长，不少人名字就叫国庆，对国庆有一种特殊的情感。

那时，过年盼的是"吃"，国庆盼的是"看"：看游行、看彩灯、看烟火、看电影、看节目。看游行是国庆活动的"重头戏"。那时每年国庆都有大游行。一早，男女老少就肩扛长凳手提矮椅涌向游行队伍必经之路。完整的国庆庆典和游行程序，后来我在档案里看到了。每年在人民广场举行的国庆典礼程序大致相同，先是奏国歌鸣礼炮，接着市领导讲话，然后就宣布游行开始。游行队伍规模一般在10万人左右，逢五、逢十大庆有十几万。仪仗队、团体操后的方阵按行业排列，有工业、农业、商业、文教、体育、卫生等，经过主席台检阅后分几路走向街头。1950年新中国成立一周年的游行中有部队参加，其中有坦克兵、炮兵、陆军、海军、空军和英模（三级英雄以上）。

市中心的许多学校，每年都有团体操排练任务。国庆10周年参加团体操的中学生共有7 200名，来自14所女中和6所普通中学。从暑假就开始操练，先在学校分练，再在市体育宫合练，最后在人民广场彩排。每次看游行都会热血沸腾，如林的红旗、绚丽的图表、健美的身姿、雄壮的歌声，让人油然而生无比的自豪感。

国庆夜晚是最美的。那时规定彩灯开放从9月30日到10月3日，9月27日晚还要试灯两小时。彩灯开放区域是外滩、南京路、西藏路、淮海路、北站等。说是彩灯，其实大都是装饰在建筑物上一串串的白炽灯。无数个白炽灯，把外滩万国建筑博览会的天际线，把当时上海最高的建筑24层的国际饭店、新中国成立后建造的首座大型建筑中苏友好大厦（现上海展览中心）的轮廓，勾勒得更加壮丽，吸引了如潮的人流。国庆之夜的高潮是礼花绽放时。档案显示，国庆15周年上海礼花发射总量为5 500发，礼花的名称有孔雀开屏、鸟语花开、红雁飞舞、桃红柳绿等，此情此景，成为学生作文最能抒情最富想象力的题材。

那时居所大多逼仄，节日活动都在户外，电影院、剧院是好去处，但往

1959 年国庆节外滩夜景

往一票难求。每年国庆总有一批精彩的献礼片上映。国庆 10 周年上映的《林则徐》《五朵金花》《青春之歌》《林家铺子》《今天我休息》曾打动过几代人。国庆舞台也是精彩纷呈，市文化局国庆 15 周年演出安排中，有近 40 个剧场同时上演。当年流行演现代戏，有话剧《激流勇进》、京剧《智取威虎山》、越剧《丰收之后》、沪剧《芦荡火种》、淮剧《李双双》、甬剧《南海长城》、锡剧《黛诺》、芭蕾舞剧《白毛女》、滑稽戏《终身大事》。国庆白相大世界最实惠，2 角钱买张门票可从中午一直看到深夜，黄浦京剧团、群艺沪剧团、南汇越剧团、红旗锡剧团、华联扬剧团、桐城黄梅戏团、星火评弹团、红霞歌舞团、上海魔术团、红色杂技团在这里扎堆演出，让人尽兴尽致。

许多职工和家属在厂里参加联欢游艺、欣赏戏曲演出、观看体育比赛。档案中有上钢三厂、大隆机器厂、江南造船厂、国棉一厂、上无二厂、协昌缝纫机厂等企业 1962 年国庆演出节目单。上钢三厂是这样安排的：9 月 30 日晚，厂业余淮剧团演《孙安动本》；10 月 1 日晚，厂业余京剧团演《武家坡》《断太后》《追韩信》折子戏；10 月 2 日晚，邀请国棉十七厂业余越剧团演《卖妹成亲》。可见那时职工文化生活十分丰富。

（2011 年）

消逝的夏景

如今有了空调，享受了清凉，夏的味道失却了不少。以往许多夏的风景，如同黄浦江的落潮从浅滩上消逝得不留痕迹。

那时，孩子们最喜欢的就是夏天了，因为夏很自由，有个长长的暑假；夏还很平民，一样的赤膊短裤加木屐，一样的咸菜毛豆加冬瓜。

烈日下的树荫里，方凳上摆着几杯大麦茶，汗流浃背的路人付一分钱把茶一饮而尽，连说："爽快！"孩子们向往的是4分钱的棒冰。"断棒冰有哦？"断了的棒冰可节省1分钱。口水欲滴地剥开光明牌棒冰纸，还不忘给小伙伴先咬一口。夕阳西下，孩子们等着下班的父母，提着暖瓶，带着省下的"酸梅汤"给他们一个惊喜。

那时，只有像"大光明""和平"这样放映新片的首轮电影院高挂着吸引眼球的"冷气开放"的招牌，而像"浙江""嵩山"大多数放映老片的电影院，只能为观众提供一把圆形的纸扇解暑。遇到儿童场结束时，一片噼噼啪啪声，一把把纸扇从楼厅飞舞到楼下，让检票员好一阵子忙活。

那时升学都是要考的，初中考两门，语文和数学，考分是不告知的。发榜这几天，考生们焦急地等在弄堂口、大楼前，候着一天两班的邮递员，翘首等待着决定前途的一纸通知书。随着一阵清脆的铃声飘然而至，考生们收获了成功或失落。

暮色四合时，老老少少带着各式矮凳、躺椅、藤椅，拿着蒲扇，捧着杯子，走出逼仄的居室，连口中常念"心静自然凉"的老先生也难耐寂寞，到弄堂口、人行道上乘风凉。品茶，打牌，下"四国大战"，谈"山海经"，讲"鬼"故事，或悠然自得，或聚精会神，徐徐展开了一幅幅百姓消夏的风俗画。

西瓜是夏日生活的当家主角，长的平湖瓜，圆的解放瓜，没有花纹黑不溜秋的是台黑瓜，5分钱可买一斤。那时对西瓜可谓物尽其用，瓜瓤吃了后，削掉最外面的薄皮，里面的内皮可炒菜吃，瓜子晒干炒后成为难得的自制零食。

20世纪70年代的夏天，上海街头有一道奇特的西瓜风景线：市中心的一些食品店外排着手拿各种钢精锅的长队，里面的工作人员戴着白帽、手套和口罩，熟练地"修理"着一个个硕大的厚皮西瓜，去皮、切开、挖瓤、过秤，把红的瓜瓤出售给顾客，把白的内皮留作他用。真是吃你肉，还你皮。市民开始想不明白，还有这等好事。其实，西瓜的内皮是我当时供职的益民食品一厂生产西瓜酱罐头的主要原料。西瓜内皮运到厂里，经处理绞碎，在糖浆中软化浓缩，加色、调香、装罐、密封、杀菌后，制成清香甜蜜、带瓜粒状的西瓜酱罐头，远销到科威特等中东国家。这种厚皮西瓜是厂里让市郊农村"定制"的。那天，我代表厂里去连云路一家定点食品店检查工作，只见店堂外面顾客顶着烈日排队购买，里面坐满了堂吃的顾客，吃你的肉，不仅还你的皮，还要还你留种的籽。

"而那过去了的，将成为亲切的怀念。"（普希金语）往日的夏景，留在了我们的记忆里，归进了百姓生活的档案里。

（2008 年）

挽留"老字号"

　　小时候，喜欢喝点酒的父亲有兴致时，会差我到小店去拷点酒。那时过日子都紧巴巴的，买得起整瓶酒的一定是大户人家了，家境不富裕的大多是零拷酒。印象中零拷酒有五加皮、果子酒，还有"绿豆烧"。"绿豆烧"度数很高，杯子里就那么一点点酒，气味却直冲鼻子，特别呛人。随着生活的改善，"绿豆烧"早已从家庭餐桌上消失了，但它却是那个年代记忆的一部分。

　　前些年，坐落在旅顺路马厂路南侧的，发明"绿豆烧"制作工艺，有着百年历史的"庄源大酱园"随这片刻印着老上海市井生活形态的街区，轰然消失在推土机下，让人一声长叹。原来，这里是"绿豆烧"的"源"，儿时拷的酒，就是从这里"流"出的。正当人们在为"老字号"消逝惋惜之际，让人痛惜的事又接踵而来。有媒体报道，在企业转制中，"绿豆烧"的原料配方、制作工艺、市场营销等档案资料不知去向，一部百年老厂的原始史料可能由此湮灭，一段富有特色的城市记忆会由此断裂。

　　前些天，从电视新闻中又读到了一个悲情故事：曾经拥有过许多辉煌的上海手表二厂总厂，如今只留下门房间位置上的小摊属于当年一表难求的名牌手表"宝石花"的，当年的销售科长一个人坚守着这个窄小的"营业部"和"宝石花"，苦等着买表人，孤独又悲情地在把"宝石花"的故事续完。他给记者翻阅的一卷荣誉档案特别令我关注，它收集着五六十张的证书奖状，记录着宝石花牌手表曾经的荣誉。这卷档案也许是这位销售科长推销"宝石花"的依据，但更是为了珍藏"宝石花"辉煌的过去。我未免还有些担心，反映"宝石花"历史的各种档案是否也安然无恙？会不会像"绿豆烧"史料一样地湮灭？据报道，百年笔庄"老周虎臣"、名牌服装"朋街"在企业转制或停产后，原料选用、制作工艺、历史沿革等档案资料也不知去向，让人扼腕痛惜。

　　当然，具有文化自觉、历史责任感的企业经营者也是有的。曾经在全国百货行业百强中名列第一的上海百货总公司，在"淡出"历史之际，党委书记、总经理带领全体留守人员完成了艰难的清理任务，建立了3 450户应收款单位档案，整理了68户下属企业档案。最近，上海市档案局和上海中华老字号企业协会等携手启动了收集、开发本市中华老字号企业档案资源项目，包括资源调查、收集建库、形象拍摄、出版宣传、立法调研等。

或许，历史难以挽留每个"老字号"企业，但我们有责任挽留它们的档案史料。每一个"老字号"档案里，都活着一段富有传奇的经历、一种富有特色的生产经营方式和几代人为之奋斗的精神，是留给城市的一笔文化遗产。

（2008 年）

老厂的思念

在我们这个城市中，能让老老少少都接受的品牌或许不多。"光明"可以算上一个，它给几代人带来过甜蜜的记忆。

儿时夏的记忆，离不开棒冰。烈日下，街头巷尾小贩使劲地用木块敲打着小木箱，抑扬顿挫地喊着："光明牌，老牌棒冰……"橙色的是橘子，白色的是酒酿，褐色的是赤豆。用干涸的舌慢慢舔着长长的棒冰，一股清甜从嘴淌到了心田，真是爽极了。

没想到，我后来会成为"光明"企业的一员。1968年，一纸分配单，我走进了益民食品一厂，和"光明"结了缘。我就读的中学也以"光明"冠名，这样，我从"光明"走向了"光明"。那些年每逢夏天，厂冷库门口就会长长地排着冷藏车，等待着刚"出炉"的冷饮。从老工人那里，我知道了"光明"牌创造的历史。"光明"牌诞生于新中国创建之初的1950年。当年，厂领导带领职工走上街头扭秧歌，宣传"光明"牌。工余时间，工人们还肩背棒冰箱走街串巷叫卖。很快，"光明"牌得到了喜获新生的上海市民的喜爱。以后，"光明"牌又扩展到糖果、罐头、奶粉、代乳粉。如今食品领域中的"光明"商标几乎都是由当年的"光明"牌衍生而来的。

本以为要与"光明"同行41年，直到胸戴大红花，脚踩锣鼓声告老还乡。没想到，1978年我还能参加高考走进大学。在与"光明"别离的岁月里，我时常惦念着她的兴衰。乘着改革开放的东风，"光明"一路高歌猛进，到20世纪90年代初，"光明"冷饮全国市场占有率高达80%。没想到由此盛极而衰。面对外地的、境外的各式冷饮纷纷抢滩沪上，当惯老大的"光明"企业似乎有点慌不择路了。1993年，"光明"企业与境外一家企业合资，"光明"牌就此被"雪藏"，代之而起的是"蔓登琳"，一种市民陌生的品牌。直到1999年，当年的"兄弟"，"梅林正广和"拉了一把，收购了境外公司股权，"光明"牌才重放光芒。以后的日子里，沪上冷饮市场各路诸侯都使出了浑身解数，"和路雪"在变，"伊利"在变，"蒙牛"更是"随便"。而遭际"雪藏"硬伤的"光明"牌已雄风不再。

20世纪80年代益民食品一厂巧克力车间麦丽素生产流水线

一直想回老厂去看看，可惜始终未能成行。四年前，工友突然告诉我，老厂要拆了。一种怅然若失的感情顿时涌上了心头。老厂坐落在虹口四平路、贯中路，时时翻阅的记忆已走了样，原先四周的棚户已不见了，代之而起的是丛林般的商务楼和住宅楼，老厂成了"都市里的村庄"。原先的老厂房大多还在，只是厂部科室那幢红瓦陡顶的很别致的西班牙建筑，已被冷冰冰的兵营式建筑替代了，使我对老厂的记忆残缺了一大块。工友说，用不了多久，这里就要夷为平地了，厂区已卖给了房产开发公司，要在远郊奉贤建新厂了。于是，我们怅惘地沿着老厂两条长长的厂道，向每个车间，每个熟稔的地方一一告别。工友告诉我，将建一个厂史陈列馆，保存"光明"的历史。我这才感到些许欣慰。那年，在丹麦哥本哈根曾访问过嘉士伯啤酒公司的老厂，那里保留着当年的厂房和烟囱。陈列馆以图片和实物再现了公司150年的历史，还原了当年酿酒制作的流程，让你身临其境。参观结束，还可在酒吧免费享用两杯嘉士伯啤酒或其他饮料，让人轻松地步出时光隧道。"光明"，是共和国国企发展的一个"缩影"，这份"档案"应该留给后人。

（2007年）

工友回"家"

　　那个周六，虽说气温又落到了冰点，但我们当年曾在同一个车间劳作过的 60 多位工友兴致勃勃从城市的各个方位，聚集到香烟桥路上的益民食品一厂历史展示馆。

　　原先熟悉的老厂房已无踪迹，代之而起的是一幢幢高耸的住宅楼。新厂已落户在奉贤农业园区。厂历史展示馆的原址楼下是职工食堂，楼上是礼堂。以前，我们曾无数次出入这里。后来，一些工友或上大学或调离，离开老厂有二三十年了。留在厂里的工友，退休大都也有十来年了。现在来到展示馆，都有一种回"家"的感觉。

　　益民食品一厂的历史可追溯到 1913 年。其前身是美商海宁洋行，初创时为蛋品加工厂，后来改为生产冰激凌的冷饮厂，出产的"美女牌"冷饮曾行销上海滩。上海解放后，工厂获得了新生，主要生产罐头、糖果、冷饮和巧克力，是中国现代食品工业发祥地之一、"光明"品牌的诞生地。在厂历史展示馆，工友们细细观看着一幅幅历史图片、一份份珍贵档案、一个个熟悉的产品，像是又回到了机器轰鸣、香气四溢的车间。

　　我们这些工友大都是 20 世纪 60 年代后期进厂的。那时能进"大集体""小集体"的工厂已属不易，能进全民所有制的大厂更是难上加难。当时全民所有制大厂相对福利待遇好，有"大劳保"，看病不花 1 分钱，而那些享受"公费医疗"待遇的干部、教师也要花 1 角钱的挂号费。食品厂的伙食常让人馋涎。食堂"就地取材"，罐头原料"下脚料"做成的骨头汤、五香鸭颈成了"当家菜"。至今我还怀念当年 1 角钱一碗、色浓味纯的骨头汤。逢年过节，还会有外形碰瘪、不符出口要求，而内在质量完好的午餐肉、西瓜酱、茄汁黄豆等罐头和华夫饼干的边角料分发给职工当年货。夏天防暑，还有自产的盐水棒冰吃。

　　食品厂除了"吃"沾了点光，工作十分辛苦。那些年流行过这样一句话：轻工不轻，重工不重。说的是重工业机械化程度高，轻工业主要靠手工操作，劳动强度大。我们这些工友都在罐头流水线上劳作过。领料、倒料、预煮、冷却、拣选、装罐、称重、加汤、真空封罐、杀菌冷却、揩听堆桩、包装成品，每一道工序都是体力活，而且环环相扣，不能有半点懈怠。遇上春秋两季的蘑菇罐头大生产，更是要加班加点地干。当天收购的鲜菇，必须当天加工成罐头。天快黑了，还有一桶接一桶的鲜菇运来，到最后一听罐头滑下流水线，已是次日凌晨了。当时蘑菇罐头供外贸出口，为国家换回了大量外汇。有"家"的感觉真好。工友们高兴地看到当年自己的辛劳和成绩，如今已"定格"在厂史展览里，"收藏"进工友们共同的"家"。

工友相聚，有说不完的话，叙不完的情。有的拿出珍藏了近四十年、在虹口公园举行团日活动的合影，大家激动不已地辨认照片中的你和我。有的喜滋滋亮出了宝贝孙子的新照，"小帅哥！"引来一片赞叹声。"伊格福气还要好，孙子今年要考高中了！""老早勿晓得多苦，总算熬出头了。""自己身体多保重。""血压还可以，按时吃药，适当锻炼，最重要的是心态要好。""是咯，是咯。大家都一样。"依依不舍告别时，工友们给展示馆留言："益民"，我们共同的"根"；"光明"，我们共同的"家"。祝愿"益民"永远益民，"光明"永远光明。大家相约，要常回"家"看看。

（2012 年）

机关逸事

那年分配到机关工作，办理报到手续后，到后勤部门领取了 3 样物品：笔、袖套和雨伞。笔是用来拟写文稿、记录会议的；袖套用于伏案工作时，可以保持衣袖清洁并免受磨损；雨伞提供出行方便。

那时机关虽说等级森严，行政级别局级干部要在 13 级以上，处级干部要在 15 级以上，我们这些大学毕业刚进机关的只有 23 级，开会、看文件 17 级以上是一个范围，13 级以上又是一个范围，但互相间的称呼，都是姓前面加个老或小。年纪大点的称老王、老张，年纪轻的叫小李、小孙，中不溜儿的称之大冯、大徐，处长、局长概莫能外。我们都敬重地称呼 1931 年入党的老局长为老罗，老局长也亲切地唤我们小郭、小赵，还经常把我们请到他的办公室交谈。

往往相识时的称呼一直叫到退休。20 多岁进机关，唤作小李、小孙，到你退休时还是这么叫。不然，从何时开始改称大李、大孙，老李、老孙呢？叫习惯了，就难以改口了。后来，机关流行称"长"了：王处长、孙局长，往往把"副"也省略了。这样称呼，姓郑的"沾光"了，哪怕副处长听起来也是"正"的（"郑"和"正"音同）；姓傅的"吃亏"了，升了"正"的，还被称"副"处长（"傅"和"副"音同）。

进机关不久接到一个额外任务，业余时间给机关里的年轻人（大都是退伍军人）辅导文化知识，他们是在"文革"中上的学，要经过统一考试补一张初中文凭。我们 4 个刚进机关的大学毕业生分别给他们辅导语文、数学、历史和地理，我负责辅导语文。走上机关的讲台，给我年轻的同事讲"字词句篇"，评析他们的作文，真是机关生涯中一段特殊而难忘的经历。当初他们叫我郭老师，后来一直没改口。

我们机关的底层是市政府机关大食堂，外滩市政府机关的工作人员都在这里就餐。每到中午，这里人声鼎沸，各个单位、各个部门的工作人员走出拥挤逼仄的办公室，汇聚到这里，点头招呼，相互问候，有的还乘机洽谈工作。机关食堂，成了工作人员交流的空间。印象中最受欢迎的菜肴是小砂锅，里面有小排骨、肉皮、粉丝、黄芽菜，在一个个煤气灶上现煮

（当然排骨是熟的），汤水沸腾一阵后，师傅用特制的工具把滚烫的砂锅抓放在搪瓷盆上端出窗口。那时还没有空调，这砂锅就像冬天里的一把火，暖暖的。大食堂旁沿楼梯而上有个专供面条的小食堂，我们这些老胃病常光顾那里，边排队等候，边还交流养胃之道。每年春节前，食堂会把结余的资金给每位搭伙者加一次餐：大排、肉圆、熏鱼、酱蛋，吃不了兜着走。当时机关很少发实物，有时过节工会给每人发一条青鱼，大家会欢腾一阵子。鱼有大有小，这让分鱼的内勤很纠结。即便总有人发扬风格拿小的，但毕竟不是长久之计。于是想了个抓阄的办法，一个处十来个人，每人抓一个号，按号拿相同编号的鱼，这样"老少不欺"。

那时，去基层联系工作，中午一般都要赶回机关食堂用餐，一则基层不留饭，二则在外面吃饭回去报误餐费手续麻烦。有次到基层调研，结束离开时已近12点，回去怕吃不上饭了。带队的副处长老戴就把我们一行5人带到东安新村她的家，下卷子面应付了一顿，放下饭碗就乘49路赶回机关工作。

近有报道，2013年公务员招录职位要求中有不少"苦差事"：值夜班、经常出差、节假日加班等。由此记者认为"一杯清茶一包烟，一份报纸坐半天"这样的公务员生活，已经成了"过去式"。其实，在我们"过去式"的机关生涯中，这类"苦差事"也都经历过。以前的机关生活，并非都是"一杯清茶一包烟，一份报纸坐半天"的状况。

（2012年）

面试考官

20 世纪 90 年代中期，机关公务员开始实行考试录用制度。面试，是其中重要的一环。那年，我成为我们市档案局首次公开招录公务员的一位面试考官。20 多位面试者，是 200 多位应届毕业生报考市档案局公务员中的佼佼者。经过首轮笔试，其他同学已无缘"叩访"档案了。

面对我们大到国家行政机关人事制度改革的意义、小到自行车被盗后的应变处理等多角度、跳跃式的提问，他们将各自对工作的认识、生活的理解、择业的取向、价值的评判，甚而对档案的点滴了解，都一一坦陈在我们面前。或许他们中的不少人曾经为此番面试有过精心的"包装"，但在我们很生活的提问前，渐渐褪去了外衣，还原了本色。那时，公务员招录面试制度才实行，网络交流也刚刚兴起，所谓的"面经"也无从借鉴。有位女生在回答一个对她来说有点难度的问题时，竟一时哽咽无语。但他们中的大多数颇有自信，且不乏机警。那些毕业于与档案专业相距甚远的专业的学生，在回答能否胜任档案工作时，自信心绝不亚于正宗的档案专业学生。他们巧妙地将看来是劣势的因素转化为优势，在现代社会更需要复合型人才这一问题上做足文章。他们的思辨和认知，朝气和坦诚，不时叩击着我们这些面试考官的心扉。

那时，大学还没扩招，中专生、职校生也能报考公务员。20 多位面试者中，就有几位中专、职校生，他们的表现一点不输给高学历的竞争者。其中一位女生在面试中巧妙地渲染了自己在写作、绘画上的特长，很自信地把一本剪贴着在报刊上发表的漫画和"豆腐干"文章的"作品集"递到了我们面前，让我们这些考官眼前一亮，增加了不少印象分。

面试学生走马灯似的在我们面前闪亮登场，而其中一位很有希望"叩关"成功的男生，却迟迟未来。他有着"亮丽"的简历：名牌大学毕业，多次获得过奖学金，音乐、体育方面有特长，爱好电脑，照片上的他英俊中不乏坚毅。直觉告诉我，这很可能是一位富有潜能的学生。后来听说，他在接到面试通知时，刚在一家合资公司谋到了一个职位。那时，外资公司、合资公司是很多大学生向往的，不少学生更是对世界 500 强企业

"情有独钟"。对于他的选择，我能理解。七尺男儿，血气方刚，闯荡一番，也无愧于这多彩的世界。走出花季的他们，生命之旅会有泥泞和荆棘，多一份骚动，多一份自信，对生存能力和质量的提高，想来不是坏事。

就业竞争终究有点残忍。从200多位考生中脱颖而出的20多位面试者，他们中的大多数还将由此整装待发，去"叩访"又一扇命运之门。作为一名考官，我常处于感情与理智碰撞的两难之中。但愿这次出师不利，不至于让他们背负更多的沮丧和胆怯，而是由此打下成功的底色。我为每个初次"叩访"档案的年轻人感动。不管他们"叩访"的结果是成功还是失败，不管他们"叩访"的动机是高尚还是平庸，我都为他们的"叩访"举动而感动。他们裹挟着青春的活力和朝气，勇敢地来到了已不那么神秘却依然有点寂寞的"档案门"前。从这个角度而言，他们之中没有失败者。

走出考场，我感悟到这些面试学生给我们这些考官，更是给机关留下了一道并不深奥，却又难解的"考题"：全新的进人机制已鲜活地呈现在面前，机关的用人机制又该作何改革和完善呢？

（2012 年）

直面"非典"

在这遭际"非典"的日子里，心情一直被"非典"缠绕着。直面"非典"，不是时髦趋新，而是真情告白。

2003 年 2 月，当"非典"（重症急性呼吸综合征，英文缩写 SARS）这个新词刚从南方传来时，我们的心还波澜不惊。不就是肺炎吗，况且离我们还那么远。当听到南方一些城市抢购板蓝根、抢购酸醋时，还一笑了之，不那么经意。十多年前，我们这个城市由于毛蚶暴发"甲肝"时，不也这样吗？都经历过了。那时，我们断然不会想到，两个月后"非典"的肆虐竟会给人类带来如此惨重的损失。

3 月，"非典"开始悄悄蔓延到了一些省份。但伊拉克战争吸引了我们的眼球。萨达姆、萨哈夫、巴格达、巴士拉、战斧巡航导弹成了我们追踪的热点。每天晚上，围坐在电视机前，盯着伊战"连续剧"，听着军事专家的演绎。

4 月初，我们真正感受到了"非典"的威胁。4 月的头一天，是西方的"愚人节"。但香港一代歌星的陨落，却不是真实的谎言。在盛大的悼念仪式上，当我们看到由各种款式、各种色彩的口罩组成的一道独特的景象时，对"非典"的危情有了身临其境般的感受。4 月 2 日，我们这个城市第一例输入型"非典"病人被确诊。几天后，患者的父亲也被感染。疫情公布后，我们真正警觉到"非典"就在你我身边的危险。虽说没有"谈非色变"，但已焦虑不安了，"先知先觉"的已开始购买维生素 C 泡腾片了。

4 月中旬，"非典"已成为新闻媒体出镜率最高的词。没想到，一场重感冒正向我突袭而来。先是喉痛流涕，再是发冷有热度。虽说对照"非典"的症状不像，也不疑似，但这个时候感冒，实在有点"顶风作案"。只得去医院挂急诊。每个急诊病人都严格按程序走，询病情，测体温，验血常规，拍胸片。没去过疫情地区，体温 38 摄氏度，白血球偏高，胸片无阴影，这样，我才得到了"解放证书"，走进了急诊输液室。

4 月下旬，"非典"迫使我们进入了"非典型生活"：五一长假取消了，旅游线路叫停了，喜庆婚宴推迟了，高考咨询停办了，股票市值缩水了，甲A联赛停摆了，周杰伦不来了，街上流行戴口罩……市政府特别忠告广大市民：守望相助！这是极有人文关怀和感召力的忠告。

在直面"非典"的日子里，我们这个城市是幸运的。虽说生活变得不那么"典型"，但依然从容有序。到4月下旬，确诊"非典"的依然只有2例，疑似病人也只有几例。世界卫生组织专家组在结束考察时说，我们这个拥有1 600万人口的国际性大都市，"非典"病例这么少，很可能是幸运的城市之一。幸运的原因可能有很多方面，但富有成效的防范体系和完善的监察报告系统是重要的因素，这是专家组得出的基本结论。市长向专家介绍，在发现首例"非典"病例之前，城市的监测网络就启动运作了。专家在新闻发布会上举了这样一个例子：前几天，我们这个城市报告了一起疑似病例，相应的疾病控制中心马上追查出与病人相关的168人，并对他们进行跟踪观察。由此，我以为幸运的因素中也有档案的作用。倘若没有完善的档案记录，这168人何以能够立马发现。我特别注意到了，专家在新闻发布会上称，他们在考察时查阅了大量档案，"核实了政府与各级疾病控制中心所有可以找到的文字材料"。专家组的基本结论，是有大量确凿可信的档案为佐证的。

也许，仅有2例病人的幸运不可能长久延续，但我深信，战胜"非典"的幸运之神，将始终伴随我们这个城市。

（2003 年）

上海闲话

早晨在起点站上车，常会遇到这一老一小。车途中，一遍又一遍听老人对小女孩讲些重复又重复的话："宝宝，今天早饭吃得蛮好，在幼儿园里要乖。""宝宝，晚上外婆给你烧老好吃的菜。"后来遇上她们，我就特地找离她们远点的座位。倒不是嫌老人话语啰唆，而是她疙里疙瘩的普通话让人受不了，就像吃夹生饭般的难受。一次，我忍不住问老人："小人上海闲话听勿懂？""听倒听得懂点，就是讲勿来。""小人爸爸是新上海人？""也是老上海人，伊拉从小搭小人开国语，我只好跟形势了。老早子汉语拼音没学好，迭格年纪再开国语终归半生不熟了。"老人对被讲普通话有些无奈。

记得我上学时，正逢大张旗鼓推广普通话之际，语文课上先是学注音字母，后是学汉语拼音，但放学后除了背诵课文外，不会再去开国语，偶尔有人蹦出句国语，大人会讲伊"老茄来"。大楼里"五洋杂居"，南腔北调，一些称呼也会带上籍贯，比如宁波阿婆、绍兴爷叔、苏州师母，小山东、小福建。家长里短，上海话中夹杂着各种方言。印象中除了广东话、福建话难懂外，其他方言还听得懂。

刚进厂时，周围的师傅都讲苏北话，一些年龄相仿的工友也会一口苏北话，用苏北话跟师傅套近乎更容易些。在这样的语境中，上海话很弱势。但师傅们并没有对我这个长得瘦弱、讲上海话的徒弟另眼相待，在体力活上还给予不少照顾，所以我对苏北话有一种亲切感。后来进机关工作，偶尔听到有位同事"秀"了几句苏北话，就像见到老乡一般。其实，她是地道上海人。那些年在苏北插队，上调当了老师。上课时不少学生普通话听不懂，要求老师讲他们家乡话。这下她犯难了，插队多年，苏北话会几句，但要诵读课文，功力差远了。为了能当老师，她下功夫练就了一口流利的苏北话，在学生和家长中很有亲和力。她用苏北话给我诵读了高尔基的《海燕》：在苍茫的大海上，狂风卷集着乌云……绘声绘色，极具语感，像是在念淮剧中的台词。

那些年，上海话在外名声不太好。外出开会，在外地同行面前，上海同事之间切忌说上海话，不然会被引起"排外"的误解。外地同行说，到你们上海买东西，营业员很冷淡，只讲上海话，问了几句还搭不上一句。或许当年是有些上海人有地方优越感，对上海闲话讲勿来称之为"米西米西炒咸菜"，但也可能是因为不会讲普通话而怠慢了外地顾客。如今上海商场，哪个营业员不会讲普通话？

那天晚上，在黄浦剧场看上海市人民滑稽剧团创作演出的曲艺专场《OK 民生》，邻座竟是位中学生。我好奇地问他："侬听得懂哦?""难能会听勿懂，笑煞脱了。"原来男孩的母亲喜欢听独角戏，他也耳濡目染喜欢上了，今晚母亲没空，他单独来观看了。看来，年轻人中还是有会讲上海话、喜欢上海闲话的。欢笑声中意外迎来了"老娘舅"柏万青。柏阿姨说，在市人大代表开会时，王汝刚请她为入选国家级"非物质文化遗产"名录的独角戏做些宣传，她慨然应允，于是特意从电视台录制现场赶到这里当嘉宾客串。"老娘舅"用上海话有声有色讲述了调解中的几个故事，赢得全场一片掌声。

这些年单位新进了不少新上海人，流行讲普通话。山东籍的小胡却亦步亦趋地学讲上海话，虽不流利，但还流畅。问及学上海话的缘由，是更方便与大家交流；问及快速掌握的"秘诀"，是"勿要怕难为情，开口多讲"。看来，对上海话传承不必过于担忧，上海闲话还是要讲下去的。

（2012 年）

流动风景

如今上海的轨道交通四通八达，原先出行主打的公交车倒空了不少。与地铁车厢内的沉闷、车厢外的黑暗相比，公交车车厢内外生气、亮丽许多。

十多年前初次出国，什么事都新奇，加拿大多伦多巴士里没有售票员，乘客自己投币，也成了回国后的美谈。那时，上海人乘车唤作轧车子，售票员在水泄不通的人流里艰难地来回运动着，而现在乘车潇洒一挥——刷卡了。

上了公交车，就进入"被"字状态。被闻，有些上班族早晨争分夺秒，早餐是在车上解决的，包子煎饼、牛奶豆奶，葱香蛋香、肉香奶香冲鼻而来。车一晃，一不小心沾了光，邻座正在使劲吸的牛奶飞溅到自己的衣服上，看到对方一个劲地道歉，也不好说什么。被听，有时各色手机铃声此起彼伏，家长里短、谈股论经，都朝你耳朵里灌，想不听还不行。被看，车厢里移动电视的新闻、天气预报，还有世博信息、"防范随你行"都是有人关注的，插点广告也无妨，但频率过高，特别是喋喋不休推介某一产品的广告，让人看了总有点不"爽"。

那天，邻座是位背着双肩包的少年。车靠站，上来一拨人，一位60来岁的妇女站到少年旁。"阿婆，您坐。"少年立马起身让座。"我有那么老吗？"妇女一脸不高兴。这个年龄段最难称呼了，或许少年想往辈分大的叫总没错。"叫阿姨，你看阿姨多时尚多精神。"我忙打圆场。"阿姨，请坐。"少年改口说。这下妇女乐了，顺手摸了一下少年的头坦然落座。如今，让座已蔚然成风，但也有视而不见，或故作望着窗外，或佯装打瞌睡，可身旁站着老人或怀抱孩子的母亲，坐着的人心里往往要承受一种煎熬，直到有其他乘客让座，才能如释重负。

836路徐家汇起点站一直保持着排队候车的氛围。那天车来晚了，但烈日下长长的候车队伍还是井然有序。一对中年夫妇上车时已没座位。"呒没座位，下去等一部。"男的说。"六七站路就空了，迭部车上白领多，到了古北路兴义路下去交关人。"女的是老乘客了。"白领价做人家，也乘公交车?"男的不解了。"侬当伊拉是杜拉拉,介快就升职?"女的没好气还了两句,接着聊起了正在热播的电视剧《杜拉拉升职记》中的人和事。果然,车到古北路兴义路呼啦啦下去一大拨人,急匆匆向写字楼的旋转门走去。

这样的情景剧在车厢里不时能看到,而透过车窗,看到的是另一番风景。时常乘坐的 96 路行使在几条并不宽敞但却有韵有味的马路上,像瑞金二路、复兴西路、华山路、永嘉路、衡山路。窗外时而流动着一幅幅风俗画:沿路点心铺的油条、粢饭摊前总有排队的,不少上班族早餐还是离不开"四大金刚";拐角口新开的古玩店,没几个月就变身为奶茶铺,刚"美容"的店招又"破相",有关部门统一店招的步伐赶不上店铺的"改换门庭"。车窗外,时而又能观赏到一幅幅水彩画:烟雨中,梧桐掩映下爬满沧桑的老房子在你眼前依次流过,留下迷蒙,留下遐想,孔祥熙、孙科、杜重远、田汉等人当年曾在临街的某个深巷、老楼里寓居过……

车厢内外,流动着风景,流淌着民风,流逝着时光。

(2010 年)

老港随想

那天，来到位于东海之滨，长江口和杭州湾之间的老港废弃物处置有限公司。这里绿地成片，绿树成林，还有宽阔清澈的人工河。很难想象，这里是全国最大的废弃物处置基地，承担着上海市区约70%生活废弃物的处置工作。参观了集运码头、综合填埋场、再生能源利用中心等处，找到了"生活垃圾去哪儿了?"圆满而形象的答案。

老港废弃物处置场是利用长江流沙淤积形成并逐年扩张的滩涂，经围堤筑坝而成。1991年4月第一期工程竣工，每天可处置生活垃圾3 000吨，高峰时达到日处置量4 200吨。市区的垃圾由黄浦江、苏州河沿岸码头装船，经黄浦江，过大治河，抵处置场码头。生活垃圾处置采用堆放填埋工艺，按吊卸垃圾、装车运输、卸车铺堆、摊平压实、取泥盖土等工序流程作业，全部实现机械操作。填埋的垃圾必须全面覆膜，并要喷洒除臭剂。在已经覆膜完毕的区域上，还覆土种植草皮。经过近30年的建设，如今老港废弃物处置有限公司拥有卫生填埋、焚烧、污水处理、废弃物资源综合利用等现代化生活垃圾处理技术，日处置垃圾近万吨。老港垃圾填埋气体发电项目已正式并网，该项目满负荷生产后，每年可向上海电网输送绿色电力约1.1亿千瓦时，解决约10万户居民的日常用电。

在老港，目睹生活垃圾处置终端"化腐朽为神奇"的景象，禁不住联想到和我们每个人都有关的生活垃圾源头的处置状况。

那些年，弄堂小巷散落着一个个样式相同的水泥垃圾箱，居民随时可捧着畚箕、提着铅桶将垃圾倒入箱内。我居住的大楼的垃圾箱设置在两幢大楼之间的天井里。每天清晨，木制的人力垃圾车嘎吱嘎吱来到天井，继而是铁锹铲垃圾的刺耳声，好梦给搅醒了，但想到环卫工人的辛劳，也就没更多的怨言。有的大楼每个楼层就有倾倒垃圾的管道口，管道由顶层直通到底，垃圾全贮存在管道底部，底部管壁外侧有开口，环卫工人清运时，将垃圾用铁铲或耙子耙出装车运走。那时垃圾箱大都是露天开口的，周边苍蝇蚊子成群、污水横溢。20世纪80年代开始，出现了一个个可活动的铁质圆桶垃圾箱，而且进了防雨的垃圾房，有的还建了封闭式集装箱垃圾房，环境卫生大为改善。以后，又出现了带盖的、可举升装车的垃圾容器，水泥垃圾箱已难见踪影了。居民倒垃圾也不再用畚箕、铅桶，而是用塑料袋包扎倾倒，实行垃圾袋装化。

这些年，生活垃圾开始实行干、湿分类倾倒，我居住的小区有段时间还定期给每户居民发放分装湿垃圾的专用塑料袋。但倘若"只分不理"（仅分类而不做进一步处理），或"先分后合"（分类后的垃圾被混装、混运），势必"前功尽弃"。近日，本市诞生了首个"社区湿垃圾减量预处理示范基地"，在一间占地40多平方米的全封闭小屋里，依靠一台3米多长的分拣台、一台如普通书报亭般大小的厨余垃圾减量预处理机和一台干燥设备，整个社区内的湿垃圾可以魔术般地"瘦身"八成。这无疑给城市生活垃圾分类减量带来了福音。

处于垃圾处置终端的老港公司的同志盼望垃圾分类减量工作早日普及、持之以恒，因为垃圾不分类就只能用传统填埋方式，消耗了大量土地。或许，改变人们的习惯是很不易的，良好氛围的形成是需要时间沉淀的。德国从开始实施城市垃圾分类收集至今已有100多年历史，现在连孩子都知道垃圾要分类；日本用了30多年时间才形成现在的垃圾分类氛围。我们能否短一些？当然，这需要有关各方和广大市民的共同努力。

（2014 年）

好友履新

　　好友朱民履新，正式出任国际货币基金组织（IMF）副总裁。那天，我给他发了一封简短的电子邮件："在如潮的贺声中，请收下当年工友的祝福。"

　　我和朱民都是1968年分配到以"光明牌"著称的益民食品一厂当工人的，我和他不在一个部门工作。和朱民的相遇、相交到相知，是在厂团委写作组，那时正学马列的六本书。我和他，还有小我们好几岁的顾君成了挚友。那时，我们都有一个自己的生活空间：朱民有一个亭子间，我有一个暗屋，顾君有一个楼梯下的斜屋。繁重的体力劳动后，我们常在一起放照片、听音乐、聊文学。由我执笔创作、参加公司会演的独幕话剧《出车之前》，就是在朱民的亭子间里"侃"出来的。他在厂运输组做过装卸工，任过调度，后来当上了驾驶员。兴致高时，朱民还会持弓拉小提琴，那时流行的曲子是《金色的炉台》，尽管比潘寅林的演技差十万八千里，但我和顾君听得很有意境。在我的暗屋里，我曾试图"复制"德大西菜社的招牌菜土豆沙拉、炸猪排、乡下浓汤。最难的是调沙拉酱，我掌筷不停地拌打着蛋黄，顾君小心翼翼地将精炼油滴入，朱民则在一旁点评。

　　1977年秋，我们聊得最多的是恢复高考。那时我还缺少点勇气，没上过一天高中能考上吗？当3个月后朱民平静地告诉我，他被复旦政治经济系录取时，我惊喜地仰视着他（他个子特别高）："真的?!"但对他选择政经系十分不解。他说，他喜欢经济，要去啃《资本论》了。朱民的成功给了我很大鼓舞，他比我还少读一年初中呢！半年后，抓住"老三届"最后一次高考机会，我被师院中文系录取了。顾君两次都"名落孙山"。他戏言，被我们这些"老三届"挤下了"独木桥"。

　　大学毕业后，朱民留校当教师，我进了机关，顾君则后来下海经商。各忙各的，难得有机会小聚。那时没有手机和网络，书信是最好的纽带。"忙"成了朱民信中的主题词，后来更是"惜墨如金"。一次，我在晚报上发了篇小文，第二天就收到他的来信，只有一句话"等候你的请柬"。言下之意，等我拿了稿费吃一餐。1985年朱民赴美留学后，就很少收到他的来信。每次回国都是来去匆匆，见个面而已。

至今我还保存着 1996 年 2 月 26 日的《文汇报》，驻美记者发回的报道《归心似箭挡不住》，证实了朱民离开世界银行回国工作的信息。对此我并没太意外，几次短暂的会面已意识到他的这个想法。回国后，他在中国银行工作。2000 年秋，他从顾君那里得知我生病住院，挤出时间飞来看我。见我并无大恙，宽心地笑了。我这才有机会听他从容谈起在美的经历和回国后的情况，先前断断续续的记忆终于连成了线：1985 至 1990 年，获普林斯顿大学公共行政管理硕士学位、约翰·霍普金斯大学经济学硕士学位和博士学位；1990 至 1996 年，任世界银行政策局经济学家（顾问），专门为第三世界国家的经济进行宏观分析和作项目支持方面的研究，其间曾任联合国开发署"中国 21 世纪议程"首席顾问；1996 年回国后，任中国银行行长经济顾问；1999 年 12 月，任中国银行中银香港重组上市办公室总经理……

再次见面竟过了八年。2008 年 12 月的一个晚上，接到朱民来电，他应邀参加复旦大学新年讲坛，想挤出一个小时与我会面。得知我儿子即将走上工作岗位，特地要我带上儿子。第二天中午，我们在复旦对面的皇冠假日酒店咖啡吧小聚。从专业到择业到就业，他给我儿子上了生动一课，与我倒没能聊上几句。他邀请我和儿子听他下午的演讲。在复旦光华楼，他以中国银行副行长和复旦校友的身份，做"G-3 经济'L 形'衰退，中国经济'V 形'调整"的演讲。温文尔雅，不紧不慢的语调，时不时会蹦出几句妙语幽默一把，形成了一种特有的气场。这让我想起了亭子间里的他，不过那时的听众只有我和顾君。

去年春节过后我去北京，那时他就任央行副行长不久，没奢望能相聚。但他还是抽空约我在长安街上的贵宾楼喝茶。这一晚，主要聊当年厂里的那些人和事。在他记忆深处，始终留着老厂和工友的位置，他与当年运输组的工友还有联系，还要我把拆迁前老厂厂房的照片发给他。

从工人到 IMF 副总裁，鲜亮履历的背后是人生的历练。其实朱民并非没有遇到过困境，当年他在信中曾引用过萨特的话"人生就是一连串的遭遇"。好在他的执着、平和与乐观支撑着他。遥祝好友履新顺利，忙碌中不忘幽默一把。

（2011 年）

有信的日子

那天，有了闲适的心境，费力拉开了一个大抽屉，尘封的记忆又复活了。抽屉里储存着数百封泛黄的信笺。

那年月没有网络，没有手机，连家里的固定电话都是稀缺资源。那是有信的年代。写信、寄信、等信、读信，使平淡的生活有了期盼，有了隽永，有了激动。几天一封，是恋情使然；几周一封，是亲情呵护；几月一封，是友情维系。

年轻时信最多，人到中年信越来越少了。有了孩子，有了一官半职，生命的航船就此挂上了拖驳，搁上了舢板，有了航线和负载的制约。没有心境，缺少时间，信就渐渐萎缩了。这时，恋情信使的任务已完成，亲情会在团聚中依存，只是友情没有了信，往往会疏远。生活圈子愈益缩小，先前热络的小学、中学、大学同窗，各种学习班、培训班结识的同学，老单位的同事，不期相遇结交的朋友等，信往来间隔的时间越来越长，也不知一来一去中，最后是没来还是没去的缘故，信就中断了。有圈子还不怕，只要有个由头，有人领头，就有机会相聚。就怕不期相遇结交的朋友，没有了信，会像断了线的风筝，飘得没了踪影。

在我收藏的信中，有几十封是我的学生寄来的。20世纪80年代初的一个春天，我到一所中学实习，这是师范生的必修课。实习期是6周，我就只做了6周的老师（毕业后分配进了机关）。我给高一学生上秦牧的《土地》、峻青的《秋色赋》、曹靖华的《小米的回忆》；与他们交朋友，谈人生，不仅收获了教学成果，也收获了纯真的友情。实习结束后，陆续收到了好几位同学在"题海战斗"中抽空给我写来的信。有的告诉我学校的"奇闻趣事"，有的向我倾诉"成长中的烦恼"。一位爱好文学的同学给我寄来了他的诗作《有一颗星星对你说》：你看不到我/当阳光占有白昼的时候/但我并没有消失。一位体育特长生给我寄来了上海青少年田径比赛的门票，他将在5000米决赛中一展雄姿，特地邀我去助兴。后来，他们一一向我报告考进了大学，再后来，可能是我的忙，那种对日升日落渐失敏感的忙，信就中断了。

这 28 封信，是大学年代在青浦一个部队农场劳动时结识的一位战士写来的。劳动之余，我们一起谈小说、论诗歌，有了许多共同语言。我回学校后，他复员回苏北老家后，我们的讨论还在继续。信，是唯一的载体。后来，他来信说要结婚了，再后来报告我儿子呱呱落地了……再后来也不知怎么信就中断了。

推上抽屉，思念之情却难以抑制。这一刻，我想到了网络。在"百度"上键入了失去联络的老朋友的名字，还添上一些有"个性"的关键词，以剔除重名者。尽管大多石沉"网"海，但终于捞到了几枚珍贵的"针"，让我喜出望外。一位中断了 30 多年联系的小学同窗的名字，出现在中国驻英国曼彻斯特总领事馆官员活动的名单中。我立即给总领馆发去了求助的电子邮件，并把我知道的同窗的一点背景资料诸如小学毕业后被保送到上外附中，"文革"期间被分配在上海灯泡厂工作等附上。几天后，我惊喜地收到了远在英国的同窗惊喜的电子邮件。那位青浦结识的战士的名字，出现在江南时报的一篇报道中，他已成为一名优秀的民警。辗转得到了他的手机号码，迫不及待地发去了短信："还记得在上海青浦结识的一位大学生吗？"回复马上来了："是呀！是你吗？"当晚，我们就在网络上互诉"别后"之情了。在茫茫"网海"里，我还意外发现了我的一些学生的踪迹……

如今，我又时常有信了，不是靠"鸿雁传书"，而是依托网络。有信的日子真好。

（2008 年）

216

没有围墙的展会

如今，上海每年各色展会精彩纷呈，让我想起以前设置在市中心街头的特色画廊。那些年，环绕人民公园的西藏中路西侧和南京西路南侧，有几个长长的、很有特色的普及科技知识等内容的画廊，引来路人饶有兴致地驻足观看。在资讯不发达的年月，这里的画廊是人们获取信息和新知的窗口，是没有围墙、不会闭幕的展会。

人民公园西藏中路的西侧，以前有绵延160多米的科技画廊，1957年4月建成开幕，开始称科普画廊，由107框（特大框7个、双框66个、单框34个）组成，形象而通俗地用科学道理解释各种自然现象，介绍上海经济建设、科学技术重大成就，展出形式有图片、仪器、电动模型等。20世纪80年代中期，改建后的科技画廊由60个立体橱窗组成，以实物、图片、文字和配制灯光、电器控制等形式，系统介绍激光、电子、同位素、维生素、地震、气象等科学知识，展示上海最新科技成就以及世界新技术。人工授精婴儿、仪表仪器智能化、水下激光电视、长途可视电话……前沿的科技、深入浅出的介绍，使过往行人流连忘返。肌电控制假肢的橱窗前，常引来观众围观。跃跃欲试按动安装在橱窗外的按钮开关，橱窗里的假肢会"听话"地表演手指的开合、手腕的旋转、肘关节的屈伸，一目了然这项新发明的奥妙所在。90年代，科技画廊曾以"三年大变样"为主题，展示上海城市建设新景象。东方明珠广播电视塔、地铁一号线、成都路高架等一批"高大上"项目出现在橱窗里。

人民公园南京西路的南侧，以前有宣传劳动模范、先进生产（工作）者的光荣廊。光荣廊1954年初设置在上海市工人文化宫二楼圆厅，1955年迁至南京西路，长达120多米。光荣廊里的劳模佩戴红花、奖章，神采奕奕，路人投去敬慕的眼光。光荣廊往西，是1957年元旦建成开幕的长50米的体育画廊，展出上海体育健儿在国内外比赛、全国优秀运动员在上海比赛、外国运动队在上海比赛，以及群众体育运动的照片、模型和图表。体育画廊60年代初展出的一个模型、一幅照片特别令人难忘。模型是表现1960年5月我国登山运动员把五星红旗插上珠穆朗玛峰，创造人类首次从北侧山脊登上地球之巅壮举的情景；照片是 1961 年 4 月中国乒乓球队在北京举行的第 26 届世乒赛上首次夺得男团冠军的合影，其中徐寅生、李富荣是上海籍运动员。"文革"期间，竞技体育训练和比赛一度停顿，体育画廊展出的大都是基层体育活动的照片，举石担、推杠铃、拉单杠、打篮球，富有力度和动感，给沉寂的日子带来些许活力。1984 年 7 月，改建后的体育画廊为迎接第 23 届奥运会，展出反映中国代表团风貌的照片和历届奥运会的海报，让人一睹中华健儿历史性出征前的风采，了解奥运会的发展历程。

除了西藏路、南京路，以前淮海路上也设置过几个很有特色的画廊。淮海中路、汾阳路，20 世纪 80 年代末设置教育画廊，展示上海教育系统新成果和部分学校的教学特色；淮海中路当时的比乐中学大门两侧，80 年代初设置科技画廊，展现卢湾区科技新成果；淮海中路茂名南路转角处，50 年代设置过中苏友好画廊，很可能是上海街头设置过的最长画廊了。

前些年，由于市政改造等原因，市中心的街头画廊相继退出人们视野，但曾经的风景线长留在记忆里。

（2016 年）

另类知青的咏叹调

在我们的语境里，知青是个历史概念，专指那个年代上山下乡的青年学生。那些有幸留在城里进厂做工的人，只能称之为另类知青了。

在我们这个城市中，他们是一个并不小的群体。据档案记载，当年上海"老三届"中的1966、1967届中学毕业生中有17.5万人安置在市内全民企业。1968年到1976年，上海动员知识青年上山下乡共计104万人，分配进全民单位的有88.4万人，城镇集体企业吸纳27万人，街道里弄生产、生活服务事业净增6.9万人。那个年代，他们能穿上令人羡慕的工作服，多半是由于兄姐的"铺垫"。1968年后，上海对中学毕业生实行以兄姐去向为依据，决定本人分配到工矿或农村、上海或外地、全民或集体的"按档分配，对号入座"的办法。

当年他们大多20岁不到，在流水线上作业，在机台弄档里接线头，在港口码头上扛包，当上技工是可以炫耀的，那时流行"学会车、钳、刨，走遍天下都不怕"。学徒工第一年工资才17元8角4分（其中1元8角4分是服装费），他们省吃俭用，竟能每月抠出2元钱换上一张小小的零存整取的"贴花"。当年这小小的"贴花"，寄托着多少青工美好的憧憬。那挡不住诱惑的"三大件"手表、自行车、缝纫机中的一件，就要耗去他们3年学徒的积蓄，再添上满师后的工资。

青工的生活再平淡不过了，早班翻夜班，夜班翻中班，中班翻早班，循环往复，机械地复制着。虽然不懂"西皮""二黄"，不知花旦、青衣，但样板戏中的大段唱段能一气呵成。至于电影《地道战》中的精彩对话，更能惟妙惟肖一字不漏地背出。时光不知不觉从手指罅隙中漏走。"老三届"们做了师傅，工休时吞云喷雾般享受着徒弟点上的"牡丹"烟，那是他们最为得意的时候。到了谈婚论嫁的年龄，没有风花雪月，夜晚在人民公园散步已是很浪漫了。只有胆大的，才敢加入外滩"情人墙"。成双结对、密密相连的背影，毫无顾忌地"蚕食"着江边整条防汛墙，还不得不提防联防队员的突袭："你们在干什么!"

在他们平淡的人生中，结婚是最亮丽的日子。他们第一次成为生活的主角和总设计师，把自己的智慧、人脉、资金挥霍一空，在逼仄的亭子间里，能把 36 只脚（大橱、五斗橱、方桌、床、床边柜、4 把椅子的脚）安置得错落有致。在亲朋好友的贺声中，他们笑纳一个个红包（那时包一张 10 元就是出手很大了）。曲终人散后，男方女方的家里人争先恐后地把全鸡全鸭（客人一般不会动）和剩菜装进大大小小的钢精锅，完成了婚宴最后一个常规动作。

他们中的许多人错过了一次改变命运、华丽转身的极好机遇。恢复高考那年，他们的小日子过得正旺，舍不得刚刚开始的"一亩三分地，老婆孩子热炕头"的生活。而 1970 届后的那几批学生，正儿八经没读过几年书，底气有点不足。

以后的日子有点艰难。他们做梦也不曾想到国有企业会关、停、并、转，纺织厂会"砸锭"。能够幸运坚守的毕竟是少数，大多告别了曾经为之荣耀并工作了二三十年的老厂，成了四五十岁下岗协保人员，进入了再就业行列。他们过过苦日子，也容易满足，经过阵痛也坦然接受了现实，因为生活还要继续。他们把希望都附丽在儿女身上，让儿女上自己向往的大学，期盼儿女找到一份好工作。

如今，当年"老三届"师傅都已过或快到花甲之年了。40 年的日子就这样流水般地溜走了。虽说没有《今夜有暴风雪》般的悲壮，也没《孽债》那么凄婉，但每个人都有一个属于自己的故事，只是他们的故事儿辈不愿听，孙辈听不懂。

（2008 年）

我的 90 后朋友

近来，我结识了两个 90 后朋友。

那天晚上去"必胜客"就餐，发现那些在餐桌间穿梭忙碌的大学生服务员不见了。领班说暑假过完了，上学去了。这时，一位面带笑容的小伙子送上一杯水，递上了餐单。"开学了，你还做？"我好奇地问。"我不是大学生，下班后在这里兼职。"小伙子告诉我刚从部队退伍，现在附近一家三甲医院保卫科工作，老家在四川农村，1992 年的，刚好 20 岁。嘴甜腿勤，很招人喜欢。再次去"必胜客"，他一眼认出了我，还报得出我喜欢的品种，更让我另眼相待。

中秋节，我带着"哈根达斯"月饼请他到"麦当劳"小坐。他第一次走进"麦当劳"，也是第一次品尝"哈根达斯"。一番交流后，向我诉说了他的生活和遭遇：从小父母离异，后母逼他中断学业在家务农，才十二三岁的他养猪、插秧什么活都干。他伸出两只长满厚茧的手，左手掌上还有一条长长的刀疤，说是割草不小心留下的。爷爷实在看不下去，把他接去继续上学，他用假期打工的钱支付学费和生活费。高中毕业后参军，训练刻苦，成绩优异。在部队首长的关照下，退伍后到上海工作，开始了新的生活。没想到这样一个热情欢快的小伙子，有过一番常人难以想象的磨难。而他并不纠结于以往，更多的是沉浸在对未来的憧憬中，还希望能找到在他幼时就离家出走的母亲。

初冬的一个下午，他打电话支支吾吾说病了。我赶到医院急诊观察室，他捂着肚子在输液，看到我来，紧皱的眉头舒展了。他说万一得了阑尾炎，担心开刀没人签字。以后，他管我叫郭伯，有什么事都会跟我说。那天，他喜滋滋说请我吃比萨，原来是他业绩突出，"必胜客"给他的奖励品。前不久，他从老家探亲回来，给我带来了泸州的酒香、家乡的肉香，还有很多我没听说过的事。

那天下午在医院外科就诊，候诊时邻座是来自江西小城的母子俩，儿子 1990 年的，一米八的个头，阳光帅气，大学毕业后当上一名特警。等候取药时又遇见他们，告诉我医生说要动个小手术才能解决问题，母亲有点犹豫。我把手机号留给他们，以后如要帮忙挂号之类的事，尽管开口。几个月后，他母亲给我来电话，说儿子最近工作有个间隙期，决定把手术做了，但还想再听听专家的意见。我帮他预约了一位口碑和医术都不错的专家。就诊的那天他母亲工作上有急事走不开，就把儿子的事托付给我。专家检查和看了报告后认为必须做手术，不过是个很小的手术，让他回去等住院通知。

今年元旦刚过，他就接到住院通知，于是又见到他们母子俩。真是小手术，半个多小时就出来了，他对母亲灿烂一笑，对我悄悄说开刀的滋味不好受。母亲在病床旁的躺椅上守护了他一整夜。第二天在儿子和我的再三说服下才答应去旅馆睡一会儿，儿子说白天有郭叔在就可以了。他叫我郭叔，是想让我听得年轻些。毕竟身体素质好，他已能自己下床走动了。午睡后，与我天南地北聊了起来，而且很投缘。我谈我的人世沧桑，他谈他的花季岁月，看似两条平行线无法相交，但却形成不少交会点，特别是关于旅游和体育的体验与认识上。我们一起说三峡、话丽江、探源三清山。我还讲起那本《迟到的间隔年》，书的作者、一个80后，用13个月的时间在中国的云南、新疆、西藏、澳门以及泰国、老挝、缅甸、印度、尼泊尔、巴基斯坦边旅行边做义工，了解社会、认识自我。他很惊讶我也会看这本书，我说实不相瞒，是儿子推荐的。他坏坏地一笑：那肯定是有目的的，看来你对儿子管得过多。我恍然大悟，一不小心"引火烧身"了。

他出院前的晚上，我去和他道别。不经意间和他探讨起一个问题：为什么我和你有这么多话题可聊，与自己儿子却谈不上几句？他说长大后他与父亲也很少谈得拢，做父亲的总想把自己的观点强加于儿子。尽管我叫你郭叔，但我们以朋友相处。对于我抽烟，你能仔细倾听我个中的缘由，劝我尽量少抽，但我父亲却一点不能容忍。或许以后自己有了儿子也很难做朋友，男人吗，总是好强的，"一山容不得二虎"，所以更希望将来有个女儿……

两个不同家境、学历和职业的90后，给了我新的生活感悟和激情，这是与同龄人交往中难以得到的。

（2013年）

222

"然后"何其多

　　傍晚，坐在公交车上，身后坐着两个二十来岁的姑娘。车行中，她俩滔滔不绝聊着。在车上，我很厌烦有人大声交谈或打电话，让你不得不听与你毫不相干人的职场争斗、家长里短。这一次，在"被听"的困境中，最难受的是她们口中连续蹦出的"然后"，一句话讲完，必用"然后"来连接另一句话。在"被听"时稍一思量，发现这些"然后"纯属多余。还好，车行三站她俩就下车，她们的"然后"没有了。

　　不知从何时起，年轻人表述流行用"然后"，连荧屏上的主持人、嘉宾，被采访的明星、观众，口中"然后"出现的频率也很高。或许是"然后"太多，播出时不得不做些技术处理，屏幕下面打出的字幕中省略了不少"然后"。

　　为了探究时下的"然后"现象，曾经翻阅了《现代汉语词典》，重温早年学过的修辞知识。《现代汉语词典》对"然后"的释义是：副词，表示接着某种动作或情况之后。例句：学然后知不足；先研究一下，然后再决定。而现实生活中频繁使用"然后"的人，往往是把"然后"当作连词用。撇开有点学究气的词性判别，就效果而言，表述中连用"然后"有何必要呢？这种一个词语在表述中重复出现的现象，在修辞学上称作"反复"，是一种增强叙述的条理性和生动性的修辞方法，但在表述中过度地、单一地运用"反复"，其效果一定适得其反，给人一种喋喋不休、枯燥乏味之感。

　　曾想把"然后"流行的现象，与相关的流行歌曲相联系，不是有好几首名为《然后呢》的流行歌曲吗？还有首叫《然后没有然后》的歌。不过，歌词中的"然后"运用得还不错：太多的烂借口／好让你离开我／然后呢还是我一个人走着／然后还是丢了今天留步在昨天／然后呢还是这重复的和弦／陪我安静陪我哼着浓浓的思念……似有一唱三叹、强化情感的作用，这不正是"反复"修辞方法的效果吗？还曾想把"然后"流行的现象，与时下的年轻人，甚至孩子开口就是普通话的现象相联系。"然后"在上海话中是难以反复表述的，真要这么表述的话，像是在绕口令了。上海话中如此反复表述的，大概会用"对哦""是哦"。那么，是否与时下年轻人表述水平有关呢？以前有些领导在大会上做报告，想不到下文了，常会用"啊""啊"来过渡。可如今的年轻人表述水平不可质疑，找个工作、跳槽换岗，都要面试三四次，想来不会出现那么多的"然后"吧。或许，是生活节奏快的缘故，要做的事一件接一件，要说的话一句接一句，这就有很多"然后"了。或许，是从众心理使然，明星在"然后"，周围人在"然后"，我也"然后"了。

　　车进站，上来几个中学生，站立在我座位旁。他们聊着校园里的趣事。没出我意料，时不时会蹦出"然后"来。还好，我到站下车，没他们的"然后"了。

（2016 年）

蓝色的伞流

在我美好的记忆里，有一条蓝色的伞流。

那是 70 年代末的一个夏日，北方滨海小城。我顺着喧哗的人流涌到了商场门口，却被密集的雨帘挡住了去路。离到上海的海轮开船还有一个多小时，好在这里离码头并不远，我放下了鼓囊囊的旅行袋。

像变魔术似的，人们撑开了一把把蓝色的塑料伞，宛如在我眼前跳开了一朵朵蓝色的浪花。不一会儿，街上就汇聚成两条蓝色的伞流，它蓝得那么纯澈，流得这般从容……

"同志，您是不是需要伞？""有伞吗？"仿佛雾航中看到了航标。我一看，是个健壮的小伙子，正拿着一把蓝色的塑料伞站在我身旁。他穿着蓝白条的海魂衫，里面那鼓起的肌肉如同大海的波涛一样有力。"商店里面有租。"他热情地告诉我。原来，这里面就是伞流的一个源头。我兴冲冲地提起了旅行袋，却又沉重地放下了。这伞，怎么还呢？"您是去轮船码头的？"小伙子收起刚撑开的伞机灵地问。"是呀！""乘工农兵 3 号 52 航次回上海？""对呀！""14 点 02 分开，还有半个多小时，我送您一趟。"不等我犹豫，小伙子已把旅行袋塞到了我手里、唰地撑开了伞，傍着我走进了蓝色的伞流里。

"你怎么都知道？"我不胜惊讶地问。小伙子调皮地用眼光朝自己左胸前一扫：只见那海魂衫上别着一枚搏击风浪的海鸥徽章。哦，是个海员。"您是第一次来俺们城吧？"小伙子饶有兴味地和我攀谈起来。"第一次。""印象怎么样？""还不错。"话刚出口，我就意识到太概念化了。"您能说说俺们城的风格吗？"小伙子向我投来了热切的目光。"风格？"我一听奇了。"我喜欢旅游，还喜欢琢磨。您一定也去过不少地方，在我看来，不少城市有自己的风格。您看，同是海滨城市，青岛以旖旎迷人，大连以气势动人。城市的风格，或许与它的历史、地理、建筑、风土、人情等因素是密切相关的。"小伙子侃侃而谈，我已被折服了。可是这滨海小城的风格是什么呢？渔船、海滩、新村、商场……我急于想从这仅有的一些印象中提炼出那种属于风格的东西来，我失败了。这是一个人们旅途中的中转站，它实在是太平常了。"别当真了，俺们这小城哪能和人家大城市相比。"小伙子自嘲地对我笑着说。不一会儿，船码头到了。小伙子收起湿漉漉的伞，不无歉意地说："不送您上船了，俺怕她在商场门口等急了。""是吗？这……"一种抱憾之感顿时占满了我的心头。"欢迎您下次再来俺们城。"小伙子匆匆融进了蓝色的伞流里。

目送着他的身影，我心中陡然一亮：蓝白条的海魂衫、蓝色的伞流，海一样的热情、海一样的质朴，这不就是滨海小城的风格吗？

离别小城已四年了，那蓝色的伞流会时常出现在我眼前，牵出我缕缕情思。

（1983 年）

第五辑 档案写真

岁月留痕

　　似水流年，档案留痕。一个收据、一份请柬、一本笔记本、一张入场券，都会牵出一段往事，引发许多感慨。

　　这本公私合营上海文化纸品厂出品的红色漆布包面的笔记本，扉页上留有我在 1965 年引录的伟人诗句："多少事，从来急；天地转，光阴迫。一万年太久，只争朝夕。"转眼，半个世纪过去了。笔记本"收藏"了我初中时代的生活，"原汁原味"留下了我向着青春进发时写下的散文、诗歌，甚至还有一篇 7 000 字的小说。习作虽说留有那个年代的印记，但在热血喷涌中还是有情趣盎然的一面，从标题中就可见一斑：《红梅赞》《上海晨歌》《外滩之夜》《下乡散记》《校运会花絮》《青春的火花》《致我亲爱的初中伙伴》……

　　上海铁路局代用票、杭州长征旅馆住宿收据、楼外楼菜馆点菜单，见证了我与杭州首度结缘的过程。杭州，自小就是心目中一个美丽而飘逸的境界。虽说离上海很近，但那年月交通、住宿等诸多不便，想去杭州却一直迈不出步。1977 年五一节前，好不容易搞到了两张 4 月 30 日午夜从上海北站到杭州的火车硬座票，我与同事顾君筹划已久的杭城之旅终于启程了，投宿问题托付给了顾君在杭州的亲戚。5 月 1 日清晨出了车站，就去孩儿巷顾君亲戚家。他亲戚已为我们做了两手准备：儿子一早就出去联系，万一不成，就住他们家，已为我们搭好铺位。这让我们很不好意思。过一会儿，儿子带来了好消息，带我们去武林门的长征旅馆，住进了统铺间，总算有了安身之所。于是有了这张长征旅馆的住宿收据：2 人 2 天，共计 3 元 2 角。5 月 2 日游西湖，中午时分来到孤山脚下，鼓足勇气走进了名气很大的楼外楼菜馆，点了一盆西湖醋鱼和一个汤，再加 4 两饭，7 元 6 角 7 分，留下了这张点菜单。那时旅游走一步看一步，旅程要结束了，返沪的车票还没着落。5 月 3 日傍晚，想法请人代买了两张送客的月台票，硬着头皮上了开往上海的列车。车刚开，就去向列车长主动申请补票。列车长念我们第二天一早要赶去上班，就给我们开了这张代用票：自杭州站到上海站，全程 189 公里，硬座 2 人，合计 8 元，并盖上列车长的章。以后杭州不知去了多少回，但这第一次印象最深。

一张乡村剧场入场券，让我回到那个在皖东度过的充满乡情的春节。1982年春节期间，我们一行3人到安徽天长县郑集公社开展科学种田和农村文化中心的社会调查。公社领导对我们这些来自上海的大学生非常热情，白天给我们介绍情况，陪我们走访农户、参观文化设施；晚上邀请我们看戏，是公社扬剧团演的《打金枝》《恭喜发财》。演出结束，公社领导上台祝贺时，竟把我们3个学生也请上台，和演员握手，向观众致意，让我们受宠若惊、满脸通红。郑集剧场入场券上观众须知注明：场内吸烟、跨越椅子各罚5角，一米以下儿童谢绝入场。这在当时的农村剧场是很难得的。如今，郑集镇荣获了安徽省文化产业集群专业镇的称号，文化产业已成为全镇经济社会发展的重要支柱。

那份简朴的红纸请柬，是中共中央办公厅发的。请柬上印着：为庆祝五四青年节，请于一九八四年五月四日下午一时半至五时半参观中南海毛主席故居并游览静谷和瀛台（凭柬进南长街81号）。那年"五四"前，我和市档案局的同事老郑一同出差去北京。那天晚上，老郑在中央办公厅工作的亲戚，特地来到国家档案局位于地下室的招待所看望我们，并给我们送来了两张参观毛主席故居的请柬，使我有幸走进中南海，走近菊香书屋。

近期，市档案局主办的《上海档案》杂志正在举办"岁月留痕·档案见证"征文活动，以档案来讲述个人的成长、家庭生活的变化和城市的变迁、社会的发展。晒晒自己的档案，说出背后的故事，不仅是怀旧，也是对美好愿景的期盼。

（2015年）

档案里的沧桑

前不久，上海市档案馆又向社会开放了一批档案，其中不少档案记录了 20 世纪 70 年代物资短缺时期物品计划供应的情况。略微泛黄的卷宗把人的记忆拉回到了并不遥远但却恍如隔世的艰难岁月里。

那年月，手表、自行车、缝纫机、收音机是老百姓翘首企盼的"三转一响""四大件"，也是当年最紧缺的物品。在 1972 年 8 月 11 日上海市第一商业局关于改进缝纫机供应办法的报告中指出，1972 年下半年估计需要 12 万架缝纫机，但实际货源只有 8.2 万架，缺口很大，提出将原来凭机关介绍信登记供应的办法改为凭票组织供应，根据各区、各局实际职工人数，按比例逐级分配发放。自那以后，"四大件"中除了收音机外都是凭票供应的。真可谓一票难求，百里挑一。一批票拨下来，百来个职工才分配到一张票。那时我在工厂当工人，三四千人的厂子一个"大件"每批也就分到三十几张票子，分到车间也就几张。大家抽签排队，伸长脖子候着。

对于我来说，这"四大件"中最向往的是手表了。那年，我终于得到了一张 17 钻全钢钻石牌手表的购买票。那时，钻石牌手表刚问世不久，比刚开始流行的解放牌，甚至比响当当的上海牌还要"吃香"。不仅防震、防水、防磁，而且手表"开面"大，小青工比的就是"开面"大。还是全钢的，那时不锈钢十分稀缺，半钢手表的后盖是用铜合金或黄铜做的，再镀上一层克罗米，新的时候很亮，时间长了外层剥落就会露出里面的铜来。这块表上一次发条可以连续走 52 个小时以上，比上海牌还要多出 4 个小时。倾尽几年的积蓄，花了 105 元（那时学徒工每月只有 18 元生活费，三年满师后每月才 36 元工资）买回了人生第一个"大件"。得来不易，就倍加爱护。手表表面一不小心划了道浅痕，立即要用擦眼镜的绒布沾上牙膏轻轻擦拭。这块表一直伴我度过了青工生涯。

在空调房里消暑的年轻人，是难以想象那个年代一把可以送点凉风的葵扇，还要正儿八经用打上"机密"的"红头文件"层层下发，内部控制，计划供应。这份上海市第一商业局关于 1973 年葵扇供应办法的报告

20 世纪 70 年代上海自行车购买券

说：本市葵扇已连续三年采取小菜卡供应办法，每户每年供应一把。今年仍不能敞开供应，继续凭小菜卡供应每户一把。集体户口凭单位介绍信平均每五人供应一把。也是这一年，这个局又制发了一份关于晒衣竹供应方法的报告，计划在两年内向每户居民供应晒衣竹一支，逐个街道逐个里弄分期分批发票供应。把这些事说给儿辈听，像是讲"天方夜谭"的故事，但却是白纸黑字、记录在案的，是不容置疑的历史真实。

那年月流行着列宁的一句名言：忘记过去就意味着背叛。而今依然不能忘记这句话，有些记忆是不会因时间的渐行渐远而"风化"的，因为有档案在。

（2009 年）

档案里的年货单

兔年春节的脚步越走越近了。商店卖场红红火火，网络购物热热闹闹，年货礼包铺天盖地。年货，是过年的载体，承载着期盼、欢愉和亲情，在20世纪六七十年代物资匮乏时期尤为如此。那个年代，过年，就能配给一份难得的年货，就能穿件新衣，吃几块红烧肉，咪几口黄酒，尝几颗糖果，放几响鞭炮。刚依依不舍惜别新年，孩子们就掰着手指，算计着来年春节的日子。这种情景，如今的年轻人是无法想象和理解的，上了年纪的人却感同身受、刻骨铭心。

翻阅泛黄的案卷，沉淀已久的记忆又徐徐展开了。这份当年打着"绝密"字样的，由上海市商业二局、粮食局、水产局联合制发的《关于1962年春节副食品市场供应安排方案》指出：春节期间，按人、按户定量供应的副食品共有24种，如以五口之家计算，平均每户可买春节定量供应副食品的金额为23.15元，比去年的18.80元增加33.14%。从档案中可以看到，为了这份24种副食品、23.15元的"年货单"，有关部门和许许多多人费尽心思，历经艰辛。

"年货单"中，按人定量供应的有：肉，每人半斤；鱼，每人1斤；蔬菜，每人5斤半；豆制品，每人2角；食糖，每人半斤；年糕，每人3斤。按户定量供应的有：家禽，大户（5人及以上）1斤半，小户（4人及以下）1斤；蛋，大户冰蛋1斤或鸡蛋10只或鸭蛋8只，小户冰蛋12两（当时用16两一斤制的老秤）或鸡蛋8只或鸭蛋6只；干粉丝大户1斤，小户半斤；糖精片大户5瓶，小户3瓶；白酒，每户1斤；黄酒，大户2斤，小户1斤；啤酒，大户2瓶，小户1瓶；大水果，大户2斤，小户1斤；小水果，大户2斤，小户1斤；酱菜，每户增加1斤；海带每户半斤；蜜饯每户半斤；糖年糕每户1斤……

现在人们再来读这些极其贫乏的数字，似有恍如隔世、天方夜谭之感，而当时人们对这份花花绿绿的票证组成的"年货单"，已盼了一年了。孩子们欢呼雀跃，大人们欣喜之余还有点犯愁。那时大多数家庭日子过得紧绷绷的，每月的收入也就六七十元，要一下子拿出二十多元置办年货，以后的生计就难着落了。但毕竟是一年才配给一次，再怎么困难，也要把"年货单"上的东西尽量凑齐，特别是鸡鸭鱼肉不可少，而水果是"奢侈品"，在割舍之列，所以我记不得当年还有大小水果之分。

一家五六口人才计划供应两三斤肉，当然要挑肥点的五花肉，放进油豆腐，煮上一砂锅，肉香四溢，垂涎欲滴，过年的气氛就有了。即便凭票供应，但有的还要赶早排队，才能挑到好的。比如要买花鲢、青鱼这般"花色鱼"，非得起个早，去晚了只能买细细的带鱼，不定还是咸的。买年货时，有时还要做几道为难的"单项选择题"，因为有的年货品种是几选一。比如，要在金针、木耳5两（老秤），榨菜一斤，笋干半斤，断粉丝半斤中选一样；要在红枣，黑枣，荔枝干，桂圆，柿饼，小核桃，葵花子中选一份，大户1斤半，小户1斤。为着这几道"选择题"，家里人要讨论好久。

把近半个世纪前档案里的"年货单"拿出来"晒晒"，"回忆对比""忆苦思甜"一番，或许可以从中引发不少感慨，感悟不少东西，无论是年长的，还是年轻的。

（2011 年）

从法邮大楼到档案新馆

有人形象地把外滩比作上海一个巨大华美的"客厅"。百年来，近悦远来的男女老少宾主过客，看着外滩万物皆流产生的无尽重复和变化，每个人都以自己的视角审视与理解着这个"客厅"。这些年来，这个"客厅"在精心保持完整性和经典性的同时，也在谨慎地追求创新性与丰富性。中山东二路9号大楼正在演绎的"蜕变"，即是这个"客厅"嬗变中的一种体现。这幢落成于1939年的法邮大楼，2004年已改建成上海市档案馆外滩馆。

享有"万国建筑博览会"之誉的外滩建筑群，北起外白渡桥，南抵金陵东路，几十幢风格迥异、轮廓协调的建筑，在黄浦江西岸划出一道富有韵律和节奏的优美的天际线。法邮大楼则是这条天际线南面的一个端点。主导着这道天际线的是新古典主义、哥特复兴式、折衷主义风格的建筑，法邮大楼则是欧美现代主义建筑风格的代表，为经典的外滩天际线，平添了几分现代气息。

法邮大楼的历史，可上溯至19世纪中叶。1852年，法国国家邮船公司（后改称皇家邮船公司）创办；1861年，邮船公司的业务拓展至远东地区，在上海法租界近黄浦江边获得了34亩土地，其中一部分后来成为法邮大楼的所在地；1862年，邮船公司在上海设办事处；1871年，皇家邮船公司又改为法国邮船公司，1926年把上海办事处扩充为远东分公司。1937年，法邮公司在毗邻法国驻沪总领事馆处拆毁原房，起建11层的法邮大楼，至1939年建成投入使用。法邮公司拥有大楼第一层的整层楼面，其他各层分别由中法工商银行等租户使用。1956年，上海房管部门接收管理大楼，一度改名为浦江大楼，先后有一机部第二设计院、中国船舶公司第九设计院、上海机电设计院、上海船舶工业公司、中星集团公司等机构入驻。

以法邮大楼来改建上海市档案馆外滩馆，可以说是"神来之笔"。一是这幢大楼位于外滩建筑群组成的天际线的端点。这样的建筑语境，与上海市档案馆新馆所要透示的历史人文气息，十分吻合。外滩是百年上海的一个缩影。站在这一"端点"来诉说外滩的变迁，来展现上海的发展，如同在书写一部上海历史长卷的"序言"。二是这幢大楼邻近 2010 年上海世博园区。大楼以南的"新开河",成片旧里已被推平,大片绿色已经泼洒;"十六铺",作为联系历史与未来的"点睛之笔",将使滨江景观与老城厢历史风貌保护区形成呼应,展开"对话"。处于这样的地理位置,使上海市档案馆外滩馆能够倾心融入世博会的人文环境中,精心为"城市,让生活更美好"这一主题,扩充文化的张力,展现迷人的魅力。三是这幢大楼简约流畅的外观设计,明快实用的现代气息,与上海市档案馆外滩馆所要体现的社会文化功能非常吻合。

经过一番悉心打造,一座以近代建筑语汇和现代装饰风格、信息技术、开放模式来解读申城百年记忆的公共文化设施,呈现在世人面前。

80 多万卷开放档案及数万张历史照片,可供读者查阅利用。馆中设有多个展览,主题展"城市记忆",以珍贵的档案史料和现代展示手段,引领人们穿越百年沧桑,触摸发展脉络,体验薪火传承的生命意识;"上海婚姻习俗展"等各种档案专题展,以新的视点重构历史瞬间,还原生活图景,精致而鲜活地刻画了城市发展的某个侧面。外滩馆还经常举办档案和文化讲座,余秋雨、谢晋等文化名人走上讲坛;利用档案资源为学生开设上海历史知识系列讲座,举办学生夏令营和演讲、征文比赛等活动。

历史往往会给人以重复之感。成立于 1959 年的上海市档案馆,原址就在外滩,四川中路 220 号,也是一幢近代优秀历史建筑,当时称为新汇丰大楼。在很长的一段时期内,很少有人知道,会有一座神秘的档案大楼藏身于流光溢彩的外滩中、车水马龙的四川路上。20 世纪 80 年代初期,为解决日益凸现的档案库房拥挤的问题,上海市档案馆开始四处觅址造新馆。当时正值百废待兴的年代,闹中取静的卢湾、徐汇不少黄金地块任由档案馆选择。但是几经论证,最后新址锁定在远离市中心的古北路。当时,那里还是一片旷野。保密,是当年选址的唯一要素。1991 年 9 月,在警车开道、部队押送下,百万卷档案史料在夜色中完成了大搬迁大转移,上海市档案馆由此告别外滩。尽管由于虹桥开发区的崛起,上海市档案馆无意间融入了新兴的发展区域,但是近年来上海市档案馆在打造文化品牌,树立公众形象,拓展社会服务方面所做的努力,还是因受制于馆址的地域位置而逊色不少。外滩馆的建立,为档案馆融入社会搭建了新的平台,为市民构筑了新的公共文化空间。从 1991 年迁出外滩,到 2004 年重返外滩,其意义不仅仅是馆址的回归,而是完成了一次哲学意义上否定之否定的螺旋式上升的周期。

(2007 年)

档案馆 50 年

上海市档案馆走过了 50 年不平凡的历程，我也伴随她度过了 27 载春秋寒暑。

1959 年 12 月 31 日，经过三年半筹建的上海市档案馆终于在四川中路 220 号挂出了牌子。不过据老同志说，牌子只挂了一天就悄悄收了起来，那时档案馆还是保密单位。以后，档案馆就隐身于流光溢彩的外滩。那时我就居住在这个区域，1982 年夏，我接到市档案局（馆）的报到通知，才惊奇发现家的附近竟有这么一个神秘的机构。

尽管对外不张扬，但档案馆初创时期的各项工作紧张有序地进行着。建馆时，已接收、征集档案 100 万卷。档案馆还四处寻觅散在社会上的档案史料，从旧书店征集到了南京中山陵和广州中山堂的文件、照片和建筑底图，从旧货店购买了孙中山演讲的唱片，从废品公司购买了川康银行的档案。如今档案馆的"镇馆之宝"、珍贵史料如中文初版本《共产党宣言》、清乾隆年间重修的欧阳宗谱等，就是老馆长罗文当年在旧书摊上淘到后捐给档案馆的。这本由陈望道翻译、1920 年 8 月问世的中文初版本《共产党宣言》如今存世不到 10 本。当时档案馆不对外开放，但在内部提供查阅。档案馆还对档案史料进行整理汇编，汇编的《我国边界档案资料目录》和有关边界档案还报送给外交部利用。尽管外人并不知晓，但档案人员面对这份神圣的工作，一直在壁垒森严的环境里默默奉献着。

正当档案馆各项工作步入正轨之际，却遭遇了"十年动乱"。在那历史颠倒的岁月里，档案的命运可想而知。上海市档案馆的档案中被抽走 536 页，抠挖 532 处，贴盖 39 页。如今当我翻到这些档案时，看到史料上的"伤痕"，看到照片中人物脸面上打着的大×，只能扼腕长叹。

我进档案馆时档案馆正处于历史性嬗变的进程中。尽管举步维艰，但一步一个脚印。我有幸亲历了许多重要事件和活动。20 世纪 80 年代初，档案馆按照中央书记处的决定，向历史研究等部门开放了部分历史档案，由此迈开了走出封闭的第一步。李维汉、陆定一、舒同等老同志为撰写回忆录都曾来沪利用过档案。捷足先登的文艺创作者从正在蜕去封闭外衣的

位于四川中路上的上海市档案馆（1959—1991年）

档案中寻觅创作素材。上海人民艺术剧院《陈毅市长》创作组、上海电视台《孙中山与宋庆龄》剧组、上海电影制片厂《秋瑾》摄制组都曾叩开过档案馆的大门。著名导演谢晋还率《最后的贵族》摄制组，在档案馆内开拍了一组镜头。长年累月被锁在铁箱里的"死"材料，在艺术家的手下"活"了起来。与此同时，档案馆里还来了一些不同肤色的外国学者。现为美国俄勒冈大学历史系教授的顾德曼，曾几度到档案馆利用档案，并在1984年9月出版的《美中交流通讯》上发表了《上海市档案馆印象记》。1985年11月12日，市档案馆召开了史无前例的记者招待会，记者们走进库房，小心触摸尘封已久的档案，直呼大开眼界，终于撩开了档案馆神秘的面纱。1987年11月，档案馆披露了获捐赠的《汪精卫日记》内容，在海内外引起很大反响；12月30日，档案馆举行新闻发布会，宣布依据《档案法》开放首批近10万卷历史档案；12月31日，上海市档案馆亮出雪藏了近30年的馆牌，迎来了第一位凭身份证走进档案馆的利用者。"我是听了早上电台关于市档案馆向社会开放的广播后来的"，他兴奋地告诉接待人员，"我是搞产品供销工作的，今天主要是想查一下新中国成立前上海食品行业的市场经济情况"。档案的开放，使原本平静严肃的档案阅览室，成了许多悲欢离合故事的一个"源头"。查到了档案凭证，失散几十年的亲人得以团聚，一些纠缠不休的矛盾当即化解。

新世纪初，上海市档案馆又设立了外滩馆，悉心打造一个以现代信息技术、开放模式来解读申城记忆的公共文化设施。档案不仅是当下生活的凭证依据，还是休闲怀旧的载体。那些泛黄的卷宗中，隐藏着开启申城历史之谜的钥匙，把人们带进悠悠不尽的历史时空里。这些年，档案馆举办了"档案与你同行"等主题的"档案馆日"活动，让市民走进档案馆，与档案"零距离"接触。

从"秘不可宣"到"与你同行"，半个世纪，档案馆完成了一个艰难而华丽的转身。

（2009 年）

《星期五档案》

上海东方电视台一位编辑打电话找到我，要我们档案馆为他们新辟的一个栏目提供一些档案史料，这一期记述的是结婚证书的演变，希望能提供一些不同时期的结婚证书。问及新辟的栏目名称，不由得让人心跳："《星期五档案》。"

档案一词进入媒体专栏的名称，时下已不鲜见。打开各类报刊，《检察档案》《球星档案》《求职档案》《股票档案》……各类"档案"让人眼花缭乱。且不论这样设置是否符合严格意义上的档案定义的界定，但至少可见社会档案意识大大前进了一步。倒退 20 年，会有这样的事吗？再说，人们也不至于会拿着报刊上《××档案》中刊出的内容送至档案室归档吧。

《星期五档案》可能是档案一词首次进入电视栏目，因而也就格外引起我这个档案人的注目。几集看下来，对这个栏目的内容、样式和风格大致有了了解。诚如该栏目策划者、编辑对我表白的，这是一个"寻根溯源"的栏目。它将社会众生相凸现在广大观众面前，无论是震惊中外的历史事件，抑或是平凡琐碎的身边事，以泛黄的照片、确凿的史料、隽永的语言、深沉的语调，还有当事人的口述，执着地追寻着历史的踪迹，娓娓道来一个个或悲壮或凄婉，或激动或淡泊的故事。

去年底，《星期五档案》摄制组来我们档案馆拍摄了馆藏中关于"江亚轮"事件的历史照片和资料。同时，他们还通过各种线索，千方百计寻找"江亚轮"事件中的幸存者，并准备采访他们，请他们讲述当年身临其境的种种。1948 年 12 月 3 日，招商局"江亚轮"在上海开往宁波途中失事沉没，船上除 900 多人获救外，3 400 余人葬身大海，上演了一幕近代中外航海史上空前的大悲剧。较之人们熟知的"泰坦尼克号"沉船事件，"江亚轮"的沉没更为惨烈。只是后者没有像前者被演绎成《冰海沉船》《泰坦尼克号》这样撼人心魄、经久不衰的故事。以这样几幅历史照片，这样几段历史资料，再加上幸存者心有余悸的追述，固然不能解开尘封了 50 年之久的"江亚轮"沉没之谜，但也算对半个世纪前这一极其悲惨的历史事件的一种祭奠吧。

今年新春，《星期五档案》为市民制作了一道佳肴："海派上海菜"。在广大观众家人团聚、觥筹交错之际，追溯海派上海菜的渊源，讲述德兴菜馆、上海老饭店的百年兴衰。与时下蜂拥而出的《老照片》《老新闻》《老漫画》《老房子》之类的"老字号"不同的是，《星期五档案》在"还原"历史时，不仅向观众提供了早已"定格"了的历史照片和文字资料，而且还糅合进了当事人亲身经历的追述，以及历史场景的演变。这种追述，其实是一种不可多得的口述档案，是对历史资料的一种补充和映衬，形成了今天与昨天，甚或明天之间的"对话"，当然不是那种蹩脚的说教型的"回忆对比"，而是一种深沉而流畅的沟通。

都说世纪末流行着一种怀旧的情结。尽管步履匆匆，尽管目不暇接，但在即将告别整整一个世纪，乃至整整一千年之际，人们还是奢侈地停下脚步，频频回首逝去的岁月，自己经历的或未经历的，伟大的或平淡的日子，细细解读着往昔，感受着历史，从记忆的筛子里留住了值得珍藏的，以弥补今天的失落和匮乏。拾起一份亲切的回忆，追寻一种新的希冀，人们在怀旧中丰富着自己，为趋新做好准备。

（1999 年）

直播室里聊档案

20 世纪 80 年代，改革开放的春风终于叩开了档案神秘之门。自那以后，为了拉近档案与寻常百姓的距离，我有幸三次走进电台直播室。

第一次是应上海人民广播电台"市民与社会"节目之邀来到电台的。那时电台还在北京东路外滩。"市民与社会"这档节目安排在中午进行，想来是为了让更多市民有机会收听和参与。我们应约在节目开始前一个小时到达，在电台办公室与主持人左安龙和编辑共进午餐（每人一份盒饭），乘此再聊一下即将直播的话题。对于左安龙他们来说，每个中午都是鲜活的。戴上耳机，对着话筒，第一次端坐在静谧的直播室里，心情难以平静。"市民与社会"节目重在听众的参与。我们简短地介绍了档案局、档案馆的职能后，就把大部分时间留给了与听众的交流。正当我担心冷场时，只见红灯闪烁，几条线路已"爆满"。听众提问的内容十分广泛，诸如档案与文物的区别，如何到档案馆查找资料，老上海的住房、发式、衣着、街景照片能否复制等。作家蒋丽萍也打来了电话。她说，最近几年为收集新民晚报创办人的传记材料走进了市档案馆，使她如获至宝。她还对档案馆的收集工作提出了建议。主持人左安龙又紧追不舍地问了她几个问题：你是怎么会想到去档案馆查资料的？档案对你的写作有何帮助？时间悄悄流逝着，正当我们进入角色时，却不得不与听众告别了。

第二次到电台做节目，电台已乔迁到虹桥路上。与原来那座很古典的近代建筑相比，新落成的广播大厦很现代。那次是作为上海东方广播电台"今日新话题"节目的嘉宾而去的，主持人是高天。这天的"新话题"是：如何吸引更多的人到档案馆来。对我们来说，这是一个难堪的话题。那时档案馆的馆藏内容、服务设施等与市民的需求还相距甚远，况且档案利用的专指性比较强，利用者一般是为解决实际问题而来寻求帮助的，不可能像图书阅览那样老少咸宜。坐在直播室里，我们向听众介绍了档案馆拓宽利用渠道的一些做法，比如出版档案图册，举办档案展览等。听众也向我们提出了一些很好的建议，比如经常展出一些市民感兴趣的档案，举办市民参观档案馆活动等。但当时市档案馆地处偏远，区县档案馆还深藏在机关大院内，直到几年后市档案馆外滩馆和部分区档案馆新馆建立后，市民的愿望才得以实现。通过提供利用开放的档案、政府公开信息和陈列档案、开设讲座、放映电影、举办沙龙、设立学生课堂、组织夏令营活动等，市档案馆外滩馆开馆4年多来，吸引百万人次走进了档案馆。前不久，浦东新区东明路街道肢残协会14位市民坐着轮椅车，饶有兴致地参观了市档案馆外滩馆，并通过市长信箱发送了一封热情洋溢的表扬信。

第三次走进电台直播室很轻松。这次直播是我和年轻的女主持人小茗对聊。节目名称很休闲——"小茗时间"，从下午两点到四点，我们的话题安排在其中的一档"小茗茶坊"里。档案作为喝茶品茗的话题，可以谈得很轻松，很悠闲。以这样的方式来谈档案，更能使档案"飞入寻常百姓家"。因为是聊天，我们谈得很跳跃，从档案的起源，到电子档案的出现；从名人史料的发现，到呱呱落地婴儿档案的诞生……没想到当时很轻松的聊天，后来想起却异常沉重。几年后的一个冬天，主持人何晓明（播音名小茗）因交通事故不幸殉职。"小茗时间"就此停摆……

档案虽是历史的记录，但对当下也是有启迪的，因而档案话题是能够不断聊出点新东西来的。

（2008 年）

人事档案

三十年前刚到档案局工作时，有人会神秘兮兮地问我："我的人事档案在你们档案馆吗?"每回都要费一番口舌作解释：档案馆主要保存机构、企事业单位等形成的有一定年限的历史档案，比如市档案馆保存解放前租界机构档案，解放后市政府各部门档案，还有江南机器制造局、旧上海南京路四大百货公司的档案，等等。三十年来，档案馆从封闭走向开放，其社会功能为越来越多的市民所了解，但其社会知晓度毕竟难与同为公共文化服务机构的图书馆、博物馆比肩。

平生第一次"接触"人事档案，是年少时在邻居家。那天邻居大哥拿着一个密封的档案袋自豪地告诉我，这是他的团员组织关系档案。他考上一所中专，要将团员组织关系转到新学校。"你能偷看自己的档案吗?"我禁不住问。"绝对不能，这是起码的组织观念。正因为组织信任我，才让我自己转关系。"一番话让我肃然起敬。不知为什么，以后我转关系并没有遇到过这种"信任"，都是单位之间转递的。那年在厂办公室工作，偶然在机要信件登记簿上看到自己的档案转到局里，心里顿时紧张起来，不知会发生什么事。后来才知道，当时厂里分配到一个工农兵大学生的名额，厂里推荐了几个候选人，我也在其中，所以就有档案转递。结果我落选了，于是就怀疑是我档案里那几个"海外关系"惹的祸。其实自我出生起就没见过"海外关系"中的任何一个，但在入团入党时都要一一填上，还要写上自己对这些"关系"的深刻认识。幸运的是，恢复高考后，这些"海外关系"并没有影响圆我的大学梦。

人事档案，对我们这辈尤其对我们父辈中的不少人来说，都有难以磨灭的痛楚记忆。有多少人曾为自己的人事档案担惊受怕，背过沉重的思想包袱!从家庭出身、社会关系到检查交代、内查外调、审查结论，有多少材料要塞进档案袋!有人甚至到了"档案等身"的骇人地步。前些年，有位作家在北京潘家园旧书摊上，收购了一批20世纪五六十年代中国剧作家协会的包括个人检讨、互相揭发和批判会议记录等档案材料。其中"胡风集团案"涉及的杜高个人档案数量之多、时间跨度之长尤其让人吃惊。据披露："杜高档案"装订成册，厚厚几大摞，其反映的内容始于1955 年反胡风，历经 1957 年反右和反右后长达 12 年的劳改生活，结束于1969 年杜高被摘去右派分子帽子释放回家。交代、揭发、批判、外调、总结、评语、结论等材料达几十万字。实在难以想象，这样的档案材料竟会流落街头，幸好被有识之士发现并收藏。

今天，人们再也不会对档案怀有恐惧感了，但我以为对档案的敬畏感还是应该有的。这种敬畏，是对历史的敬畏，是以史为鉴的体现。以前，不少人一想到与自己"形影不离"的厚厚的人事档案就噤若寒蝉；如今，一些年轻人不知自己薄薄的几页档案去哪儿了。社会生活发生了多大变化。这里，想对一些年轻人进一言：别让自己的人事档案"失联"，档案记录了你的人生轨迹，其中相关的原始凭证在今后若干年，甚至几十年后，会在你的工作和生活中发挥无可替代的作用。

（2014 年）

叩访档案

长年在档案部门工作,有机会近距离接触很多档案。有时,一个厚重的卷宗,甚至一张泛黄的照片,都会给我震撼和思索。我把这种直面档案的过程称之为"叩访档案"。

记得20世纪80年代初进入档案部门不久,就参加一批上海解放前夕旧政权档案的整理。从这些来往频繁的文书和电文里,我依然能感受到当年的刀光剑影。国民党统治集团一方面加紧构筑防御工事,并将大批金银、物资抢运到台湾,另一方面进行疯狂的大逮捕、大屠杀。那天,我整理的档案中发现王孝和烈士1948年被国民党反动军警逮捕、迫害、杀害的有关档案,顿时热血涌动。我们这代人是听着英雄故事成长的,从小就读过《不死的王孝和》,看过以王孝和为原型的电影《铁窗烈火》,王孝和的英雄形象已深深镌刻在我心中,特别是他在法庭上当众撕开衬衣,露出烙痕累累的胸膛,大义凛然怒斥反动军警的情景让我难以忘怀。翻阅档案,发现了王孝和在法庭上和就义时的珍贵照片。他在法庭上蔑视的笑容、在刑场上刚毅的笑容都令我震撼不已。那封给父母的遗书,字字血、声声情。遗书的最后,王孝和愤怒地发出最后的吼声:"双亲啊,保重身体,睁开慧眼等着看吧:这不讲理的政府就要垮台了……特刑庭不讲理,特刑庭乱杀人,特刑庭秘密开庭,看他横行到几时?"掩卷沉思,心潮久久不能平静。

过去的事总会在档案中留下或深或浅的印痕,但要比较完整地还原事件的来龙去脉,往往要进行一番探究和追寻。国庆60周年前,在参加"我们共同的记忆"档案展览筹备时,20世纪70年代上海的地标"万体馆"的建设是展览要反映的内容。当时手头上已有几份现成的档案文献,如1972年10月上海向国务院提出建设万人体育馆的请示报告和国务院的批复、周恩来总理的批示,以此来展示当年建设的背景分量也够了。但在研读档案时,发现有重建万人体育馆的句子,于是我对"万体馆"的"前世今生"做了一番档案追寻。原来早在1956年,上海市体委就提出新建体育馆;1958年,市委同意建造一个容纳8 000至10 000名观众的体育馆，"万体馆"在那时就有设想了……

档案看多了，有时脑中会萦绕一个问题：档案的真实性。白纸黑字，档案的真实性理应无可置疑。但我发现，档案内容有时会与客观事实相悖，比如"大跃进"年代，在"人有多大胆，地有多大产"的口号下，粮食产量不断"放卫星"，你这里亩产 8 000 斤，他那里已过 13 000 斤，天文数字，一一记录在案。你说这档案的真实性在哪里？但细究下来，档案还是真实的。虽说内容不符实，但档案所记录的历史过程却是真实的，也就是说档案真实记录了当年"浮夸风"的过程，为历史留下了"浮夸风"的史实依据。就像一个会计做了假账，这账是假的，但造假却是真的。倘如因为账假就销毁，那用什么来指正造假的事实呢？由此，看档案还得多个心眼，如果将失实的内容作正面引用，将会得出错误的结论。

"叩访"档案，是与历史的对接，是和文化的对话，是对心灵的拷问。个体的"叩访"，是群体"叩访"的一个组成、一方折射、一种脉动。"叩访档案"给人睿智，使人真诚。

（2009 年）

生命档案

那个雨夜，在东方艺术中心观看了总政话剧团的《生命档案》。全剧充满激情、诗意般地演绎了一位普通档案工作者强烈的历史责任感、崇高的人格力量和真挚的情感世界，博得全场阵阵掌声。我被剧中的主人公，我的同行、解放军档案馆馆员刘义权的故事深深感染，也为档案工作者得到社会如此敬重而感动。

档案工作平凡琐碎，刘义权的故事简单质朴，但却让人动容。他不到60年的生命历程中，38年痴心守护历史记忆、苦苦追寻生命真相。经他之手收集各类档案83万件，足迹遍布25个省、自治区、直辖市300多个市县，被誉为"军档收集第一人"。

《生命档案》从不同视角艺术再现了刘义权人生历程中的几个片断，维护历史真实、尊重生命价值，可以说是全剧的主旨。他以信念与真情感动老解放区的乡亲，将寄寓着无尽牵挂与思念，记载着全村上下四代人参军牺牲的烈士名册交解放军档案馆珍藏；他翻阅了几万卷历史档案，终于为一名陕北老汉查到了他父亲当年牺牲的历史凭证，烈士忠魂终于可以"回家"；他跋山涉水、历经数年寻找红十三军"丢失的历史"，终于解开了历史谜团；他还不顾恶疾在身，尽心竭力帮助美方寻找朝鲜战争美军失踪人员的线索，美军有关方面深为感动，向他赠以纪念章……他用真实的凭证还原了历史的真实，他用鲜活的生命换来了历史的鲜活。

《生命档案》已演出一百多场了。在我记忆中，这是第一部表现和讴歌档案工作者的大型戏剧作品。在此之前，曾有一部反映党的地下档案工作者以大智大勇的气概，前仆后继、舍生取义保护党中央秘密档案库的电视连续剧《一号机密》，由上海市档案局与有关影视公司联合摄制。1997年春节期间，该剧在中央电视台和上海电视台播出，好评如潮，还获得了第17届飞天奖。这是档案工作者第一次成为电视剧的主人公。

从《一号机密》到《生命档案》，档案工作者从幕后走向前台、走进荧屏，档案工作得到社会的褒扬、历史的肯定。

（2011 年）

百姓档案

  配房单、收支账、就餐发票……形形色色的百姓档案，讲述着百姓生活的变化，也印证着城市发展的进程。

  老陈家庭档案中4张大小不一、纸质发黄的配房单，折射出上海市民住房条件的逐步改善。第一张配房单开具于1971年，分配的住房是延安中路一间11平方米的亭子间，配房原因及用途写的是"结婚"。事实上，老陈1968年就结婚了，小夫妻为这间终年不见阳光的小小"爱巢"等了整3年。第二张配房单等了14年，夫妻俩带着儿女乔迁到了彭浦新村。虽说两室户居住面积才21个平方米，但一家人已乐开了怀。1990年，孩子长大成人，争取到了第三张配房单，居住面积31.43平方米，两房加一厅，总算拥有一个活动空间。1998年，在陆家浜路西藏南路调换了一套高层住宅，老陈家迎来了第4张配房单……

  老季家的50本家庭收支账，完整记录了上海一个普通家庭50年的生活轨迹，小到一盒火柴、半斤青菜，所花费用无一遗漏。1957年7月11日，季家的第一笔账目诞生——做绸衫1.32元。1966年，71元买了台电子管收音机，"引进"了第一个"大件"。从那以后，各种"大件"陆续进季家：1968年165元买永久牌自行车，1972年130元买蝴蝶牌缝纫机，1977年225元买9英寸黑白电视机，1987年700元买单门电冰箱，1997年6 000元装空调，2001年2 680元买29英寸彩电……1957年到1979年的20年间，老两口的年总收入始终只有3位数，而1996年已达16 478元了。

  那年，在上海市档案馆举办的"百姓档案话发展"展览中，一对恩爱夫妇1 000张就餐发票引起了市民浓厚的兴趣。时年89岁的李老先生和94岁的夫人手挽着手，来到就餐发票陈列柜前笑眯眯地留影，随后讲述了千张就餐发票的来历。20世纪30年代他们喜结连理后，就经常在离家不远的一家川菜馆用餐。50年代初，老李调往北京工作，夫妇俩由此分居两地。1979年老李从北京退休回沪，终于和分居几十年的老伴团圆。"少年夫妻老来伴"，为了弥补长年聚少离多的缺憾，他们每天一项固定的"功课"，就是晚上 5 点半一起到这家川菜馆用餐，在固定的座席上落座，点菜用餐，相敬如宾。后来有一天，他们突发奇想：在这里吃了一辈子，到底吃了多少顿？花了多少钱？从今天起留下记录吧。于是每晚用餐后，都要把餐单带回家。这样就留下了千张就餐发票，也见证了这对恩爱夫妇晚年生活的"幸福指数"。

如今，越来越多记录寻常百姓生活的各色材料已入藏国家档案馆，比如，前些年老季夫妇已将 50 本家庭账册全部捐赠给上海市档案馆。这样，我们的城市记忆中，便有了更多富有个性的、鲜活的百姓记忆。

（2015 年）

档案的归宿

　　上回去南京路"盘点"记忆中的商店，发现许多熟识的"老字号"或因市政建设，或因业态调整，或因转制破产，没了踪影。比如南京路山东路口、创设于1926年的丽华公司，1894年开设在东长治路、1959年迁至南京路的老日升织补店，开设于1917年的中华皮鞋店，开设于1937年的科艺冲晒等。失落之中的担忧是：记录这些"老字号"历史的老档案，而今安在哉？

　　据笔者所知，20世纪八九十年代，有关部门曾指导南京东路上的商店，包括像海达衬衫店这样的小店都建立了档案、完善了档案管理，但不知现在这些档案的归宿如何。前些年，发明"绿豆烧"制作工艺、有着百年历史的"庄源大酱园"在企业转制中，"绿豆烧"的原料配方、制作工艺、市场营销等档案资料不知去向。南京路上那家著名的照相馆因地下室水管爆裂，一只尘封了近四十年的黄色硬板纸箱被打开，一批珍贵老照片被意外发现，其影像之清晰、技术之优异、保存之完好引起了轰动。这批老照片的归属问题也曾引发多方关注，因为该照相馆是由国企转制为民企的，看来在转制时并没有"发现"这批照片。重提此事，是想提请企业转制时有关各方要注意"发现"档案，并正确解决档案的流向及归属问题。倘若不是意外的"水灾"，那些老照片不知要"隐身"于何时。其实，早在1999年国家档案局和有关部门就对转制、破产等企业的档案归属有过明确规定。

　　多年前，《新民晚报》一篇关于上海一个大型国企，在行将壮别往昔辉煌、淡出历史之际，党委书记、总经理竭尽全力，带领全体留守人员完成艰难的清理任务的报道，至今让我怦然心动。其中关于档案清理的"善举"，更让我动容：留守期间建立了3 450户应收款单位档案；整理了68户下属企业档案；清理了几十年的财会档案……此举真是利国利民之举，因为档案是企业全部活动的真实记录和宝贵财富，是企业资产的依据和凭证，对维护国家利益和企业、职工权益，维护企业乃至社会历史真实面貌都是至关重要的。

让人欣慰的是，具有这样历史责任和档案意识的企业领导越来越多。近年来，"上海电气"组织对集团内部分国有改制企业档案进行整理，先后将中国第一台造纸机械诞生地上海造纸机械总厂、开发设计制造中国第一根通信电缆的上海电缆厂、设计制造中国第一台44－13型工业缝纫机的上海协昌缝纫机厂、被称为中国工业锅炉摇篮的上海四方锅炉厂、中国第一台电风扇诞生地华生电扇总厂等10家知名"老字号"企业档案，依法向上海市档案馆移交。

其中，创建于1902年的大隆机器厂进馆的档案数量多、内容丰富、载体多样，其中有党和国家领导人视察大隆机器厂的档案，有记载大隆机器厂创办人、著名实业家严裕棠的档案史料，有20世纪二三十年代大隆机器厂工厂碑记、生产经营执照、商标注册证，有反映大隆机器厂建厂后的大事记和厂况厂貌资料，有主要生产设备及产品档案和历年来各类产品获奖证书，甚至还有1902年的工人见习证和工厂门牌号等。市档案馆原先就收藏大隆机器厂相关历史档案，此次移交可谓"珠联璧合"，大隆机器厂的历史得以完美"接续"。这些年来，"老字号"历史完美"接续"的盛况，一再在市档案馆里呈现。

去年6月，市档案馆开放的档案中就有大隆机器厂的相关档案。由此可见，"老字号"档案进档案馆，不仅是一段历史终结的归宿，也是其新的社会作用产生的起点。

（2013年）

档案被拍卖

近来，一则档案被拍卖的信息引起关注。9月，北京有家拍卖公司召开"南长街54号藏梁氏重要档案新闻发布会"，对外宣布"最大宗的一批梁启超档案即将公开拍卖"。此后，有关"梁氏档案"的产权归属、拍卖是否违背梁启超遗愿、南长街54号是否为梁启超故居等争议不断。但我更为关注的是，又一批重要档案史料即将走上拍台。

这些年来，一批又一批档案史料走上拍台。十年前，我和同事受档案馆委托，在静安希尔顿饭店参加了上海朵云轩艺术品拍卖公司举办的一场拍卖会，目睹一批档案史料被竞相拍走。其中，周作人、姚茫子3页手稿5 000元成交；曾国藩、李鸿章一卷书札7 500元成交；钱锺书、谢冰心致黄裳的两页书札9 500元成交。成交价最高的是一卷《中华全国文艺界抗敌协会会员信札》，其中有茅盾、老舍、叶圣陶、巴金、胡风等80余位文化名人的信件，共148页，每页含信笺数页并附信封；另外还附部分会员照片一册。该拍品起价6万元，最终以8万元"一锤定音"。由于"囊中羞涩"，档案馆给我们的竞拍经费总共才5 000元，因此很少有底气举牌。眼见一份份珍贵的档案史料"花落他家"，十分郁闷。那次竞拍十分激烈，国家图书馆也专程从北京赶来参与竞拍，许多意中拍品由于成交价高于该馆事先商定的最高限价，也只能"望品兴叹"，最后仅竞得1种。

档案走上拍台已成了不争的事实。其实，档案法律、法规对档案的出卖是有规定的。《档案法》规定：集体所有的和个人所有的对国家和社会具有保存价值的档案的"所有者可以向国家档案馆寄存或者出卖；向国家档案馆以外的任何单位或者个人出卖的，应当按照有关规定由县级以上人民政府档案行政管理部门批准"。但这项法律规定并没有引起应有的重视，这或许与不少珍贵档案史料同时又具有相当的文物价值有关，那些进入拍卖市场的档案往往是以文物身份出现的。档案部门认为是有文物价值的档案，文物部门认为是有档案价值的文物，这让档案行政管理部门十分纠结。

好在文物行政管理部门对拍卖重要档案史料也有相关限制。国家文物局《关于加强文物拍卖标的鉴定管理的通知》规定:"如文物行政管理部门鉴定确认具有特别重要的历史、科学、艺术价值,可指定对其进行定向拍卖,竞买人范围限于国有博物馆等文物收藏研究机构或国有企事业单位。"例如,那次拍卖会上的拍品《中华全国文艺界抗敌协会会员信札》在拍卖时规定"仅限于国家博物馆、图书馆竞买"(当然,国家档案馆如要竞买想必也是不该拒绝的)。但是,这种拍品毕竟是具有很高史料价值的档案文献,国家档案馆应该是其最好的"归宿"。在拍品预展时,有关工作人员也坦言,像这些珍贵的档案史料由档案馆收藏更好。对于博物馆来说,这些文献更多的是体现个体的文物价值,而对档案馆来说,却能与馆藏档案拾遗补阙,互为印证,发挥整体的史料价值。

回到即将走上拍台的"梁氏档案",此次拍卖标的明确定性为档案,有关拍卖公司宣称这宗来自"南长街54号"旧藏的梁启超信札、手稿、书籍、家具,是市场上仅存的规模最大、题材最全面、内容最丰富的梁启超档案,共计950余件。其中287通信札,涵括梁启超胞弟梁启勋收藏的梁启超信札、康有为信札等,通信方涉及民国政坛风云人物袁世凯、冯国璋、孙传芳等,具有相当重要的史料价值和学术价值。据报道,在拍卖形式上"梁氏档案"不会整体拍卖,总底价为5 000万元人民币。既然这样,"梁氏档案"的拍卖应该遵守《档案法》的规定。不知如此重要档案史料的拍卖,是否得到相关档案行政管理部门的批准,这是我最为关注的。

(2012 年)

流落街头的档案

周日上午，又来到文庙旧书市场。虽说由于网络购书的兴起，这里的人气已不如前些年，但来淘书的依然不少。这种淘书的乐趣在网络上是享受不到的。

文庙大成殿前广场上，一个个书摊紧挨着依次排开，架子上、地上密密麻麻堆满了书。轻轻翻阅 20 世纪 50 年代的《上影画报》《大众医学》，60 年代的《儿童时代》《少年文艺》，岁月的沧桑在流溢。原来，经典游记叶圣陶的《游了三个湖》是首发在《旅行家》创刊号上的。在旧书刊中，有时还能发现一些散落其间的档案史料。

在这里的书摊上，看到过 1932 年的《扫荡报》、1933 年的上海公共租界工部局年报、1949 年庆祝上海解放的画刊，还有 20 世纪五六十年代一家工厂职工互助金记录册。互助金自愿参加，主要为员工"调头寸"，解燃眉之急。有一次，我还惊奇地在一个摊位上发现了十来册 20 世纪三四十年代上海书业同业公会档案的抄件。上面全宗号、目录号、案卷号一应俱全。尽管是抄件，何以流落街头，问及摊主，闪烁其词。摊主见我对档案感兴趣，又拿出了一套私人档案向我炫耀，竟是翻译家、上海师大教授陈冠商的手稿、书信、照片、剪报等。30 年前我在上师大求学时就已仰慕陈冠商教授的大名，他是波兰著名作家显克微支代表作《十字军骑士》的翻译者，为此他荣获波兰文化荣誉奖章。我向母校转告了这一信息。可惜下一个书市再去时，已找不到这位摊主了。

这一次，在旧书刊中也发现不少散落的档案史料。工作证、选民证、社员证、党员证、结婚证、五好工人证书、大学报到证、股票交易证以及日记、书信、护照、契约，等等，各种私人档案应有尽有。不经意间，还发现上海一个区工商分局一卷 1986 年案件处理报告，当事人、案件事由、处理情况等一一记录在案。更让我惊奇的是，在一摊位上发现了上海某新闻单位"文革"初期厚厚一卷"清理阶级队伍"的调查情况登记档案。每份档案的"主角"都是该新闻单位正在被审查的那个人。由于其解放前曾在国民党上海市党部和上海市政府任职，又曾营救过中共地下党员；

全国解放前夕，还参与了 53 位原国民党中央立法委员发表脱离国民党、诚心诚意接受中国共产党领导的《宣言》等行动，因而有着广泛的社会关系。涉及这个关系网中的许多人也成了被审查对象，这些单位的外调人员纷至沓来，想通过其"查清"本单位审查对象的"政治历史问题"和"罪行"。审查对象中不乏有关方面的领导和知名的文化人。摊主见我有兴趣，就开始卖弄起来：光凭里面一百多个红印章就极具收藏价值。因为是调查取证，案卷里盖有百来个单位的革委会、军管会、工宣队、造反队的红印章，单位级别上至中央部，下到幼儿园。可以想象，当年这些红印章的背后，曾发生过多少冤假错案！实在不忍这卷动乱时期形成的特殊档案流落街头，于是我买了下来。

　　档案，特别是公务档案流落街头，折射出人们对档案敬畏度的递减。当下档案的开放和亲民，并不等于对档案可以随意处置。敬畏档案，不仅是对政治的敬畏，也是对历史、对法律的敬畏。档案法律、法规对档案的管理、处置是有明确规定的。

（2011 年）

收藏"生命记录"

那天下午，上海市档案馆举行了一个简短而隆重的仪式，刚从汶川归来的上海市消防局高级记者吴学华，将 240 幅抗震救灾新闻摄影作品捐赠给市档案馆永久收藏，其中的 119 幅在该馆外滩馆展出。这位曾以一幅《3·24 火车相撞事故》摘取中国首个世界新闻摄影大赛桂冠的上海消防救援队随队记者，用镜头记录了上海消防救援队攻坚克难、拯救生命的情景，还原了一个又一个生命奇迹出现的过程。每一幅照片，都集结着生命的力量，都经历过生命的洗礼，都流淌着生命的甘泉。诚如吴学华感言的，这些震撼心灵、催人泪下的"生命记录"不是他一个人完成的，而是救援队员、被救人员和他共同完成的。这些记录、这些作品诠释着一个共同主题：生命礼赞。

十多年前第一次走出国门，在加拿大档案馆的见闻让我惊讶不已。档案馆大厅宛如宾馆大堂，还有放映厅、咖啡厅。档案馆保存着浩如烟海的家庭、个人记录，出生、教育、入伍、婚姻、财产、医疗、逝世，从摇篮到坟墓的各种"生命记录"都有，宽敞的阅览室坐满了"寻根"的人们。多伦多档案馆一个展示城市与水、人与水关系的展览，除运用大量历史照片外，还将供水系统的一些实物和家庭洁具也巧妙安置在其中，一群小学生正饶有兴趣地在观看。原来，档案馆可以这样人文、这样亲近。而那时，我们的档案馆壁垒森严，我在一些档案馆看到的是大量"文山会海"的记录，在利用者中很难发现寻常百姓。

而如今，那些曾经令我惊讶不已的事在我身边经常发生着，我身边的寻常事又让外国同行惊讶不已。2003 年"非典"肆虐期间，上海市档案馆向社会公开征集抗击"非典"过程中形成的各类原始记录。由陈逸飞执导、余秋雨撰稿的电视公益片《智者不乱，仁者无惧》和由黄蜀芹执导、王安忆撰稿的电视公益片《回家》的手稿和光盘，以及小汤山日记、隔离时期校园日记、《非典预防歌》等手稿相继捐赠给上海市档案馆收藏。当然，这种"生命记录"的收藏并不局限在灾难生活中，也体现在寻常生活中。在上海的区县档案馆中，婚姻登记、知青下乡、征地动迁、独生子女等关乎民生的档案占了馆藏四分之一，平民百姓成了档案利用的主体。

收藏普通人的"生命记录"，既体现了国家档案馆在收藏观、利用观上的嬗变，也折射出我们民主政治进程的推进。因为什么被记忆，什么人有权了解真相，也是民主政治建设的要义之一。

（2008 年）

口述历史

虹镇老街地区，上海中心城区最后的成片棚户区。在这片"穷街"终于将从上海版图上彻底消失之际，虹口区档案馆启动"虹镇老街居民生活口述"项目，走访几十位在老街生活过的居民，请他们讲述在"穷街"的经历和感受，为即将消逝的这一特定地域人群的生活状态，留下了一笔口述历史。

那些年，我在虹口的益民食品一厂工作期间，曾担任过与厂对口挂钩的天镇学校的校外辅导员。天镇学校就坐落在这片"穷街"上，印象中这里苏北籍的人很多，一些学生只会讲苏北话。因为厂里不少师傅都讲苏北话，所以苏北话对我来说倒有一种亲近感。那时每周有一个下午，我要从厂后门香烟桥路出发去学校。途中，要在破街陋巷中穿行。所以，对虹镇老街居民口述历史中讲述的情景"感同身受"："老房子有窗子不敢开，弄堂不到一米宽，窗一开，手一伸，就到人家家里去了。""一两百户人家合用一个接水站龙头，天天要排队，吵架时常发生。""天热的时候，一到晚上，整条马路上全是人在躺椅上乘凉，男人穿着内裤就在弄堂里冲澡……"

这些口述历史，记录的是个体的经历、体验与感受，亲历、亲见、亲闻，具体、细腻、生动，相比"红头文件"中的调查总结、统计数据要鲜活得多，是对某些档案文献反映历史面貌的一种补充。与日记、回忆录不同，口述历史是采访者和叙述者共同参与、合作完成的。口述历史通过录音、录像等现代技术手段，经过选题、选择受访人、提问、讲述、整理等环节，记录和保存当事人的口述凭证。口述历史给了许多寻常百姓一个回忆和讲述的渠道，在"城市记忆"里留下了他们的声音，甚而影像。

尽管上海市档案馆卷帙浩繁、馆藏丰富，但研究人员也做了许多富有成效的口述历史工作，对廓清历史谜团、探究历史细节、佐证历史事实，都是颇有裨益的。例如，早在 2000 年，市档案馆研究人员就曾 6 次访谈1938 年加入中国共产党，1939 年由组织派遣打入汪伪"76 号"特工总部，任第二警卫大队会计、总部会计科科长、特种警察署总务科长等职的赵铮，形成了一份十分难得的、被称为"76 号"里的红色间谍的口述历史。赵铮在访谈中具体讲述了打入"76 号"的经过，讲述了"76 号"机构、人员、经济、运作等情况。他指出，他了解的有些情况在相关历史档案中并没有记载。他还对市档案馆编纂的有关史料中的个别之处，比如地址提出有误。他回忆与党组织联系人在新闸路一家电影院里接头的情景，会让人想到现在谍战片中的一些惊险镜头……

近年来，口述历史愈益受到重视，除了档案部门，不少研究机构、大学、媒体、民间团体以及文化人都在做口述历史工作。上海音像资料馆等机构凭借其得天独厚的优势，前些年完成了 100 多位老艺术家和 42 位老电视人、老广播人的口述历史工作。近期，又启动了"我的 65 年"全媒体口述历史项目，通过寻访来自上海 10 个街道社区的 65 位共和国同龄人，对他们 65 年来人生经历的口述访谈，探访他们与国家、城市"同命运"的人生历程……

口述历史具体生动，但由于认识水平和记忆的偏差，口述者回忆、讲述的内容有时难免会与客观事实有所出入，有时同一个事实会有几种说法。因此，口述历史要与相关的档案文献与资料进行比对，使两者互为补充印证、相得益彰。这样，就能更准确、更具体、更生动地还原或接近历史真相。

（2014 年）

我与《夜光杯》

（代后记）

年少时，每天下午会到老楼斜对面、金陵东路四川南路口的邮局阅报窗里看《新民晚报》，主要是看晚报副刊。记得那时副刊叫《繁花》，每天连载的《罗成》《佘赛花》，还配有精美的插图，让我欲罢不能，一次不漏。1982年晚报复刊后，恢复了副刊《夜光杯》的刊名。当时晚报一张半、6个版面，副刊半张、2个版面，"三分天下"，可见《夜光杯》的地位。

在晚报副刊发篇小文，是久蓄心底的愿望。1983年9月11日，我的散文《蓝色的伞流》在第六版的《夜光杯》头条发表了。几天后，收到编辑於仁涵的来信和2份样报。此后，我接连给於仁涵寄去稿件，每回都收到他手写的回信，或留用或退回，都有明确意见，让我受益不少。有次写了篇类似游记的散文，他回信说："尊稿很有意境，只是近来赵超构同志认为副刊游记太多……"我从中也为赵超构先生对副刊的关注所感动。有次他回信中写道："顺便提一句，'於'与'于'是两个姓。"我不禁汗颜，把他的姓老写错。在九江路外滩晚报临时社址狭小的会客室，我与他有过一次面对面简短的交流。那年国庆节，我还收到他寄来的请柬，报社招待作者、通讯员在新光观看电影《廖仲恺》和《没有航标的河流》。

后来，有了孩子，有了一官半职，生命的航船就此挂上了拖驳，搁上了舢板，有了航线和负载的制约。没有心境，缺少时间，很难在《夜光杯》上露面了。以后，又听说於仁涵远赴澳洲了。

再次与《夜光杯》有短暂交集，已是1989年了，而且有职务活动的因素。那时，档案工作刚撩开神秘的面纱，开启开放服务的进程，晚报是档案工作"走进"寻常百姓家最好的载体。在时任晚报副刊部副主任严建平的支持下，由我组织10篇稿件，以"档案里的故事"为题，在"十日谈"专栏刊出。

在职业生涯快到尾声之际，有了心境，有了时间，还有更多的生活积累和感受，就想向更多的人诉说，与更多的人交流。这样，又想到了《夜光杯》。自 2006 年 10 月 11 日发表"开篇"《"光明"情结》后，又发表了 140 多篇散文、随笔。这些小文的内容大都属于"上海叙事"，叙事的地域以我生活的黄浦（包括原来的南市、卢湾）和我曾经工作过的虹口为主，叙事的时间自 20 世纪 50 年代至当下，这是我生活的年代。当然，为了追溯历史，有些叙事会上溯到我没经历过的很久以前。这些小文，试图从个体的所经所历、所思所想中，反映和勾勒我们这代人的生存状态和人生轨迹，从中折射近 70 年，特别是后 40 年上海城市建设和经济、文化、社会生活的发展变化。

由于我从事了 35 年档案工作（包括退休后返聘的年份），这些小文不少带有档案的印记，或以档案印证历史，或由档案生发感想。似水流年，档案留痕。那些泛黄的卷宗中，隐藏着开启申城历史之谜的钥匙。即便是一张发票、一份配房单、一册家庭收支账，都会牵出一段往事，引发许多感慨。记忆不会因时间的渐行渐远而"风化"，因为有档案在。

这个时期，向《夜光杯》投寄稿件、与编辑信函往来，已用电子邮件了，稿件也以电子文本替代纸质文本了。2006 年 9 月，向《夜光杯》投寄《"光明"情结》稿件后，收到了编辑裴璐的回函，从中得知她与我还是光明中学的校友，我们的中学生活都在那幢有历史有故事的法式建筑里度过。当然，她要小我好多届。这个时期，有 130 多篇稿件经她之手发表。由于她一如既往的信任、鼓励和指教，我才有勇气不断开掘自身的生活积累和相应的档案资源，向读者诉说我们这个城市过去和现在许多不能遗忘的事。裴璐退休离开《夜光杯》后，我与年轻的编辑史佳林续上了关系，也得到他不少帮助。

这本《上海叙事》收录的，基本上是 2006 年以后在《夜光杯》上发表的。1983 年发表的《蓝色的伞流》，尽管与"上海叙事"关联不大，但因为是我在《夜光杯》的"处女作"，所以也收录于此。集子按内容分为"衣食住行""文化体育""马路纪事""市井风情""档案写真"5 辑，每篇文末标注发表时间，以与当时的背景和语境相契合。

本书收录的照片，部分选自上海市档案馆和有关区档案馆等编著的档案图集。

图书在版编目（CIP）数据

上海叙事／郭红解著．—上海：文汇出版社，
2018.12

　ISBN 978 - 7 - 5496 - 2409 - 6

　Ⅰ．①上… Ⅱ．①郭… Ⅲ．①随笔—作品集—中国—
当代 Ⅳ．①I267.1

中国版本图书馆 CIP 数据核字（2018）第 249144 号

上海叙事

作　　者／郭红解
责任编辑／吴　华
封面设计／王　峥

出版发行／**文汇**出版社
　　　　　上海市威海路 755 号
　　　　　（邮政编码 200041）
经　　销／全国新华书店
排　　版／南京展望文化发展有限公司
印刷装订／保定市铭泰达印刷有限公司
版　　次／2018 年 12 月第 1 版
印　　次／2021 年 1 月第 2 次印刷
开　　本／640×960　1/16
字　　数／302 千字
印　　张／17

ISBN 978 - 7 - 5496 - 2409 - 6
定　　价／　69.80元